佔領天空

OCCUPY THE SKY

紀昀一〔著〕 日 冢〔繪〕

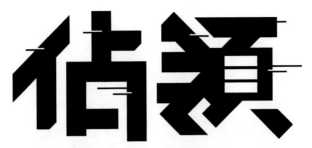

目次

序章、天空的賊

一

西元三〇三四年，載運陽光的飛船「**陽光一號**」正緩慢駛過斯克爾這個國家的第四區領空。飛船船身巨大，為了不撞到高聳建築物，飛船控制在九百公尺左右的高空。這高度偶爾會與通往上下層領空的空中列車在天空中相會，兩者交岔過身時，總會引起乘客們的驚呼與好奇，因為載運陽光的飛船體會由於陽光而散發金黃色澤，再者飛船只會出現在第四區至第七區。

「**陽光**」在這個世界中是最珍貴的資源。

這件事必須追溯到五百年前——

五百年前，人類還生活於地球上，移居至其他星球仍是科學家對未來期許的理想。即便如此，科技解決了語言隔閡、帶給人民優良生活水準、開拓廣闊的視野。在這時候，旅行只分為「短程旅行」與「一日旅行」，世界再沒有到不了的地方；科技無遠弗屆，哪怕是數億光年外的宇宙都清晰透明。

這時期的人類開始妄想著「**總有一天，我們會取代神吧？**」

神，又是什麼人？你口中的神是佛教還是基督教？還有，我們要怎麼定義神？還有什麼是神辦得到，而我們辦不到的嗎？

儘管最初，這句話出自於對未來的渴望。但在鏈結世界的網絡散開後，如同火苗掉落在數公頃的青草地。

宗教國家不論派系都承受不了對神的不尊敬，而紛紛發難。戰爭始後，科技發達的大國們則分裂成兩派，表面上他們對於人類的價值各有不同、表面上這是場宗教戰爭。

但事實上這不過是大國間為了搶佔地球的稀少資源所包裝的假象。科技進步背後的醜陋現實，是生態瀕臨毀滅、資源匱乏不已、世界仍處在一個千年沒變的極端社會，不斷輪迴著失敗的歷史，這次也不例外。

戰爭沒有帶來希望，沒有國家因此受惠。戰爭加速世界破滅，全世界瀰漫在煙硝之中、森林在戰火中付之一炬、陸地變成荒漠焦土、海洋受汙染而流露灰色。戰火盤據天空長達三十餘年，臭氧層受到嚴重損害而不復存在。

臭氧層消失後，生物遭到嚴重紫外線傷害引發各種疾病，直到地球暖化使陸地被海水淹沒，國界與政治疆界被巨浪所衝垮，人類最終不得不握手言和。

西元二五二一年，在世界聯合國組織主導之下宣布停戰。人們不再因信仰或民族區分彼此，世界上再也沒有獨霸一方的強國，聯合國肩起了維護世界和平的責任，並以剩餘陸地劃分出五十個國家。

每個國家各自佔據五十至一百萬平方公里，約莫是一個歐洲國家的領土範圍，人口在醫療水準上升而達到平均85歲。國家人口數少則數億、多則數十億。考量陸地不足以容納龐大人口，大範圍移居外太空也過於不實際後，各國不約而同克服了地震問題，並紛紛往天空發展，聯合國順應情勢制定了「國際航空法」規範天空上發生的一切。

制定該法最主要目的是為了制衡失去臭氧層後的紫外線威脅，世界五十國全數同意並共同研發足以替代臭氧層的新科技——「**臭氧環**」。

臭氧環完全隔絕了陽光威脅，固然讓戰後人類得到喘息，好以向天空延伸建築。

可這時卻遇到了兩個瓶頸。

第一，臭氧環能做到隔絕陽光，卻不能完全取代臭氧層的過濾效果；第二，建築物構造無法永無盡地往上伸展，高度極限約莫一公里。前者代表地球生態將在失去陽光下生存，後者則是人類數量終究會因空間不足受到限制。

殊不知，當代科學家在兩個問題間找到平衡點。首先是能控制天氣的科技——「**大氣環**」。

大氣環的厚度約莫一百公尺，寬度、形狀因國而異。

舉國家近似八角形的「斯克爾」為例，大氣環是巨大的橢圓形。其八個邊角與中心處，各自設立了使用從木星挖掘的堅硬礦石為基底的高塔，稱為——「**空之塔**」。堅固難以撼動的「空之塔」之間有連接彼此的道路。

《國際航空法》為防止人們生活環境靠近「臭氧環」規定了「空之塔」高度為十公里，並且在每公里處必須設立一座「大氣環」作為地基以建築房屋，扎實地將各國劃分為十個領空。

除了作為領土釘柱的「空之塔」外，《航空居住法》規定建築物不得超過每個領空的範圍，也就是一公里。此外也嚴苛規劃每個領空內人民能夠使用的範圍，一般人及空航汽機車不得隨意超越領空的六百五十公尺，六百五十公尺以上的領空通常被規劃為公家機關。例如：空警、救護船、消防船，或者運輸人、物品的飛機及飛船。

為達到和平共存的目的，聯合國規範了國家政體、制度，為避免紛爭國家總統必須為民眾直選，這點也毫無疑問的受到全數國家贊同。約莫五十年內世界找回了居住地、生活品質、社會制度。再也沒人提及成為神、取代神等等的議題，世界也慢慢形成了現今的雛型。

然而看似美好的一切卻仍有缺憾，海水佔據世界土地的十分之九，真正能飲用純淨水源的人少之又少，空氣受到工業科技嚴重影響，支氣管疾病不分老小找上門來。

「大氣環」能夠仿造出雲層、雨雲、光線，卻不能取替原有的天空，尤其是陽光。

數幾個世紀前人類還能夠依靠太陽能盡可能減少汙染，但是臭氧環完全隔絕了陽光，汙染有增無減。

世界盼望著能讓陽光恢復以往，恢復原有的天空。在這之前，斯克爾科學家研發了能延伸至太陽並「汲取陽光」的技術做為過渡品。

此時，人類失去陽光長達半個世紀之久，體內基因對於純淨陽光產生劇烈排斥，動植物也不例外。最終科學家研發出了淨化陽光的機器，淨化後的陽光在臨床實驗上非常成功，但由於成本過高，無法大量提取。

因此，陽光變得珍貴又稀少。

就這樣四百年過去了，見過陽光的人少之又少。

「**太陽的存在**」取代了「**后羿射日**」成為當代的寓言故事。

所以，當人類看到「陽光一號」出現在眼前時，大部分人會拿起手機拍照，又或者閉上眼睛，就好比古人看到流星會許願一樣。

想當然爾，人類並非認為陽光不存在，「**太陽的存在**」只是當代社會中人們嘲諷、挖苦的名詞，因為能得到陽光的人若不是高官，就是貴族。

二

斯克爾為形狀完整的八邊形，行政區以「領空層數」及東、西、南、北四方位劃分。航行在「東環六區」的「陽光一號」正朝著國家正中間的空之塔（中心塔）而來。

依照預期，這批陽光很可能會送到六區領空的各家醫院。醫院裡有不少病患正等著「陽光」。沒錯，陽光大多數時間被做為醫療使用，通常是治療重症患者，就算在健保體制下仍要大量自費才有機會得到，當然也可能得不到。

陽光就是如此稀少，以至於到珍貴的地步。

飛船機長死盯著電子螢幕，看著飛船按著事先規劃的路線，悄悄駛入東環的城市叢林。這並非他第一次運送陽光，但每在飛船駛入停機坪前，他總是特別緊張。

不要出意外，拜託！他不斷在心中默念著的同時，隔壁的年輕副機長卻正翹著二郎腿，輕鬆地用飛船電子螢幕看著今日的早報，一手還端著杯熱得冒泡的黑咖啡。

這是公器私用啊，他搖頭嘆息，暗忖現在年輕人都是靠關係攀上高位，一點品德都沒有。

「今天的頭條很驚人欸……！」副機長指著螢幕。

「不要跟我說話！」機長抓著機艙座椅的把手，屁股一半離開了椅墊。「我沒有心情聊天，只要這趟……不出意外就好了！」

「誒？機長，你有聽過一句話嗎？」他從口袋摸出一枚徽章，無心地說：「不出意外的話，馬上，就要出意外了——」

這時，飛船四周忽地竄出白煙！電子螢幕也如同受干擾而跳出無訊號反應。在機長措手不及下白煙迅速瀰漫了船體，從外人眼中就好比駛進了一朵龐大白雲裡。

「哇哇哇……你這個烏鴉嘴……！」

視野即將被淹沒時，機長當機立斷停止了航行，並按下了緊急按鍵，拿起話筒慌忙道：「請、請求支援……陽光一號受到白煙包圍！我想……是他們，他們來了！」

「請別慌張，空警七分鐘以內便會抵達，在此之前，請先確認陽光儲存艙的電子門是否穩固。」

放下話筒，機長焦急的轉過頭。

「快……！他們就快來了！」

「他們是？」年輕副機長正愜意的把玩手裡徽章，他反覆以拇指彈起，然後接進手中，「啊，他們是空警對嘛？」

「空警會晚一點，我說的是『藍天』啊！再菜的人都應該要聽過這個名字吧！似揩爾先生？」

「藍天呀我聽過。啊？等等，我的名字才不是這麼唸，」副機長一面說一面拉起衣服，探了眼制服上的名牌「似揩爾」，無奈嘆聲道：「搞什麼呀……名字都可以搞錯。」

「總之藍天就要來了，這陣白煙就是前兆！」

機艙視野已經完全被白霧掩蓋。

「這不只是氣候異象而已嗎？」副機長樂觀地指著外頭，「更何況，藍天不就只是傳說中的組織，機長你也緊張過頭了吧。」

「他們真實存在——！」機長激動反駁，「這幾年來國家的動盪不安全數與他們有掛鉤，因為他們總出現在有陽光的地方。」

「掠奪陽光的賊？」

「這說法太過敏感了。」機長望了眼後方的儲藏槽，支吾道：「陽光稀少而珍貴，更多人稱呼他們為——天空的賊。」

「在我看來，被高樓大廈囚禁的天空也很珍貴。」

「那是你的個人看法！」機長正色看往外頭，把話題拉了回來。「世界上不存在天氣異象。大氣環已經控制了每天的天空該是什麼模樣，該下雨就下雨、該起霧就起霧。從你我出生便開始，到你我都不在了也是如此。」

「哦，所以這陣白霧就是藍天的前奏？」

「這下你終於進入狀況了！」機長苦笑道，「現在我們必須和時間賽跑——！」

「可是我……不怎麼擅長跑步。」他傻笑回應。

「笨蛋，我說的才不是那個跑步！」

「總之我該做些什麼，才能抵擋藍天？」

「好……！」機長冷靜下來，指著儀表板角落的藍色按鈕。「這顆按鈕，是陽光儲藏槽的開關，至於那顆綠色的則是陽光一號的正門，我們必須守住正門，清楚了嗎——」

機長話才說完，後腦便受到一陣電擊而倒下。

「謝謝你告訴我這麼多，機長先生。」

副機長按下了兩個開關，脫去了一身機師服後，門外已有兩位穿著象徵著「藍天」的白藍色衣裝的男子騎著空航機車進入。

兩人紛紛按下護目鏡側沿按鈕，空航車連同眼鏡變成小型膠囊。一人守在門口，另一人走進看了眼倒下的機長。

「計畫看起來很成功。」

「是呀，不過從剛才回報聽來，這次只有七分鐘。」假扮副機師的男子一面說、一面按住眼眶下緣，眼前忽地浮出透明的電子面板，他在面板上指指點點拿出兩顆膠囊，膠囊化作黑色手提箱與被稱作科技眼鏡的護目鏡。

「我們要盡可能把陽光帶走。」男子眨了眨眼，關上了電子面板。

「時間越來越短了呀！」

「這幾年來，警備一次比一次森嚴。」

「喂——！別聊了！」守在門口的人提醒道：「天空中出現藍色道路了，空警已經快到了！我們必須再快一點！」

「你確定嗎？才不過兩分鐘。」

假扮副機長的男子走近，藍色道路是空警使用的路徑。

「我不會看錯的，還是你要說我有色盲。」門口的男人確信道，在這時代，色盲已不存在人類基因當中。

「當然不會，我相信你。」男子戴上科技眼鏡，按下了反追蹤按鈕，視線穿過了數座大樓，在數公里之外有三台警用空航機車正在高速靠近。

「這邊交給你們，我去拖延空警。」他再次按下眼眶，從面板中取出空航車的模型。

「你是認真的嗎？」守門男子錯愕地攤開雙手。
「摁，這次行動對我們而言非常重要，所以拜託你們了！」他把黑色手提箱塞入對方手裡。
「可別死了啊。」
「我不能保證。」
說完，他將模型往外一拋，順勢往外一跳。
「砰！」的一聲他換上了「藍天」的藍白色衣裝，坐上了藍白色的空航機車。他的任務是拖延空警到達飛船的時間，所以速度越快越好。
「一分鐘以內將會遭遇空警，請盡速避開！」
科技眼鏡系統在他眼眶內發出紅色警訊。
「避開？現在正合我意。」他點了下按鈕關閉警報系統。
他用力壓下油門，同時利用排煙管散發白霧，就好像刻意要引起注意一樣。空警也察覺到他正在靠近，於是打算先搞定他，先行停滯的兩位空警舉起手槍。
「不要動，我們真的會開槍！」
「慢慢下降你的空航車。」另一名空警給出指令。
男子舉起雙手，假裝投降的同時按下了科技眼鏡的按鍵，頓時機車隱形在天空之中。
去哪裡了？兩位空警驚愕地四處觀望之時，男子繞到後方，朝兩台空航警車的渦輪射出兩把帶電的飛刀，電力導致引擎故障。空航警車的電力已不足以讓他們維持在高空之上，只能垂落至五百公尺左右的高樓屋頂等待救援。
「還真輕鬆。」

「你以為這樣就結束了嗎？」

這時，一道女性的聲音從他後方約莫十公尺處傳來。與此同時，他感覺自己後腦被紅外線指著，但仍不慌不忙回過頭。

科技眼鏡背後，女警眼神異常冷靜。

「當然沒有。」

男子搖了搖頭，順著她拿著手槍的左手轉往天空的方向道：「那些不懂天空有多美妙的人就算有十個，都不如一個妳難纏，謝米警官。」

「既然清楚！就放棄佔領天空的美夢吧——！」

女警不改眼色地伸起右手，雙手緊握住槍柄，像下了某種決心。

「一直以來，辛苦妳了。」男子沉沉說道。

「辛苦……？」

你到底在說什麼？女警手中的槍頭頓時發顫搖晃著。她的雙手彷彿是為了不要誤觸開槍才死死緊握，男子早看透她內心的矛盾，即便她表達情緒的雙眼眨都沒眨過。

「摁，這幾年來辛苦妳了，但這是最後一次了——」

「少騙人了！哪次不是說最後一次——！」她激動怒吼，原該清澈的雙眸似乎因歲月變得混濁，既徬徨又憤怒。「我非常恨你們（藍天），你們奪走了我生命中的天空（陽光），究竟還要多久……」

她哀莫地垂下槍頭。

「聽我說，這次是最後一次………」

嗡——！陽光一號的方向傳來一聲鳴笛蓋過了男子的聲音，那是他的同伴給出的信號。

「他們結束了。」

「等等，你剛剛說了什麼……？」

「我說這次我不會逃避，如果妳不怕死的話——就追過來吧！」他雙手握緊空航車的握把，自信地撇過臉喃喃道：「抓到我，或許我會考慮把妳的東西還給妳。」

說完，他加緊油門衝往東環六百公尺處的領空，那裡高樓不少非常適合玩捉迷藏，同時也不會干預到交通。

然而這行為早被預料，女警先一步截斷了他進入都市叢林的路線，身處毫無掩蔽的空中男子卻笑了。

「藍天是為了佔領天空而生，在大樓間作戰或許對妳更有利哦。」他抬起左手正打算按下科技眼鏡上的隱形功能時，女警毫不猶豫地開槍射穿了眼鏡的運作系統。

「嘖……！我以為妳不可能會對我開槍。」

「我很相信自己的槍法，我一定會堅守活捉『藍天』的守則，讓你們把陽光全吐出來！」

「那妳必須再小心一點，因為陽光是很刺眼的！」

男子單手拔下了眼鏡往眼前一丟，霎時損壞眼鏡發出爆炸，女警眼前忽然一片閃爍。

是閃光彈——！

當她視線恢復時，對方車尾已經進入了大樓叢林。她加速跟上，心想這若是最後一次，那就更不能讓對方逃跑。

下定決心的她專心追趕，很快就追上了對方。

但是，兩人間一直有段無法縮短的距離，就好像對方刻意給她希望，持續在同一個區域繞圈子，似乎是為了掩護同夥撤退。

不過，在東環六區擔任空警的她，很快就抓住了對方繞圈的路線。於是，她決定讓空航警車進行自動追蹤，試圖讓對方放下戒心，自己則跳上了領空高度六百五十公尺的樓頂等待時機。

當對方又將通過同一段路線時，她算準時機往外一跳，霎時對方錯愕催下油門，導致她並沒有撲倒對方，而僅用單手抓住了車身最末端。

女警抽出帶電的警棍插入了渦輪引擎，機車開始不聽使喚。男子不斷左甩右甩龍頭，試圖甩開女警，最後將對方甩到了一棟建築物的天台。

「妳瘋了嗎——這實在太危險了吧……！」

男子空航車引擎受到破壞，最後停在了對方十公尺前。

「你說過，不怕死的話就追過來，所以我來了。總之你已經無處可逃了。是我贏了……？」女警彎下腰想掏出腰間的手槍卻發現不見了，一抬頭一道紅外線正瞄準著她的左胸口。

「這是我碰巧撿到的，不過，」

男子左手握住槍頭，把槍拋到了女警身邊。

「是妳贏了沒錯。」

他從懷中拿出一個傷痕累累的玻璃瓶，並小心翼翼地拋向對方，玻璃瓶在空中劃出美麗的弧線才落至她手中。

「確認一下，這是妳的東西吧。」

女警凝視著玻璃瓶，為了確認她全神貫注，使力撫過瓶身的一道道縱向裂痕，絲毫不在意那鋒利裂痕。當她再次回過神，她的手指感到灼熱，濃濃血液不斷流出。

血液越是流出、她就握得越緊。

好燙，真的好燙……她的雙頰流過了兩行潺潺淚水。

不過，我等這刻真的等了好久——

第一章、藍天的地平線

一

好燙──！

十二歲的悠也從夢中驚醒過來，右手緊握著原先應該在口袋的藍白色八邊形徽章。他喘了幾口氣，發現右手邊窗外景色正在快速移動，才想起自己正在空中列車上。悠也回想夢中景象，夢境裡有艘載滿陽光的飛船飛過他的家外。

不，這不可能！要是有陽光的話，就不會發生那種事……

悠也確認地伸手摸了左下眼瞼約莫兩公分的疤痕，早癒合的傷口隱隱發熱，恍如昨日留下。

事實上，那是兩年前的事了。但對悠也而言，仍像是昨日。

悠也的母親米爾絲在生下他之後患上了少見疾病──「光癌」。

光癌出現在人類的歷史僅有短短四十年，起初被認為只是一般癌症，但隨著個案不斷增加，醫學界無法再忽視它的存在。

在醫學家多年研究之下，發現只有陽光能夠抑制細胞惡化，故取名為「光癌」。

光癌屬於人體基因突變的一種，癌細胞會侵蝕人體的神經，最終侵蝕大腦、四肢與心臟。患者病徵因人而異，發病程度也毫無規律可言，唯獨一點特別明顯，那就是銀灰色頭髮。

治癒上雖能仰賴陽光，但陽光價格昂貴，醫院提供的陽光僅能將患者從命懸一線的狀況救回，而無法痊癒。

利用陽光痊癒的例子並非完全沒有，但那幾乎都是位於一區的患者，一區大多是社會地會最高的貴族以及政治權貴，他們享有大量資源。

縱使悠也的父親伍德是位醫生，全家居住在社會地位較高的三區，仍沒辦法得到足以治癒光癌的陽光數量。更糟糕的說，少一次陽光治療的機會都可能帶走米爾絲的性命。

因此，光癌的危險性被聯合國認定為「**三十一世紀的絕症**」。

那件事，發生在兩年前。

入住南環四區醫院的米爾絲某日病發，但運送醫療用陽光飛船——「生命一號」還正在路上，醫生認為不能再拖下去，於是下了開刀指令。

「還記得我床頭上的玻璃瓶嗎？」

進入手術室前，米爾絲對悠也說。

「記得。」他輕輕點頭，米爾絲又道：「如果我回不去了，就把它摔破。」

回不去？摔破？不明所以的悠也露出了懷疑表情。米爾絲見狀勉強地仰起上半身握住了他的手。

「裡面有我想要給你看的東西。」

「東西？」

「摁。」

「我知道了。」

悠也堅定的點了頭。他根本不曉得米爾私面臨著什麼，還有玻璃瓶裡到底裝了什麼。等媽媽出來再問清楚好了——然而卻再沒等到說下一句話的機會。悲痛瞬間掏空了他的內心，就連淚水都來不及流下。

回到家後，悠也心不在焉地拿起了床頭的玻璃瓶，這是他第一次仔細看這個玻璃瓶，雙手就能輕鬆握住的玻璃瓶裡似乎捲了張照片，瓶口塞入了軟木塞。

為什麼一定要摔破它？只要拔開軟木塞不就好了嗎？儘管他這麼想，痛苦讓他憤怒地將它往牆壁一砸！頓時，玻璃瓶在牆上破碎的畫面在他眼中放慢收縮，像一朵重複綻放的花朵，莫名平撫了他心中的痛苦。

下一秒反射的玻璃碎片劃傷了他的手指以及下眼瞼悠也才回神過來。

他小心翼翼地撿起捲起的照片，照片裡掉出了一個徽章，是一個代表「斯克爾」的八邊形徽章，徽章以藍色為底，背後有著好幾朵白雲。

他不解地攤開照片，照片中是個只看得到大海與藍天的地方。悠也大吃一驚，他沒想到世界的某個角落能有這種地方。

沒有建築物、高樓的世界原來是這麼遼闊！他瞄過了照片四周，發現米爾絲在右上角留下一行字。

悠也，去感受天空吧！——

頓時他哭了，感動得哭了。他的內心受到引導，他想到那個地方，想親眼去看米爾絲眼裡見過的天空。

咻——！

一行字眼憑空出現在悠也眼前，同時語音透過電子車票送入他的耳裡。

「悠也・史凱爾先生，您即將到達十區南環一塔之一號車站，請收拾好行李。」

列車進站，悠也拎起背包走了出去。

第十區是國家的最下層，這是悠也第一次到這麼遠的地方，因此他也做足了功課，得知拍下照片的地點，很可能在南環十區底部的某個角落。

南環一塔車站位於一百公尺領空，南環一塔則是對「空之塔」的稱呼。

八邊形的斯克爾包含中心點在內一共有九座空之塔，除了中間稱為「中心塔」之外，其餘方位各自有兩座塔，分別以「×環一塔」、「×環二塔」稱呼。

空之塔承擔了大量大眾運輸，每一座外觀內部大同小異，這是悠也唯一感到莫名放心的一點。

很快地，他進到縱向移動的空中升降梯，透過透明玻璃，他看到了外頭場景，內心受到了無法言語的震撼。

原先，他以為十區與他所居住的三區一樣。

然而映入眼簾的卻是老舊、殘破不堪的建築物林立，大樓牆上暗沉地像是褪色、又像是被潑上油汙而顯得髒亂不堪。

街道與城市規劃亂無章法，悠也難以想像這地方是他所居住的國家一角。

「看你的表情，是第一次來到十區吧？」

搭乘同一輛升降梯的男人問道，他頭戴了頂帽子身穿西裝，一手提著黑色手提箱、一手把玩著一枚硬幣。他流利轉動著硬幣引起了悠也的目光，赫然間硬幣消失在手中。

「我說的沒錯吧。」

「呃……摁。」悠也頷首應充，直盯著男子把玩硬幣的左手。

男子攤開手，手裡什麼都沒有。

「把它變不見只是小意思，別太訝異，這個世界還有各種模樣。」

各種模樣……？悠也低下頭思考這句話。

同時，升降梯底部正放送著今日的即時新聞。

女演員奧莉維亞・張秋主演的電影《革命者》，在三〇二二年十月上映，上映至今不到兩個月便突破了本世紀影史上的最佳票房——

悠也近期看過這部電影，劇情大意為有一群人為了抵抗貧富不均的國家發起了革命，國家在不得已之下發動了抹殺一切的「扼殺行動」，軍隊乘著紫色道路一路殺進了革命軍盤據的城市之中，在電影中血跡特效染滿了四周建築，天空在視覺上變得暗紅。

整部電影像在反諷現實，嘲笑著國家不僅以貧富區分人類，更對手無寸鐵的人們舉起干戈。

但真是如此嗎——？悠也不斷重複思考著這件事，因為電影中革命者的形象像極了現實世界裡專門盜取陽光的「藍天」。

一想到這，悠也就更無法苟同。

因為「藍天」這個組織，就是害死他母親的兇手。

二

米爾絲離世之後，悠也的父親伍德・史凱爾陷入了低潮。

一開始他幾乎不在家中，不斷往返醫院以及——法院。前者是身為醫生的他想盡力找出治癒光癌的其他手法，後者是他對國家發出的無言抗訴。

當年運輸陽光的飛船「生命一號」之所以延誤送達，是因為在抵達醫院的路途上受到「藍天」的襲擊。

伍德為此告上法院，法院在考量「藍天」組織的行為後認定該案屬於國家疏失，並按照先例給予金錢作為補償。失去妻子的伍德並不滿意，他再次告上法院並主張主治醫生安東尼・木下有醫療過失。

事實就鐵錚錚擺在眼前，不論如何他都得不到想要的答案。

法院審理人員出於同情接受了這起訴訟，認為只要走完幾次形式上的開庭，一切就會歸於塵土。

令人感到意外的是，被告知不用出庭的木下醫生，出席了每次開庭。

法庭上雙方都交由律師代為發言，伍德從沒正眼看過法官，彷彿他也早知道不可能勝訴，於是僅不斷盯著被告庭上的木下，像在表達自己的不滿。

在那場官司結束之後木下離開了醫院，再也沒人知道他的去向。伍德則看似俐落的放下一切，著手研發治療光癌的方法，直到這趟旅行之前他才告訴悠也這件事。

伍德希望他也能放下，不過年幼的悠也並不能完全接受。他帶著忐忑心情坐上了列車，或許這就是那場惡夢的來源。

他不想再夢到任何一次，於是在轉車的路途中時刻保持著清醒。目的地是「南海角」，據說那是國家邊境最靠近大海的地方，一路上身邊形形色色的人都在談論著，那裡似乎是個觀光勝地。

「不知道今天看不看得到那個。」

「妳說那個啊——我看很難。」

悠也聽到身旁一對情侶的對話。

「蛤……那我們今天不就白來一趟了嗎？」

「能夠看到大海，已經很幸運了。」

「大海又不會跑掉！但是『光爆現象』這種天然奇景在五區可不容易見到。」

光爆現象——？

聽到從未聽過的詞，悠也愣愣地將這四個字輸入到手機裡。

「光爆現象」是自然現象的一種，顧名思義空氣會爆出光芒，如同煙火綻放，光爆現象範圍通常不超過十公尺，根據目擊者統計數量，十區發生光爆現象的機率約莫是其他地區的十倍以上，特別是在「南海角」。

下車之後，他與那對情侶以及大部分遊客走往了反方向，他們似乎都是為了親眼目睹光爆現象，而不是那片海洋與天空。

悠也雖然也很好奇，但仍按照原先步調前進，他事先使用過模擬實境軟體，體驗過走在渡假村風格街道的感覺，因此並不算陌生，但實際踏到地面時心裡變得相當踏實。

隨著腳步向前，悠也眼前遠處出現了海岸觀望亭。

接著他嗅到了鹹鹹的海風，這股味道很令人上癮，是軟體無法揣摩的味道，他才想起那款軟體並沒有延伸到海岸。

是因為味道太難模擬嗎？悠也一面思索一面步上了觀望亭。映入眼簾的是如同照片一樣廣闊無際的藍天，低下頭他發現海水的藍色竟然會隨著遠近變得深淺。

太神奇了！他興奮地向眼前景象伸出手，想用雙手框起一張照片的大小。天空、大海兩者佔據了他所有視線範圍。

不，不對！頓時，悠也意識到並不是味道難以模擬。而是這一切對現代人類而言都太過未知。悠也轉過身，看了眼再平常不過的世界，聚集在街道上的人群沒有一個人注意到他，而是凝望著這座用鐵架鑄成的世界。

原先寬闊的天空被扎入了鐵釘，形成了無數巨大的高樓。人們讚賞著科技的進步，卻遺忘了大海並囚禁了這片天空。

可是天空本該是自由的，不是嗎？

悠也心中感到無比空虛，宛如內心破了一個大洞。他用力閉上眼！想像著層層高樓消失在天空的模樣，卻是一片枉然。過往人類靠著想像力豐富了世界，卻無法翻轉時間。

我想像不到那片天空有多清澈，即使我看到了它，即使它就在我背後。

我該是屬於這裡的人嗎——？他朝向盤據天空的城市伸出手，做出輕輕撫摸。

我想……解放這座天空。

悠也明知道這不可能，這念頭卻如同沸騰岩漿從腦袋滾滾流出。

滴答滴答……滴答滴答……

突然間，大雨淅瀝嘩啦的落了下來。

今天十區應該不會下雨，大氣環在天氣管理上不曾發生異常，街上民眾對此感到恐慌，嚷嚷不斷。

「怪怪的，你看……！」

「雨的顏色太不自然了吧？大氣環出了什麼事？」

天空下的竟是場黑色大雨，看著出奇的氣象，悠也卻滿足地笑了，他沐浴在黑色的雨中慢慢離開了海岸。

路上一個行人都沒有，多數人都害怕的躲進建築物裡，天空道路的號誌燈青黃不接的閃爍著，龐大的交通網絡變得混亂，就因為這場本該不存在的雨。

不知不覺，悠也走進狹窄老舊的暗巷裡，靠著牆他仰起臉無奈地嘆了口氣。

這一定是天空對人類的懲罰吧？

霎時，遠處天空傳出巨大聲響伴隨著一片如煙火般的光芒——

是光爆現象，就如同悠也看到的敘述一樣。但奇怪的是，光爆現象通常不會超過十公尺。然而，那陣光芒卻覆蓋過了悠也眼前所有建築物，並朝著他一路延伸。

他還來不及反應，光芒便籠罩過他的全身。當下他感覺全身充滿能量，殊不知過不了幾秒，他的全身開始灼熱，就像被火燒過。光芒消失後，他感覺皮膚變得乾燥，四肢無法使力，就連用鼻子呼吸也漸漸做不到。

怎麼了……我到底怎麼了……悠也視線與意識變得模糊，他跌跌撞撞的倒在了暗巷旁的被垃圾堆滿的垃圾桶，胸前口袋裡的徽章掉了出來。他想伸手撿起卻辦不到。

我要死了嗎——？

念頭閃過悠也腦中時，身後忽地傳出急促腳步聲，腳步經過悠也身旁時，踩踏起地上一攤黑水並濺到他的身上。

「呃……」

「摁……？」

對方聽到了悠也的痛苦沉吟而停下了腳步，接著只聽到喘息未定的呼吸聲，彷彿正受誰追趕著。悠也使勁挪正了臉，只能看到對方的胸口，對方是位女孩，年紀似乎與他相差不遠。

她楞楞盯著悠也，糾結握緊雙手間的物品，腳步緩慢向後挪移。

不，不要走……悠也想發出聲音卻使不上力，只能看著對方腳步遠離自己。

一步——兩步——突然間她停下來了！然後快步迎上前，就像在內心經過掙扎拔河後下定決心般迅速。

「你……還好嗎……？」

女孩的聲音發抖，比起感到不知所措更像是害怕。

難道我真的要死了嗎？悠也說不了話，只能稍微延伸指尖，指著地板前方的徽章，心想如果都要死的話，至少要帶上它。女孩看了眼徽章，又望向他。

突然她伸出手托起了他的下巴，悠也看到了她的紅色長髮，還有徬徨不安的眼裡正泛著淚光。

「張開嘴巴……快！」她這麼說。

悠也並沒有照做，應該說他無力照做，只能任女孩將一個比掌心小一些的石頭塞入口中，石頭經過喉嚨緩緩下肚後，他感覺到一股暖流流淌過全身。

「再有下次……我就幫不了你了……！」

她用發抖的指尖撿起了徽章，似乎想要歸還給悠也。

「莎莉——！妳在這嗎——？」就在此時，暗巷外傳出男人喊叫聲。女孩聽聞，驚嚇倒抽了一口氣，接著她踉蹌起身往反方向逃開。離開時她不時回過頭，好像在確認有沒有人追上，還有悠也的情況。

悠也直直望著她的背影，直到眼皮沉重到撐不住之後。

三

三〇三〇年十月，東環六區六五〇領空處的空航競技賽報到處聚集了兩百名車手。

空航競技賽是這三百年來世界最興盛的競技賽事，天空高度與建築物的不同替競技賽增添了不少變因，業餘賽事的觀看人數不輸從前的主流運動。

例如：足球、棒球、籃球等等。

職業比賽就不用多說，這次舉辦的競技賽屬於業餘賽，目的是為了紀念八年前同月發生光爆現象後的罹難者，以及上個月於巡邏時意外身亡的北環二區空警局長——桑德斯。

桑德斯在斯克爾守護陽光上有著輝煌的一頁。

「我說能在見識過那場光爆現象後安然無事的你，還真是幸運。」瓦則背對悠也，一面說一面調整著他的空航機車。悠也沒有回應，瓦則忍不住轉過頭：「欸，你好像從沒說過那一天發生的事。」

「我也不大記得了，事情過去太久了。」悠也撇開目光，假裝正在檢查自己的空航機車。「在意這些不如先專注在眼前的比賽上吧。」

「哦，是哦。」

瓦則前後晃了晃腦袋，多年交情的他知道悠也在說謊，也沒打算戳破。

悠也記得那天的所有事，包括那場難以解釋的黑雨、還有範圍異常廣泛的光爆現象，以及幫助他的女孩。

在吃下那女孩給的石頭之後他睡著了，更準確說是舒服地睡著了。醒來之後他恢復了力氣，皮膚不再感到灼熱，反倒有種溫暖的觸覺。

雖然從未觸碰過，但直覺告訴他——那就是「**陽光**」呀！

悠也對溫暖的陽光感到上癮，不過能得到陽光的人少之又少，碰到陽光的方法除了醫用陽光以外就是拍賣場。

前者不見得能得到陽光、後者則相當昂貴。

陽光通常以「瓶」為單位，先將陽光經由科學淨化成液體，並裝入特製的六百毫升瓶。陽光在瓶口開啟後開始消耗，一瓶只能夠維持一個小時。

在拍賣會場上，一瓶陽光的平均交易金額落在一百五十萬元上下，這價格相當於斯克爾人民年均收入的三倍，更別說有錢人願意花上數倍價錢競標。

悠也沒有錢競標，卻也不代表沒有其他管道。

國家以陽光作為誘因，在文化、科學、運動各方面進行推動。尤其是風靡全世界的空航競技賽，國家通過法律規範贏得職業賽事、國際賽事的車手能得到陽光作為獎勵。

只要能夠佔領天空，就能得到陽光——

對悠也而言這是再好不過的選擇，可以享受天空的寬廣，同時又能享受陽光。十八歲考取駕照後他積極參與各地賽事，希望未來能成為一名職業車手。

這次比賽不僅具有紀念意義，同時也是職業車手選拔賽。悠也說什麼也想拿到優勝，不僅是因為職業資格，還有優勝獎品是一瓶陽光。

「不過，真的有陽光拿嗎？」瓦則喃喃懷疑。

「這話怎麼說？」

「吶。」他抬了抬下巴，示意悠也看向眾人上方的3D投影。投影中是位將近四、五十歲穿著紳士的男人，他似乎正和周遭工作人員確認影音系統無虞，才決定開始致詞。

他的面容紅潤，不時掠過鏡頭的眼神在正經之餘，帶著一股溫和感。

「李納德・林，這是他的名字。」

「我當然知道他。」

斯克爾誰不認識他，悠也很想這麼回他。

李納德・林是鄰近國「**森里亞**」駐斯克爾的外交官大使，並在此渡過半個人生。

斯克爾是汲取陽光科技的發明國，陽光技術發展相當進步。也由於太過進步，不少有心人士走私陽光並做成毒品販售於黑市。李納德提倡陽光必須適當使用，在國人眼裡他是位「和平大使」。他的和平演說陪伴了上一輩人的童年，是在國內舉足輕重的政治家。

「但是，那又如何。」

「他並不是阿德拉那派的人。」

阿德拉是斯克爾的總統，進步派的領袖。汲取陽光的科技廣泛各國之後，大部分國家形成兩種黨派。一派是以「**陽光對目前人類過於危險，還不能開放給民眾**」為主的「**進步派**」；另一派則是「**陽光是自然資源，應該分享給全人類**」的「**共享派**」。
兩派都有正反論證，數百年內斯克爾裡也有過不少次政黨輪替，大多是保守的「進步派」得勝。但是，八年前那場大型光爆現象後的兩屆選舉，進步派都以高達九十百分比的民意贏得選戰。
因為目擊過那次大型光爆現象的人，不少都患上了光癌，陽光汲取供不應求造成了大量死亡。「**光爆現象**」與「**光癌**」從此被畫上等號。
陽光對現在的我們非常危險，我們還不能使用它，但國家會盡所能讓人民享受陽光——！當年六十歲的阿德拉發表了這番言論獲得了無數支持，並在四年前以相同說法輕鬆連任。
「做為和平大使，李納德很適合來致詞。」
「笨蛋，我才不是說這個。」瓦則認真解釋：「優勝者得到陽光，這不就符合共享派的理念嗎？」我們又不是真的職業車手，他補充道。悠也明白他的意思，職業車手資格本身就是誘因，根本沒必要把陽光當獎品。
「可是進步派的人卻接受了這件事並協助舉辦了比賽？」
「沒錯，這點很奇怪對吧——！」瓦則撐大眼，裝神弄鬼道：「不覺得這其中有什麼政治交易嗎？」
「我不這樣覺得……以現況看來，進步派不需要李納德也能輕鬆連任兩個月後的選舉。」悠也說得很對，但瓦則聳聳肩給他不以為然的眼神。
「這很難說，以現在資訊傳遞速度只要有一兩件大事局勢就會翻轉！你應該最懂我在說什麼吧？」
「大事……像八年前？」悠也苦惱般盯著他：「拜託，你到底想說什麼？」

「那個都市傳說，十——」瓦則刻意拉了長音：「一區啊！」

「十一區？你真的相信這種事？每一區領空都有一公里，十一區是地底人嗎？」悠也反駁道，瓦則卻嘲笑地搖了搖手指。

「哈，我就喜歡你這麼好捉弄，十一區只是人們茶餘飯後的話題別在意啦！」

「我就知道。」悠也嘟囔道。

此時眾人紛紛鼓譟並抬頭望著投影。李納德十指交握於桌前，雙肘促桌。

「各位參賽者大家好，相信大家都清楚這次比賽是為了紀念八年前意外逝去的人們，以及曾經挺身而出守護陽光的桑德斯局長。」

他閉上眼哀悼數秒後重新擺出和煦笑容。

「所以請各位盡情享受比賽，還有——陽光吧！」

四

比賽開始前參賽者紛紛戴上了主辦方準備的護目鏡。空航賽配給的護目鏡除了有保護頭部效果外，還能隨時顯現賽況資訊，例如軌道、名次、風向等等。

空航競技賽選在六百五十公尺的高空處，避開了大眾交通航線，比賽開始後會出現彩虹色的軌道，戴上護目鏡不僅是為了查看地圖，同時也能確保參賽者不會撞到建築物，護目鏡電腦系統會讓偏離軌道的參賽者撞上隱形的牆壁。

換句話說，參賽者也只能按照地圖所示進行移動。

「有了，看到了。」

「但這次賽道也太長了吧。」

悠也說。這次比賽起點於東環六區六百五十公尺處，終點則是東環六區的九百公尺。

「上升五十公尺就是一圈，也就是7圈囉！」

「一圈二十公里，總長大約一百四十公里呀，看來會是場持久戰。」

「你沒問題吧。」瓦則說。

「這還得看你的發揮。」悠也眨了眨眼。

空航競技賽表面上是賽車競技，事實上卻仰賴團體配合，瓦則擅長分析賽道與路線，悠也駕車技術卓越，因此形成了小組配合。

「各位請就位——！」

上空傳來語音，參賽者各自抛出裝在膠囊內的空航機車，這時嘩然聲四起，眾人目光紛紛關注在一台空航車上。那台空航車身超過兩公尺長，後方兩側的渦輪也是一般的兩倍大，更令人訝異的是駕駛這台車的竟是位女性。

嘩然聲之中，她靜靜垂下臉綁起了一頭藍色長髮，然後左腳一跨躍上機車，像沒受到影響一般。

「比賽就要開始，請各位注意！」

此時，起點處前方出現了給從網路、電視上觀看的人的倒數字樣。

與此同時，護目鏡內也正進行倒數。

3——2——1！

比賽開始！數百名參賽者如蝗蟲過境般衝出平台。

但才沒過幾分鐘，很快就形成了兩大車群。悠也查看了眼護目鏡左上方的名次——一五一名。

「我們落後了。」他的耳機與瓦則連線。

「別擔心，再怎麼說還有我墊後。」一七五名的瓦則開玩笑後說：「別擔心。」

基於性能緣故，車型也分為起步快、續航力長等不同類型。

善於直線、轉彎、上升等車型與車手類型也隨著每次比賽的軌道不同而有差異，悠也是屬於擅長直線超車的類型。

瓦則並非僅分析眼前的賽道，還有接續六圈可能遇到的情況。隨著每一圈高度上升，建築物會逐漸減少，也就是說軌道會趨於直線。

「目前的領先群擅長彎道，在這裡突出重圍也撐不到最後，況且很危險。」

「道理我明白！不過我們該從哪一圈開始突破——？」

看著系統顯示，在兩大車隊開始拉開一段不小的距離後，悠也難免急躁。

「至少第四圈，在這之前先忍忍吧！」

「好好好……！就聽你的。」

悠也說完，往後照鏡一看便看到了剛才那名女子，應該說她的機車太過顯眼了。

女子車速很慢，但就車型看來應該很有爆發力。

也太保守了吧？還是說她也有持久戰的念頭？這麼專業的話為什麼從沒在比賽看過她。基於好奇悠也用護目鏡檢視了女子的身分，報名參賽必須填入名字與相關資料。

黛安娜・西宮，二十一歲——

出生於八區南環，現職為空中列車服務員——

原來如此！悠也明白了她降速的理由，對在空中列車工作的人而言，他們相當了解天空的建築物與道路分布。

對一般人而言要掌握天空道路相當困難。

這必須談到國家規劃道路的原則。

八座「空之塔」向中心塔延伸出錯綜複雜的實體道路，只供行人使用。每一區延伸的空航道路高度起始為二十，接下來陸續為三百、六百五十公尺。

換言之，二十至三百、三百至六百五十公尺的空中就是空航汽機車、公車等交通工具的空間，道路顯示顏色為「**水泥灰**」。

然而，隨著時間、天氣變化等特殊原因，灰色道路也會隨之改變，屬於非實體道路，充滿了不確定性。

至於六百五十至一千公尺的高空為禁止家用車航行的區域。

因為那裡同樣有充滿不確定性的非實體道路。

例如：「**救護船的白色道路**」、「**消防船的紅色道路**」、「**空警的藍色道路**」、「**飛機的橘色道路**」。以及——「**空中列車的黃色道路**」。

悠也猜想黛安娜已經知道了今日空中列車的路徑，所以正在等待突圍的時機。他把這事告訴了瓦則，得到了認同。

「這猜測很有道理，對常人來說幾乎不會有到達六百五十公尺領空的機會。」

「所以跟著她應該沒問題吧？」

悠也看了眼右上角顯示，目前已經過了三圈。

「應該吧，對方或許也想好了突圍時機點，或許是四圈之後，不……可能是第五圈？」

瓦則才這麼一說，那名女子猛地加快油門超越了悠也。

「她衝過去了……！」

「怎麼回事？難道是我們想太多了嗎？」瓦則納悶地說。

「不，我總覺得不是這樣。」

悠也使用護目鏡看了賽況資訊，發現前段車隊似乎出現了停滯。

「發生車禍了嗎？」

「喂……悠也。」瓦則注意到什麼而大吃一驚。「比賽的賽道被改變了……」

「難怪，她會急忙衝出去！不能再等了……」

「好吧，你就追上去吧！」

說完，悠也也加緊馬力衝出落後車隊群，儘管如此卻看不到女子的車尾燈。

此時，他內心冒出疑問。

非實體道路雖然陰晴不定，但變更道路一事應該有先後順序才對，尤其是早已規劃的空航競技賽，不可能有突然變更的情況。

他看向遠處天空，並沒有出現任何顏色的道路，難道說發生了不可預期的事嗎？

五

第四圈賽道南環接續東環的末端，原先的賽道是條直線，不過在車隊靠近時，突然變成一道左彎，左彎夾雜了一排巨大的公寓大樓，車手們無法及時反應，發生了嚴重追撞。

好在有護目鏡的保護效果，沒有人受到嚴重傷害，但機車大多報銷無法再戰。

悠也經過後，排名瞬間上升到七名。

「看來我們很快就能享受陽光囉！」從系統上得知的瓦則喜孜孜道。

「別幸災樂禍了，就算獲勝也只是運氣好。」

悠也視線範圍內有零星四位車手，他猜想這些人應該是趕不上車隊的人意外躲過了追撞。然而這猜測是對的，他快速在後兩圈內輕鬆甩過了四名車手。

第三名，剩下一圈——！他在內心默念著：還剩兩人。

「悠也，你應該注意到了吧。」瓦則提醒他。

「是呀，那個車禍的左彎，角度隨著每一圈開始變大。」

就像是有什麼無形物品壓迫而來，使賽道不得不向左蜿蜒。

「沒錯，最後一個彎道是將近九十度的大左彎，通過後離終點只有一公里的直線。」

瓦則耳提面命道。

「知道了。」

回覆後他看到黛安娜正在前方，車速並沒有剛才來得快。

悠也想超越她，卻受到阻饒而遲遲無法過去。

難道第一名是她的夥伴？這麼大台的車就為了用來阻擋嗎，悠也恍然大悟。但該怎麼辦？在他苦思之餘，發現眼前的賽道左側似乎產生了微小壓縮，他想到了辦法。

或許行得通——！

悠也假借左側超車欺騙對方靠左阻擋，配合著正在壓縮的賽道，使得太過專注阻擋的黛安娜無法應變正在壓縮的賽道，她的大車撞上了受擠壓的牆壁上。

悠也抓準時機，往右一竄突破了她的防守！然後一路加速追趕，距離最後一圈不到十公里時，他看到了第一名的車尾燈。

兩人在最後一圈末端進行高速追逐，卻始終找不到超車的機會，最多只能貼近到一輛車身的距離。

別焦急，悠也對自己喊話並規劃著最後一搏。

機會只有終點前的大左彎——！

對方也意會到那是最終決勝點，於是刻意地佔據了容易被超車的內側。

追擊的氣氛頓時凝結，直到大左彎出現在兩位車手眼前，兩人同時朝左彎起車頭，悠也知道內側超車已不可能，但他也不打算讓對方輕易過去。

於是緊緊貼住對方的車，對方也給予抵抗。

在切出彎道之前，相互碰撞的車子磨擦出陣陣火花，冒出了陣陣白煙。

咻——

悠也率先從白煙中竄出。

是我贏了！他振奮地發出呼喊時，瞄往後照鏡後心裡傳來一絲古怪。散開的煙霧裡沒有任何人，對方像空氣一樣消失在他的後照鏡裡。

怎麼回事……？在悠也疑惑地晃了晃腦袋時，忽然他的視野受到右側天空吸引。右側那片天空中有一艘正散發金黃色的飛船，船體寫著大大的四個字：「陽光一號」。

那就是陽光嗎——？

好美——！

第一次看到陽光飛船的悠也大開眼界。就在此時，陽光一號船體四周瀰漫起陣陣白煙，就像不經意飄渺溢出的煙縷，無規律地吹向遠方。

不出幾秒鐘，那團白煙像被賦予生命般將飛船團團包圍，船體顏色漸漸與天空重疊，當它即將消失在眼際時，悠也清醒了過來，腦中卻被塞入一大片空白。

那是……「藍天」？悠也垂下了雙手，停滯在看得到終點的道路上，抬頭凝視著被白煙包圍的方位。

悠也？你怎麼了，快點衝過終點啊——！

瓦則的催促聲，在他的耳裡越來越不清晰，越來越小聲。

悠也？悠也？腦袋不斷傳出有誰喊叫自己的回音，忽地間他彷彿聽到了米爾絲的聲音。

悠也，去感受天空吧！——

這句話重啟了悠也的腦內思路，他脫下了護目鏡，加速油門闖出了競技賽軌道。

「這裡不是交通道路，請立刻回歸正途——！」

車上系統發出警示，但他毫不理會，不顧一切地衝入那團白煙。

衝入後他發現飛船裡裡外外都瀰漫著濃煙。飛船正門被以奇怪的形式打開，門縫處受到嚴重擠壓至變形，如同誰曾徒手把鐵門拔開。

那只會出現在少年漫畫裡吧？悠也忍不住吐槽自己的想法。

藍天，我一定要阻止你們——！

他收起機車頂著煙霧往前進，煙霧散發模式怪異，它環繞在船體周遭，讓人能清楚知道船內空間分布。走著走著，悠也前方煙霧範圍縮小為一扇門的寬度。

不知為何，他覺得「陽光」應該就存放在門後的空間。

「啊……！」

突地，門內傳出男人的慘叫聲及「喀！」的一聲，像是骨頭被折斷會發出的聲響。悠也聽聞，無法控制地退了一步，卻踩到了什麼而摔倒在地。

他仔細一看原來是位被撂倒的男人，男人穿著機師服口吐白沫之外，身上有多處像是被利器劃傷的傷痕。

「啊……」悠也內心產生畏懼，他不曉得自己真的能否對抗「藍天」。

門內忽然傳出腳步聲，似乎聽到了悠也的聲音。

悠也貼緊攀附在牆壁的白煙之中，屏住呼吸。

不久有一人從煙霧中走了出來，他左顧右盼看起來毫無防備，悠也見狀從對方目光死角撲了出來，但對方反應迅速，借力使力將他過肩摔到地上。

好痛，悠也一手扶著背部，另一手準備隨時抵禦對方的攻擊。但對方並沒有攻過來，而是往門外方向走去，似乎想要離開。

「我不會……讓你跑的！」

悠也站起身又撲了過去，卻被輕鬆躲開。悠也再次準備起身糾纏對方時，卻站不起來。他的小腿突然感到灼熱，猶如一把火正在腿上燃燒。對方瞄了眼悠也的臉後從容離去，煙霧不一會兒便散開了。

此時，外頭傳出警鈴聲，三位姍姍來遲的空警順著藍色道路前來。

「又被對方跑掉了。」帶頭空警不以為然地說，他是位中年男性。「先確認機長以及傷患狀況。」

「陽光呢……？陽光數量不用盤查嗎？」

發問的人是名年輕男警，站在他身旁另一位是年輕女警。

「那種事一點都不重要！」

聽聞，剩餘兩人走進了那道存放陽光的門後。

「陽光不重要嗎？那些人不就是為了陽光而來嗎？」悠也忍不住插話後，小小聲地補了一句：「當然……我是說人也很重要……」

「年輕人你為什麼會來到這裡，這個高度不允許民航車行駛。」對方完全無視他的話。

「空航競技賽……我在抵達終點前看到了飛船。」

悠也一五一十地說出來。

「你已經違反了空航交通法，要請你跟我們走趟警局——」

「等等，波頓隊長。」

女警打斷了他的說話。

「摁？」

「機長、副機長與機組人員受傷並無生命危險，也沒有遺失任何陽光。」

「真的——？」

他發出質疑，顯然不大相信陽光全數安在。

「是的。」女警肯定的點頭。「我想是因為這位男子的突然闖入讓對方沒機會奪取陽光。」

「所以，妳希望我網開一面？」

女警沒有直接回覆，旁推側引道：「既然陽光沒有遺失，也沒有傷亡，已經算是最好的劇本了吧？」

「隨妳便。」空警隊長揮揮手，然後走進了飛船內部調查。

「謝謝妳……替我說話。」悠也向著女警方向點了個頭。

「別誤會，是因為你闖入了禁航領空觸動了警報，我們才早一步抵達。」女警在悠也身邊蹲下，看到他腿上傷痕時倒抽了口氣。

「這是……！」

「對方用刀攻擊我，但總覺得小腿快燒起來了。」悠也對腿上散發光線的傷口毫無頭緒。

「這不是一般的刀，是陽光武器造成的傷口……！」

「陽光武器……？」

那是什麼，悠也問道。女警沒有回答，轉頭查看了其餘兩位空警，發現他們的注意力都在機長室時，她拿出一個小扁瓶，打開後裡面發出微微光芒。

「這是軟膏，對你的傷口有幫助。」她將軟膏塗抹在悠也的傷口，沒幾秒鐘灼熱感便消退了不少。

「這是……醫療用陽光嗎？」

「摁……算是吧。」

她欲言又止的收起扁瓶，似乎想盡快脫離這個話題。

悠也看著正在快速癒合的傷口疑惑道。「空警會隨身攜帶這種東西？」

「問這麼多幹嘛？下次不要這麼莽撞了！」女警注意到自己有些大聲，難掩歉意地更靠近了悠也，謹慎道：「再有下次，我就幫不了你了。」

這句話喚起了悠也的回憶。

「請等一下……！」他抬起臉看到了女警那雙熟悉又惶恐不安的雙眼。「是妳……？」

「什麼？」她納悶地側著臉。

「在八年前的十區，妳救過我一次，妳是叫做莎莉，對嗎……？」

他很確信，他忘不了這個名字。

聽聞，女警訝異地張大了眼，全身僵硬宛如石頭。

「怎麼了嗎？」

靠近的年輕空警拍拍她的肩膀，她才回過神來。

「卡爾，不……沒事。」她眼神閃爍地望著地板。「調查結束就快離開吧，剩下的就交給救護船……」

「等等，妳還沒回答我。」悠也追問。

「妳認識他嗎，莎莉？」

莎莉站了起來，果斷搖搖頭。

「不，不認識。我只是碰巧與他的熟人同名而已。」

「騙人！」悠也激動地指著左眼下緣的疤痕。「妳一定還記得我吧……？」

「不，不記得……」

莎莉頓了一拍，平撫情緒似地換了口氣。「這片天空上，早已沒有值得我記住的人了。」

六

今日東環六區九百公尺領空發生的「藍天劫運飛船事件」被新聞媒體、網路瘋狂轉載著。最大原因是「空航交通法」延伸出空航競技賽軌道受壓縮引發的車禍。

空航交通法規定了空中的優先順序，按理而言空航競技賽軌道不受其他因素影響。但是陽光飛船路線為最高機密，在天空中擁有第一優先權，也不會出現任何顏色的道路。

車禍使大量車手受傷，車手於原地等待救援時目擊到了煙霧迷漫飛船的一刻，將近七十位目擊者讓這件事曝了光。

「我從波頓隊長那聽說經過了，事件算是平安落幕，上頭要我們不要回應任何一句話。」

東環六區空警局長慕斯說。

「可是有很多人看到了！」

「妳還聽不懂嗎？」慕斯口吻嚴肅，立場相當堅決。

「不……報告局長，我聽得懂。」莎莉雙手併直貼緊大腿。「但……這與上個月桑德斯局長的死，或者黑市之間有關連，民眾或許會怎麼……聯想——」

「那又怎麼樣。」他的臉色漸不耐煩。「妳認為我們該深入嗎？我知道身為空警，妳為追尋『流雲』用心良苦。但妳成功阻止過嗎？」

「不，沒有。」聽聞流雲，莎莉聳肩低語：「從來沒有。」

「聽我說莎莉，上個月的事已經過了。」慕斯站起身繞過了局長辦公桌，苦口婆心說，「再兩個月選舉就到了，我們不能讓記者用『藍天盜取陽光走私到黑市』作為獨家標題妳懂嗎？這會讓妳以及我直接失去工作。如果是我就算了，我離退休也不過十年內的事，但妳呢？才二十一歲就被開除不是划不來了嗎？」

莎莉聳聳肩沒有回話，她知道局長不過是為了保住自己的飯碗。

「妳都聽到了嗎？」

「記者不會在意這種事。」

她冷冷地甩了甩紅色馬尾。「現在他們都在探索傳說中的十一區——」

「夠了！停止這番言論。」慕斯急躁地拍了桌子，忿恨低語道：「那個男人不會想聽到這番話。」

「那個男人是指……進步派的領袖嗎？」

「妳很清醒嘛，我和他、還有桑德斯有共事的經驗，他不是會善罷甘休的人。何況十天後有共享派參選宣言，不論是這次案件，還是十一區——千萬別再讓我從妳口中聽到！」

「感謝局長的好意。」莎莉不改臉色的攤開雙手，看著漂浮在局長桌上的電子報紙，酸言酸語道：「那這次呢？事件都已經鬧大了還不插手，這也是進步派的指令嗎？」

這不關妳的事，慕斯局長說著右手端起電子報紙，按下了報紙右上方的「銷毀」按鈕後，報紙煙消雲散。「只要給社會大眾一個交代，說我們抓到藍天成員，上個月的事也會說得過去。」

「啊……？我們並沒有逮到對方啊？」

「陽光一號裡不有個不該出現在那的人嗎？」

慕斯對著她斜眼一瞪，莎莉瞬間張大了眼。「他不是藍天的人，甚至還被對方攻擊……！」

「妳怎知道他不是自導自演呢？」局長發出質疑，事實上他根本不在乎莎莉會怎麼回答。於是自顧自說下去：「只要給大使交代，事件就會圓滿落幕。」

「局長，我們不能讓這種事發生。」

「莎莉呀，妳從十七歲進入空警至今……」慕斯掰了掰四根手指。「也四年了吧？」

「所以呢。」

「妳算不上菜鳥了，世界有多現實，我不需要解釋更清楚了吧？」

「也許您是對的，但……既然知道那不是真的，我就不能讓這種事發生──！」莎莉氣沖沖地轉頭離去。

「莎莉・謝米──！妳知道自己在做什麼嗎？」

慕斯對著她的背影大喊，莎莉轉過頭。

「我當然知道，這是身為空警該做的事！」

東環六區七百公尺領空，國家飯店的五十三樓貴賓室裡，三十七歲的哈克斯如坐針氈的等待著誰來臨。不一會兒，李納德・林在保鑣護送下走進了貴賓室裡。

「林先生您好，非常抱歉讓您跑一趟。」

哈克斯起身鞠躬，直到對方入座後才敢抬起頭。哈克斯是進步派內的第二把交椅，為了下次選舉他必須討好在國內舉足輕重的外交大使。

李納德端起了桌上熱騰騰的紅茶，小心地啜飲一口。

「恭維的話，就不必了吧。」
「對於今日的插曲實在非常抱歉——！」他再次鞠躬。
「坐下比較好說話。」
哈克斯戰戰兢兢地坐下，待他做出聽訓姿態後，李納德放下茶杯。
「一般而言，人們認知中的插曲指的是運氣不好、或者意料以外的事。但……」他朝著對方側過上半身。「事實真是如此嗎？」
「這……」哈克斯無法反駁。
「不可否認，貴國在提供淨化、汲取陽光技術上是無私與大愛的展現。淨化過的陽光讓社會更進一步靠近原始的天空。不過，危險不也伴隨其中而來嗎？光癌很可能就是人們錯誤的使用陽光的後果吧？」
「不……這點尚未得到證明，只是民間的臆測。」
「黑市走私陽光做為毒品呢？這點多少有下落吧？」
「是……多少有零星案例存在。」
「零星？」李納德顯然對這二字不大滿意，他背靠緊紅色沙發椅背，皺起了眉頭，語調急速上升。「四百年前，聯合國連署的『陽光使用公約』，我記得發起國就是貴國，是吧？」
他說的是事實，哈克斯垂下頭無言以對。
「百年前，有個國家錯誤地使用了陽光，為世界和平帶來了恐慌。最終在聯合國的制裁下他們付出了慘痛代價——！身為我國森里亞之鄰國，同時又是陽光技術發明國，我不希望看到貴國淪落於此，於是維護陽光正常發展成為了我二十多年的使命來源。」

說著，李納德從懷中掏出個小玻璃瓶放在桌上，裡面放著「森里亞」的三葉草國徽，象徵著幸福、也同時為該國的形狀。

「當然，守護陽光科技健康發展是我國的責任。」

哈克斯拍拍胸脯，李納德皮笑肉不笑地抽起嘴角，搖了搖頭。「或許我說得不夠清楚，真正促使我成為貴國與我國橋梁的——是那存在貴國長達三百年的組織！」

「您是說……藍天那群竊取陽光的賊。」

「賊？」李納德向他投以強烈目光與懷疑，再次搖頭道：「只有被逮到的賊，才足以稱作賊。」

他的話像極了在說——「**是你們縱容了藍天**」。

「實在非常抱歉！這次藍天襲擊飛船事件，空警已經抓到人了。」

李納德訝異地張了「哦」的嘴型，又說道：「是嗎？」

「是的，快把人帶進來——！」

哈克斯對外一喊，幾位保鑣將雙手被綑綁、嘴巴被膠布貼起的悠也押入貴賓室。李納德低頭看了他一眼，疑問道：「你確定他是藍天的人嗎？」

悠也不斷掙扎搖頭。

「是的，他登入了空航競技賽似乎是為了更靠近陽光一號，全名為悠也·史凱爾。」

「也好，我並非是不通情達理的人。」

李納德將玻璃瓶收進懷中，慢慢站起身。

「我並不會干預貴國政治，不過要是藍天再猖獗下去，又發生與上個月桑德斯局長類似事件，共享派勢必會找機會大作文章。」

「我明白了！那這位犯人您認為該如何處置。」

「身為領導國家的政黨，你們會知道該如何處理的。」李納德往門的方向走去，這時緋紅色的大門先一步打開，綁著紅色馬尾的女子走入門內。

「請等一下！」

「妳是什麼人？是誰准許妳進來的！」

哈克斯向外探頭，走廊上的保鑣被一個個撂倒在地。

「我是隸屬於東環六區空警局的員警莎莉・謝米。這位男子並非是藍天組織成員。」莎莉對著迎面而來的李納德秀出光澤亮麗的警徽。

「給我注意一點！在妳面前的可是大使先生——」

「我很清楚。」

莎莉雙眼直盯著李納德。「我有把握這次只是個誤會，您怎麼看呢，大使先生？」

「女警小姐是特別來攪局的嗎。」

「不，我確定該男子受到對方毫不留情地攻擊，所以請多加考慮。」莎莉接著用只有兩人聽得到的聲音低語道：「這是為了您身為大使的格局著想。」

此時，貴賓室內四周產生了變化，彷彿被傳送到另外一個空間，正對著大門的牆壁上出現了灰暗影像，似乎是某個房間的投影，鏡頭最末端的沙發椅上有一盞暖黃色燈光，伴隨左右的是一瓶外觀高貴的紅酒。

忽地，空蕩蕩的畫面中傳出了男性的沙啞低嗓。

「哈克斯，事情處理的如何？」

「其實……現在……」

哈克斯吞吞吐吐地解釋了現況。

「我明白了。」

叩、叩、叩，隨著響亮清脆的腳步聲，一名身形高瘦的男人走入了灰暗影像並坐入遠處的沙發。暖色燈光打在他的臉上形成了層層陰影，讓他的瘦削臉頰多了幾分冷冽。

「也不用把事情搞得太過複雜，林先生，您怎麼看？」

「既然進步派參選人，艾德曼主席都說話了，我沒有任何疑問。」

「您過獎了，我是受到阿德拉總統的看中才有這一天，只能算是第二號人物。」

「您客氣了，那我先告辭。」

李納德不吭不響地離開了貴賓室。

「艾德曼先生，真的不用處理這一個可疑男子嗎？」

「夠了哈克斯！謝米警官不也說了嗎？何況現在，金不會給我們時間處理這些事，我太了解他了。」艾德曼揮了揮手。「讓他們離開，我們不能對公民做出不公平待遇。」

「感謝您的寬容，艾德曼先生。」莎莉鞠躬道。

「小事一件，對了那位男子叫什麼名字？」

哈克斯撕下了悠也嘴上的膠布。

「悠也……」悠也咳了兩聲道：「悠也・史凱爾。」

「辛苦您了，史凱爾先生。對於這次誤會我們深感抱歉。」

影像那頭艾德曼雙手貼緊大腿，低頭進行賠罪。事件結束後，莎莉與悠也在保鑣護送下離開了大樓。

直到出了大樓門外，莎莉才鬆了一口氣。

「要是我沒來，你的小命可能不保。」

「謝謝妳……又幫了我一次。但那個叫艾德曼的人看起來不壞，應該不至於……」悠也垂下臉。

「你錯了，他只是為了下屆總統選舉。」

「進步派還有個總統，不是嗎。」

「總統阿德拉年紀大了，在進步派裡早就失去權力，國會裡的進步派議員也多半是艾德曼的心腹。對他而言，最大阻礙是共享派的領導人道格拉斯・金。」

「這樣啊……」

他恍恍點了頭，雙手插進口袋眼神游移道：「話說……當年的確是妳救了我吧？」

聽言，莎莉抑制了眼眶的擴張，以輕點頭替代回答。

接著，她若無其事地將手伸進夾克口袋，掏出枚藍白色八邊形徽章，拋向了悠也。

「當時有些匆忙，所以忘了還給你。」

悠也雙手合十接住，徽章一點灰塵都沒有。她似乎將徽章隨時帶在身上，悠也思忖著那天畫面，莎莉惶恐不安的雙眼，絕不是用匆忙能夠解釋的。

「妳遇到了什麼麻煩嗎……？」

莎莉側過身凝視著地面。「已經不重要了。」悠也微張開嘴，用點頭壓抑了想追問的意圖。

「我還是那句話，別再進到陽光飛船裡面了，那是違法行為！」

「我想阻止藍天，我只是想……解放天空！」

「啊？」莎莉張大著嘴。

「他們奪走了陽光資源，陽光本該屬於所有人才對吧？」
「沒有藍天，你認為你就能享受陽光嗎？」
莎莉的話一針見血。悠也只能支吾其言，「不……我不是這個意思——」
「解放天空，你把事情想得太過簡單了吧？你擁有了整片天空嗎？」
莎莉不滿的口吻變得濃烈。
「沒、沒有。」
「在解放天空之前，就必須要佔領天空。天空上發生的一切，比你所想還要更複雜，所以別再做出這麼愚蠢的行為了！」
頓時，悠也從她的態度感到疑惑，他垂下臉口中呢喃道：「這是為什麼？」
「還能有什麼，你差點就因為這種不切實際的想法而沒命了！」
「不是，我不是說這個……」
悠也反覆思索後，慢慢抬起眼。「妳怎麼知道……我不可能是藍天的人？」
「這是……因為……」
她目光逃避似地轉向遠方，卻又因為眼角餘光掃到什麼而驚慌失措，她晃著腦袋喊著：「不，不要。」
不要？妳到底在說什麼——
霎那間，悠也感覺電流爬過全身，意識很快就模糊過去。

七

「說吧！該怎麼處置他。」

「你在胡說些什麼？」

一男一女對談聲傳來，悠也迷迷糊糊中張開了眼，發現自己正處在一個灰暗的空間。

「這個人很可疑吧，否則妳為何要幫助他？」

「不是你想像的那樣。」

男子聲音聽來性格衝動，女子聲音很小聲，悠也聽不太到。

到底發生了什麼事？他想站起來卻沒辦法，因為雙手似乎被綁在身後的柱子，鐵鏈纏得很緊只有些微晃動的空間。

不動還好，一動鐵鍊聲引發了門外關注。鐵門很快便被打開，打開後微微光線透進，悠也感覺那是走廊的燈光。換句話說，他可能正身處某棟建築物的深處。當他正盤算著要如何確認時，燈光被打開了，室內空無一物。

一個與他年紀相仿的男人慢慢靠近，蹲在了他的眼前。

「你終於醒來了呀！還真能睡啊。」

「你是誰，這裡又是哪裡？」

「雨，妳差不多該進來解釋解釋了吧！」

雨？那是誰的名字嗎？

霎時，走進來的人竟是莎莉。
「夏，你真是夠了！」
莎莉說著，視線刻意避開了悠也。
「莎莉？」悠也不明所以的沉下臉，記憶忽地回到被襲擊之前，他心中有了答案。「藍天……妳是藍天的人，所以妳知道我不可能是藍天的人。」
「摁……就是這樣子，這裡是藍天的基地……」
莎莉點頭的同時，悠也心情五味雜陳。
最討厭藍天的他，竟然被藍天的人所救。
「這下不得不解決他了呢。」被稱為夏的男人戲謔般地抽出短棍，上頭還竄著電流。似乎就是剛才擊暈他的武器。
「就點到為止吧。」
此時一名中年男性停靠在門邊，他戴著眼鏡穿著整齊西裝，頭戴著一頂帽子。
「默，您來了呀。」
「摁，現在不是開玩笑的時候。」
夏聽聞，沒趣的收起手中武器。名為默的男人說話似乎很有份量，他對著莎莉質問：「雨，差不多可以向我解釋了吧？」
「解釋嗎？沒什麼好解釋的，我的職業還是名空警。」莎莉抬頭挺胸道。
「希望妳別忘記，藍天培育妳不是為了當空警。」
「等等——到底發生什麼事？」滿腦子混亂的悠也不得不插話。「你們劫運了陽光一號、你們的人攻擊了我，然後身為空警的妳又救了我？」

「那些之後再解釋——！」莎莉快速帶過，轉向了默開口。「這人名為悠也‧史凱爾。他無端被捲入，我只是想幫助他。」

「妳今日行為非常危險，要是曝了光，導致後續計畫失敗後果有多嚴重妳知道嗎！」

「我……」

她緊握的拳頭忽地鬆開，歉意浮上了臉龐。「我很抱歉……我沒有其他意思，就讓他離開吧。」

「真的嗎？」

默從門外慢慢靠近，手伸進西裝外套中掏著什麼。

莎莉難掩慌亂地說：「默，你要做什麼。」

「妳明白的，我必須先為八年來的交情說聲抱歉。」他從內袋裡掏出吊飾般的玻璃瓶。「因為，我現在要測試妳的忠誠！」

說完，他手中的玻璃瓶忽地膨脹為一般大小，裡面擺著一只老舊手錶。

「說吧，說妳和這男子完全沒有任何關聯，對著玻璃瓶發誓！」

莎莉的精神非常緊繃，就連旁觀的悠也都能感受到她的臉部肌肉異常僵硬。

「妳就……說吧，說妳和我完全沒有關聯。」

「閉嘴——！你給我安靜點……」她莫名對著悠也大吼後知道這也無濟於事。莎利閃爍地看著眼前的玻璃瓶，吞吞吐吐地說。

「我、我和他一點都——」

「等等！」

忽然默中途喊停並示意所有人保持安靜。

在極度沉靜之下，他們聽到了瓶內傳出細小類似機械運作的聲音。

滴——答——滴——答——

「手錶動了起來？」夏不以為意的指著手錶，像在表達「不過就是這樣罷了」。默搖搖頭。

「沒有更替電池的緣故，十幾年前早就停止運轉了，怎麼會這樣子？」默擺出偵探在遇到謎題時，不解抵著下巴的姿勢，然後他輪流看向夏、莎莉。

「這只錶是古董品了，生產於六百年前。當時人們傾向用太陽能發電，當然這支錶也是……難不成——！」

他恍然大悟，轉過臉盯著悠也。

「讓他走吧……默。」莎莉誠懇苦求。

「不行，這事不歸妳決定。因為妳欺騙了我們，長達八年之久——！」默激動地走到悠也身旁，解開他雙手的鐵鍊，使勁拉起他的身子。

「走！跟我來一趟。」

「等等！你要帶我去哪？先把話說清楚……！」

悠也腦中有一大堆疑問，莎莉還有眼前男人對他的態度非常奇怪，他認為疑點的源頭全指向八年前的那一天。

「我要帶你去見我們的首領！不，不對。我要你加入藍天——！」

「為什麼——！」

悠也甩動肩膀掙脫，不小心揮落了對方的帽子。他沒預期到對方竟然沒出什麼力。

不，應該說他沒想到那名男子力氣異常弱小，就像隻脆弱的昆蟲。

「因為……」他彎下腰撿拾帽子，一頭顯眼的銀白色頭髮在悠也眼前展露無遺。「你吃下了我們的希望。」

「你是光癌患者？」

「你知道呀？」

「摁，我母親也是，但……她因為你們劫取運送到醫院的生命一號，延誤治療而死去。」

默的表情產生些許變化，同情使他的情緒變得和緩。

「我很抱歉。」他在嘴裡小小聲重複唸著：但那就好辦了。

不知為何，悠也無法對患有光癌的他發怒。

「你說，那句話是什麼意思。」

「那句話？哦——」默想起他指的是「你吃下了我們的希望」，於是進一步說道：「代號『雨』的成員莎莉・謝米八年前偷走了重要的物品，那是擁有無限陽光的永恆光石。」

「永恆光石？」

「你想知道更多的話，就跟我來吧。」

默毫不猶豫地走出囚禁悠也的房間，他認定悠也一定會跟上來。

八

悠也與莎莉面面相覷後，獨自跟上了默的腳步。

門外是一條長廊，兩側掛上了好幾幅褪色的畫像，木製牆壁被侵蝕破了好幾個小洞，悠也朝小洞窺探，並不能清楚看到外面，或說外頭灰暗地讓他覺得這在某個隱密建築的深處。

「這裡是哪裡？」

「我會告訴你。」默逕自往前走向上樓的階梯，悠也握了腐朽的握把跟了上去。

「她會怎麼樣……？」

「你是指雨嗎。」

「是吧……莎莉，她似乎做了違反規則的事吧，你們會殺了她嗎？」

他嘴角一抽，像是在笑，「殺了她？不可能。藍天是不會殺人的，甚至連傷害他人都不會。」

默嘴裡這麼說，悠也不苟同，只是保持沉默直到他們上走過好幾層階梯，停在了一間明顯較為氣派的房門外。

「就是這裡，進去吧。」

「慢著。」

「還有什麼疑問嗎？」

「其實我聽到了……上個月逝世的桑德斯局長，兇手可能和藍天有關，也就是說你們殺了他……？」

「那並不是我們做的，包含傷害你這件事。」

「我要怎麼確定，你說的是真的？」

他慢條斯理地說出口，並等待著默的回應。

默不打算解釋，推開了門，「用你的雙眼。」

門被推開的瞬間，悠也看見了熟悉的身影，對方似乎正與誰在對話。
「秤先生您在呀。」默說著，對悠也介紹道：「這位是森里亞駐斯克爾外交大使，在藍天的代號為『秤』，是衡量事物輕重的天秤。」
「李納德・林——⁉」
「摁？」李納德轉過側臉。「我記得你，悠也・史凱爾。」
「我也記得你，但不是什麼好的方向。」
「我也一樣。如果你就這麼被處理掉對我們也算好事，要不是雨壞了我的好事。」他對著默發出哀嘆，默挺直背脊道：「秤先生，雨有她的想法，而我認為她是對的。」
「默，我不這麼認為。」他搖搖手指，不客氣地說：「那是你個人的立場問題吧？」
他聳了聳肩。「或許吧。」
「這種人就是首領，」悠也呢喃，默輕聲回覆：「不，他並不是首領。」
這時，有個男人的聲音從李納德對面傳來。
「秤先生，今天就先這樣吧，那邊再麻煩您了。」
「好吧。海，希望你別忘了藍天存在的意義，否則只會再招來無謂犧牲。」
「唉——我明白了。」
說完，李納德憑空消失。
「原來是立體投影嗎？」
「摁，這很常見吧。」
悠也當然知道，不過那個投影真實得像對方就在眼前。

「進來吧。」
裡面的男人喊道，默領著悠也進去，眼前是名年紀四十出頭的男人，他的頭髮向後梳，鬍渣與眉間皺紋讓他顯得很頹廢。
「這位就是現任藍天的首領，海。」
「我都聽說了，雨保護了他。」海揚起疲憊苦笑，拿起銀色鋼筆來回指著兩人。「秤似乎很不滿哦。」
「這是意料中的事，秤先生的立場恐怕與我相反。」
「你們不都是藍天成員嗎？」
「加入藍天，只代表我們有相同理想。」默冷冷回道：「但是達成理想的方式不盡相同，難免會牴觸彼此。」
「你們有什麼目的……？藍天的存在到底是為了什麼？」
藍天為了什麼理想需要不斷盜取陽光？他從沒深思過這件事，僅因為母親米爾絲的死就斷定藍天是個可惡至極的人們所集結成的組織。
但在看到默的那頭髮色後，他不得不審視答案。見到他思考的模樣，海嘴角不自主上揚。
「看你的表情，多少有答案了吧？」
「光癌。」他轉向默確認似地開口：「是為了治療光癌患者……？」
「沒錯。」默說。
「等等……那在醫院的光癌患者呢？你們就毫不考慮他們的死活嗎——！」悠也難掩情緒激動。
「悠也・史凱爾，原則上我們是不會劫持運送到醫院的陽光飛船——」

「放屁——！那我母親為什麼而死……？」

「默，你說錯了呢。」海瞧了他一眼，淡淡說道：「藍天的確曾劫持過生命一號，我們有義務向你釋清楚。」

「解釋？是要解釋什麼？」

解釋能讓人起死回生嗎？

解釋不就是為了彌補犯錯的藉口嗎？

他腦袋不斷循環著這兩句話，但仍等待著對方作出解釋，儘管他不曉得得到解釋又能如何。

「因為，在這裡還有數以萬計的光癌患者。」

「這裡……到底是哪裡？」

悠也看向窗外，窗外如黃昏般地灰暗，僅有微微路燈點亮著。

「斯克爾這個國家的最底層，」海張開雙臂道：「傳說中的第十一區——！」

「十一區……不是只是個都市傳說嗎？」

「當然不是，十一區是國家不願面對的黑夜，因此這裡總是保持著灰暗。」

海十指交錯在桌上，凝視著桌邊兩個玻璃瓶。

「海，先不談那些，我有一個好消息。」

「是嗎，你說說看？」

「八年前雨欺騙了我們，她讓這位男子悠也・史凱爾吃下了那顆石頭——！」

「這是……真的嗎？」

海緩緩轉向悠也，投以訝異目光。

「應該是吧……當時我看到了光爆反應……感覺自己快要死了。她讓我吃下了那顆石頭之後身體就沒事了……但石頭已經消化了八年，也沒辦法吐還給你們。」

「你聽到了嗎！海，我們必須——」

「默，我明白你的意思，但我們還欠悠也・史凱爾一個解釋。」海打斷了他的話，神情忽轉哀傷地說：「剛好，稍早我收到了一個解釋的機會。」

「解釋的機會？」默咬緊牙關，不好的預感油然而生。

是的。海點頭後把桌邊兩罐玻璃瓶移至眼前。一個裝滿泥土、另一個裝滿了青草。

「東環七區的作戰失敗了。」

「什麼！」默難以接受的拿下了眼鏡。

「對，失敗了。」海溫柔細語道，然後出手推倒了桌邊的玻璃瓶。

框啷——！桌子高度明明不及一公尺，玻璃瓶卻摔得粉碎，就像隱喻著人類的脆弱。

泥土、青草隨著瓶身碎裂遍佈一地。

窗外燈光微微閃爍，天色似乎又暗了一些。

「請你們安息吧——」海哀默道。

第一章（完）

第二章、漸暗的巷口

一

邁爾斯・嶋一手拄著拐杖、一手捧著三束花步入了飛機頭等艙，找到座位後他將花一一擺靠在窗邊。

「嶋先生您好，需要替您將花擺到其他位置嗎？」

空姐熱心詢問，他輕輕搖頭。

「我希望它們能一直在我身邊就好了。」

「好的。」空姐輕輕點頭，看著花束微笑道：「這些花真漂亮。」

「我贊同。」邁爾斯舉起拐杖，在右手腕輕敲兩下後，拐杖像是藤蔓攀上手腕成為了手錶。「只有在森里亞能夠看到這麼美麗的花。」

「您過獎了。」

「這是實話，走遍全世界只有這裡，能看到不少早已絕種的美麗植物，我甚至把森里亞當成我的故鄉。」

「那希望您能夠早日回來，祝您有段快樂的旅程。」

空姐用的話像是設定過的客套應答，令他想忍不住看看對方背後是不是鎖上了螺絲，否則怎麼像個機器人一樣。

「好的。」

邁爾斯回敬笑容。

算了吧，這也不是第一次了。他摸摸鬍子坐上了舒服的位置。很少人能與他分享關於大自然的喜悅，這是他愛上森里亞的最大原因。

飛機即將啟航，準備飛離這座被稱為森林之國的森里亞。

如果可以，我會再回來的——

世界失去陽光之後，花、草、樹木等植物並非完全消失，只有在植物園等特殊溫室下才能看到。但唯獨森里亞不同，它是世界上唯一一個植物能夠自然生長的國家。鄰近赤道的森里亞，自然環境更接近歷史課本提過的——以前的世界。

森里亞各屆政府有共識地都朝這方向發展，國際間、歷史上不乏名人諷刺他們是科技不發達的國家，所以才毫無選擇。

邁爾斯對這類言論感到可笑，更可笑的是他深知從前的自己就是這種人，直到他親眼見識到高大而美麗的自然生態。

八十五歲的「邁爾斯・嶋」出生於斯克爾北環六區。

懂事以後他明白人若不往上爬，就只會不停往下墜。於是他拚命工作成為一位出色企業家。然而，汲汲營營於事業的他在四十三歲時遭遇了件改變他人生觀的大事。

與他同齡的妻子茉莉死於一場車禍——

一台家用空航汽車自動導航故障，失控撞上了正在行人區的茉莉。

在當年這是十分罕見的案例，交通違規者大多是闖紅燈、行駛過錯誤航道等等。近百年內，從沒發生交通工具撞上行人的案例，因為行人區距離車道有數十公尺的安全距離。

肇事者有無責任成為專家學者討論的議題，結論為國家空航汽車公司必須賠償。

由於這次意外，國家明文規定廢除全自動導駕駛。往好處說是為了防止意外再次發生；實際上，只是國家不願承擔責任。

誰想得到，全自動駕駛會出問題——

國家空航汽車公司的發言人在法庭上這麼回答，試圖想取得庭上認同。法官當然不輕易同意，殊不知邁爾斯卻認同了這番說詞。

是呀，有誰會知道呢？

茉莉的車禍事發太快，使他措手不及。失去心愛妻子的他，第一次意識到生命很脆弱，就算科技再進步，又有誰能料到意外？

從前他想過醫療水準逐日進步，花上人生前半輩子、於五十歲上下專心享福。也思考過再奢侈一點——等到他過當時人類年紀平均的八十歲時，醫療可能又更加進步，活過百歲也不再是空谷足音之事。

然而事實是至今人類均歲並沒有太多突破，況且現在能活多久又有什麼意義。妻子的意外離世，早就打破了他對未來的美好幻想。

人類不能保守看待一生，那恐怕會留下太多遺憾——他記取這份教訓，從企業家角色退了下來並環遊世界各國，即便是位在地球另一端。

然而，最後讓他停下腳步的就是故鄉斯克爾的鄰國——「森里亞」。

在來到森里亞之前，他聽聞該國人民特別長壽。

明明已經不在意的他，卻對這個公開的祕密猛然興起興趣。在森里亞的機場裡，販賣著電子導覽手冊、另外亦有用紙做成的書。

邁爾斯想都不想就買了書，因為用樹木做成的紙類書籍相當稀有。翻開第一頁他看到了一片樹海，雖然從未見過，但他認為那是古人所謂的「森林」。

太美了，真的太美了——！

他深刻的體會到，森里亞人長壽的祕密，必定就是這些植物。讚嘆之餘，他發覺森林周圍相當先進，有只在三十一世紀才能見到的高樓。

這是為什麼？沿著書籍導覽，他在森里亞三區見到了高達數十公尺的大樹、甚至用樹木形成的巨樓作為市中心。

圍繞巨樹的空航交通工具造成的矛盾畫面，無疑造成了文化衝擊。邁爾斯深刻理解到，當網路發達到某種程度下，人類的視野仍嫌太狹窄。

他非常不解，為何森里亞能在沒有陽光的環境下造出大樹，就因為他們位於赤道周遭嗎？出於好奇，他帶著迫切的期待，以前企業家的身分得到拜訪該國研究人員的機會並發問。

你們是怎麼樣創造出植物……？

要怎麼樣才能種出如此巨大的大樹……？

「時間。」

對方淡淡丟出兩個字，彼時邁爾斯覺得自己被潑了滿身冷水。

「您很訝異嗎？」

「是、是呀……我以為你們應該有什麼特殊方法加速成長！」

「嶋先生，儘管科技進步，但世界並沒有魔法呀。」

他露出訝異不失禮節的微笑，似乎認為這句話的對象更適合是位孩子。

魔法呀。邁爾斯光用肉眼就能明白，那些大樹若不使用魔法就必須花上百年才能成長至今。換言之，森里亞早在幾百年前就埋下了種子、種下了生命——

但我……已經沒有這些時間了啊——！

飛機離開了森里亞，進入了一片冷冰冰的灰色寒冬。

那是脫離國家大氣環之後的天空，每當看到這片灰色天空，邁爾斯會閉上眼小歇一會，不過這次他毫無睡意，反倒想起稍早的事。

在來到機場之前，邁爾斯到森里亞三區的邊角一攤花店。

「先生，請問您要找什麼樣的花？」

「越高越好。」邁爾斯打趣道，花店老闆是位中年男人，他盯著邁爾斯身後，由「科技跟隨」公司製造的自動導航行李箱。

「若是長的太高，就不適合做為伴手禮送人了吧？」

他假裝思考後認同了對方的話。「說的也是，那，」邁爾斯指向了老闆身後兩種大小適中卻鮮豔紅潤的花束。「請給我那種花兩束吧。」

「好，您要送誰呢？」

「我的兒子。」

「哦，是結婚了嗎？真是恭喜呀！」老闆熱情的包裝起花束，紅花在他認知上是喜事。

「不，不是這樣的。」

邁爾斯笑著揮揮手，眼角擠出了細紋。

老闆捧起了包好的花束，又說道：「那怎麼說也是件值得紀念的事情吧！」

是呀，他接過花束時眼角掃過一束包有百合、馬蹄藍、康乃馨的白色花束。

「請再給我這個一束吧。」

「啊……但這些花是——」

「沒關係。」

他在口中又輕輕重複一次：沒關係。

天空恢復蔚藍，飛機駛入了斯克爾的大氣環範圍。飛機因受氣流影響左右輕晃，邁爾斯轉向右側輕拍了手邊三束花朵，似乎擔心它們受到餘震波及。

與此同時他看到了斯克爾科技發展過剩的高樓大廈，腦中便開始回想起這數十年來在森里亞發生的事。開心也好、難過也罷，那種種回憶似乎在告誡著他說：

你不會再回去了。

我想也是，邁爾斯對著右手手錶輕聲道：「我就快到了，海。」訊息的那頭即刻傳來回覆。

「辛苦您了，木先生。」

辛苦嗎？不，一點也不……！

這條路是我早在四十多年前選擇的——另一條迎接生命的窄口。

二

如果我回不去了，就把它摔破。

框啷——玻璃碎裂的聲音及畫面在悠也腦袋深處不斷重複上演。

「玻璃瓶代表著成員的生命，逝去後由首領或他人代為摔破。」默解釋道：「這下你了解了吧，悠也？」

我該怎麼了解？他呆愣地望著混雜著草、土及滿地的玻璃碎片時，內心早已有了答案。與此同時也充滿困惑。

「米爾絲曾經是我們的同伴。」海堅定向他重複道：「就算現在也是！」

「不……太奇怪了。」悠也混亂緊抓著後腦杓搖頭。「十二年前，你們違反了規定劫取了生命一號，犧牲了同伴？」

「不是這樣。」

「海不也承認了嗎？當年藍天襲擊了生命一號！」

「那是……」

默欲言又止的閉上嘴。

「奇襲條款，在藍天裡有這麼一個規定。」海深深嘆了一口氣。「奇襲，顧名思義就是不按照組織規定的計畫展開行動。」

「你說那是她自己決定的嗎？」

你想把責任全甩開嗎，悠也只差沒將這句話說出來。海站起身繞過了兩公尺寬的木桌，鞋底踩踏過碎玻璃發出刺耳的啵啵聲，站到了悠也面前。

「那是不成文的規定，必須要有三位成員在場奇襲才能夠成立。」

「你沒有回答到我的問題！」

「悠也，請別責怪海。」默輕碰了他的肩膀。「因為十二年前他並不是藍天的首領。」

「什麼？那這一切又算什麼！」

無處發洩的悠也，像洩了氣的皮球似地一瀉千里。

「要怪就怪我吧——」

叩、叩。上了年紀的男人拄著拐杖緩步走進首領室。

「不好意思，我在門外聽到了各位的對話。」

「木先生……您回來了。」海見到木臉上浮出了歉意，淚水瞬間溢出眼眶四周，像個做錯事的青少年不斷地低頭謝罪。

「對不起，真的非常抱歉……」

「沒事的。」木伸出右手，輕輕拍了他的背部。「這不是你的問題，對草與土而言，或許得到自由了吧。」

「草、土，是那兩個玻璃瓶的主人？」

「是的，他們倆是我的兒子。」

也許是木的語調太過平靜，悠也不禁幻想眼前飽經風霜的老人經歷過些什麼。

「你不會難過嗎？」

「當然會難過，就算閱歷過將近一世紀的風風雨雨，我想這或許就是輪迴吧。」

木仰頭長嘆，每絲細紋都淵源有自地爬過那如同樹木的臉龐。「因為我就是藍天的上一位首領，您叫做悠也，對吧？」

「摁……」

「對你以及你的家人，我深感抱歉。」

「那我母親呢？」

木搖搖頭。「草與土在加入藍天的同時，就做好了隨時會死去的準備，我相信米爾絲，不，嵐也是如此！」

「嵐？」

「這是米爾絲十六歲時賦予自己的代號。意義是山林裡的霧氣，是追求自然環境、也是對藍天效忠的證明。」

頓時，悠也不得不相信米爾絲有所覺悟，否則就不會希望悠也能看到那片天空與大海。情感上他很難毫無空隙接上這條想法。

「為藍天而活著的人生，真的有意義嗎？」

他自以為問了發人省思的問題，但在一一看過在場三人的堅定表情，悠也無地自容的感到羞愧。

此時，外頭突然傳來女孩啜泣聲。

「花？是花嗎！」

木聽聞立刻轉身，急忙走出門外。十六歲的花躲在門外擺著三束花的桌旁哭泣。

「花，別哭了……」木放下拐杖蹲在了她身旁，用佈滿老繭的食指抹去她眼角的淚水。「爸爸回來陪妳了，不會再離開妳了。」
越說花的淚水越不罷休，如一顆顆珍珠般墜落。
「但是……哥哥他們……不會回來了。」她邊說邊用衣袖擦拭著眼淚。「為什麼他們的人生，必須獻給藍天……」
聽到這話，木露出被萬箭穿心般的痛苦表情，比起剛才的雲淡風輕簡直大相逕庭。
「對不起，是爸爸不好。」
木緊緊抱住了他的女兒，抱住他人生中僅存的最後一點希望。直到花哭累了，像個孩子般睡著了。

「沒有誰會對同伴死去毫無痛癢，何況那是他的家人。」海說。
「果然呀，」悠也嘆息後思索道：「木先生的孩子年紀也太小了吧？」
「這讓我本人解釋吧。」
木將花抱到了走廊旁的沙發椅上，頂著蹣跚腳步踏了回來並娓娓道來，他已經沒有時間見到樹苗成長為大樹，所以他希望有人能替他親眼見證到成長茁壯的大樹，並感受自然的美好。
「三人都是領養的？他們知道這事嗎？」
悠也問話時，忍不住嚥了口口水。
「我想他們多少能察覺吧。」
他與三個孩子間有某種心照不宣的默契。「至於組織內部，只有少數人知道這件事，我把一切全交給藍天了。」
「我們卻沒盡到責任。」默失望地槌了自己的大腿。

「是因為奇襲條款吧？」

「是的。」

「果然。」曾為首領的木聽聞死訊後便有想法，更何況草、土和木一樣對藍天的願景擁有高度期盼。或者說他的兩個兒子完全繼承了木的執著。

「將他們運回時，有看到什麼嗎？」

木旁敲側擊。海不知所措來回走動，雙手不時摀著口鼻搖頭。「不，沒有。」

「他們吃下了『那個』？」

默凝視著舉止躊躇的海，了解到了什麼。

「那個是什麼？」悠也插話道。

「藍天的標準配備——」

「還不需要告訴他這些！」海發現自己有些情緒失控，於是改口道：「現在還不是時候，但你的猜測是對的，抱歉……木先生。」

「沒關係，誰都想不到國家會做出如此激烈的反擊。」否則他們不會是這種死法，這不僅只是木單方面的想法。過去三百年來雖有不少成員因任務喪命，但那通常只是些擦槍走火時發生的意外。

木猜想草、土在任務中遇到了強烈反擊。

「我為那兩位孩子感到驕傲，請讓我帶他們回到我的花園。還有——請務必幫我保護好花！」

「我明白了。接下來我們只會將花安排到後勤進行安全工作。」海信誓旦旦做出保證。

那我就放心了，木放下了心中大石頭，拿起桌面上的白色花束。

「等花醒來，請你幫我轉交給她。」

「這些花應該是紀念死者的……」

「往生者並不比在世之人來得痛苦，嘗過痛苦，人才會走得更遠，切記你我都是如此。」木像是為了驗證此話，蹣跚地走近海的身旁，把花束交到他手中。

「再見，是我分別時必定會說的話，因為我不曉得哪次會是最後一次見面。」

叩、叩、叩——

他拄著拐杖慢步離開眾人眼前。

三

結束對話之後，悠也被要求待在這座老建築物裡，雖然他很感謝默替他安排了一間房間。但窗外隨時是一片昏暗讓他搞不清楚到底是白天還是黑夜，生理時鐘完全被打亂，以至於他翻來覆去好長一段時間，根本睡不著覺。

悠也爬下床，破舊的木製地板發出咿咿呀呀的慘叫聲，隨後默打開了房門。

「你醒了呀。」

「根本沒睡好，也沒必要特地逼我休息吧。」

悠也知道吃下那顆石頭的自己對他們來說很重要，心態上也沒有初來的恐懼。「就算好好對待我，我也不見得會加入你們。」

「哼哼——」默冷冷笑了出來。

「哪裡好笑，你以為我跟你們一樣——」

「會為了藍天獻出生命嗎。」他隨手拉了張木椅反坐，游刃有餘地把雙手靠在椅背上。

呃，悠也愣然張嘴，思考半晌後他故作鎮定挺胸道：「既然你都知道，那就讓我離開吧。」

「你沒想過雨為什麼偷走那顆石頭嗎？」

怎可能沒想過，悠也不由得皺緊眉頭，語塞道：「莎莉……她人呢？」

「她回到六區了。」

「那我自己會去問她。」他立刻接續。

「悠也。」默冷靜地推了推黑框眼鏡，用看穿他內心的口吻道：「像花與莎莉一樣的人在藍天也不算少數。」

「可惡，少來這套！」

他朝默的方向伸出拳頭，想擋住自己直視對方那頭銀白髮。

但默卻越走越靠近，讓他難以閃躲。

「閉上雙眼，就什麼都看不見。」

默抓住他的手腕，輕易地壓下了那隻因疑惑而舉起的拳頭。

「而你卻沒有選擇這麼做。」

「對，我就是沒辦法。」悠也攤開手，自暴自棄地說：「我又能做什麼，那顆石頭已經在我體內消化了八年呀！」

「正確來說，是和你連為一體。」他糾正道。

「好、好——」悠也抱住頭來回踱步。「怎樣都無所謂，所以你們要我怎麼做？」

「最理想的狀況是要你加入藍天，讓我們好好研究你的狀況，不過我們不會逼你。」

不會逼我，少來了。悠也沒將內心話說出口，反倒問起了光石，「那顆石頭，真有這麼厲害能夠治癒光癌嗎？」

這時，默有些遲疑才接續說：「光癌也有程度區分，光癌有九成以上都是慢性光癌，屬於有辦法治癒的類型。」

悠也有所理解地說，「所以光石也有極限囉？要是急性光癌就……？」

這次，他果斷回覆。

「非常渺茫，急性光癌的死亡率是百分之百。」默低頭看了眼左手上的手錶，隨即迅速抬起眼。

「下午兩點了，現在時間剛好，跟我走吧。」

「這次又要去哪。」

「帶你認識一下傳說中的十一區。」默嘴裡這麼說，卻又理所當然似地關上了通往走廊的門。

「啊？關上門是要怎麼出去——」

悠也話還沒說完，默便再次打開了門。

不可能吧？悠也瞠目結舌地看著門外，原該出現眼前的走廊竟硬生生轉到戶外，隔著薄木板做成的牆壁，還聽得到街上人群的腳步聲及嘈雜聲。

「這、這是……立體投影吧？」他結結巴巴道。

「你說呢？」

默挑了挑眉，刻意賣了個關子。

彼時，吹來了一陣風掀起了悠也的瀏海，他支吾其辭道：「我信了，這不可能是投影！」不只是因為風的觸感，還有那陣風是帶有鹹味的海風，那是市面上軟體無法模擬的滋味。

「那快走吧，雖然這次設定在小巷子，但若有人路過就很難解釋了。」

兩人先後步出門外，默將門闔上後什麼事都沒發生。悠也好奇的握住了門把試圖想再打開，卻不為所動，彷彿這只是面裝上了門把的牆壁。

他詫異地鬆開手。

「我倒是很想聽看看你要如何解釋。」

「算是科技的力量吧。」

默直直往外走出，悠也緊跟在後。

「我從沒聽說過有瞬間移動的科技，再說這裡看起來並不先進。」他嘟囔後抬頭看了眼天空，天空仍是灰濛濛，四周建築並不高，目測最高可能不超過三十公尺。

建築物的風格相當詭異，尤其是那像從牆壁延伸出來的燈泡，宛如一種特色。每棟樓或多或少都長著燈泡，它們大小、亮度不一，也有些完全沒發光。

不過十一區能勉強維持一點灰亮，就是拜這些燈泡所賜，否則一定是片黑暗。

「十一區真的在地底嗎？」悠也認為這是最合理的解釋。

「當然不是，地底吹得到海風嗎。」

說的也是，他這才想到。

「八年前光爆現象發生時，你人在南海角吧？」

「這裡是南海角？」

「不是，這裡是十區西南方的最末端，非常——靠近海邊。」

他很強調「非常」這二字。

兩人走出巷弄後，散落的人群不約而同地往左半邊走去，他們看來就與一般人沒有兩樣。默逆向人群走動，並朝天空指去。

悠也順著他的指尖看到了一如往常的群群大樓。但這次建築物在他眼中變得渺小至極，這是他第一次用這麼宏觀的角度將城市風景納入眼中，就像從大海中凝望這座城市。

沒錯，就是大海。

悠也認為只有這樣才能解釋天空必須靠燈泡維持灰暗，因為大海屬於國家大氣環搆不著的範圍。

「人類為了繁衍後代，在天空上找到新的住所，於是人口再次暴增，人口暴增的下場除了資源問題，還有垃圾該如何處理？」默像名學者般提出懷疑，自問自答道：「他們非常聰明，將垃圾進行壓縮後拋入海洋，最終形成你我腳下的這塊陸地。」

「首先是天空……再來是海洋？」

「很諷刺吧，因生態破壞而失去陸地的人類去了天空，卻又用數百年累積的垃圾疊成了陸地。」默苦笑後回過身，要他跟隨著大部分人群的腳步。

「可如果是垃圾場，為什麼會形成十一區？」

「這裡大約在三百年前就停用了。」

「停用？應該有什麼原因吧？」

大海裡也有無窮無盡的空間吧？悠也覺得國家不會毫無理由停用它。

「是呀，答案就在前面了。」

悠也這才注意到能見範圍內的人群紛紛減少了，他定睛一望發現人並非憑空消失，而是通過了鐵做成的圍欄處後向下移動。

圍欄向左右水平延伸，就算站在遠處仍看不到盡頭。唯一能確認的是那裡絕不是城市，因為雙眼水平所視之處，除了圍欄只有一片灰暗。

在那下面會是什麼地方？悠也納悶地走近圍欄，眼前出現了巨大圓形坑洞，如同被彗星造訪過，但他很清楚這不是什麼自然景觀。

巨坑的長寬約莫都有兩百公尺，圍欄工整地將巨坑圍了起來，坑內被設計為數十層，每一層都有密密麻麻的人群，處處充滿人為痕跡。

這裡似乎是個礦場。大部分人拿著鐵作的器具埋頭苦幹，也有少部分人拿著平板電腦等電子產品對著人群頤指氣使，像是監工人員。

下了階梯經過幾層區域，悠也發現礦場裡有許多未完成的工程，好像有向外擴張的準備。

「這應該不是普通的礦場吧？」

「十一區的人民都依靠這個礦場維生。如果沒有這個礦場，他們會活不下去。」

「是錢嗎，必須工作才有錢？」

默沒有回話，腳步越走越快，快到悠也差點跟不上。

礦場最下層有不少台拿來載礦石的推車，四面八方都有延伸至四周洞穴的軌道。裡面的人負責挖礦，然後順著軌道推到最中間處。

中心點有圈為了容納礦石而特別設計的空間。悠也一目了然，因為圈內是綠色，與深褐色的礦場地板有明顯區隔，就像刻意提醒大家不要搞錯地方。

悠也仔細一瞧，交接處有個很窄的縫隙。

「不要碰——！」在他蹲下朝縫隙伸出手時，遠處傳來嚴厲威嚇聲使悠也縮回了手。「亂碰的話……會死。」

會死？這是怎麼回事。

他回過頭，一個男人正推著輪胎幾乎磨平的推車前進，他的衣服破爛，露出的小腿與手臂滿是傷痕、傷痕以外的部位是癒合過的皮膚。

儘管推車左搖右晃，他握住手把的手仍堅定不移，雙眼死氣沉沉地盯著前方，絲毫不擔心滿載的琥珀色礦石會灑出來。

縱使那種礦石看起來很吸引人，悠也只注意到那個男人也有一頭銀白色頭髮。那男人直盯著前方，口中呢喃，「違反規定……會被制裁。」

「今天的收穫不錯呀。」

默對他說，對方聽到卻沒有理會，朝著交界處伸出手掌，空氣中「咻」的出現面板，面板跳出了男人的身分驗證。

驗證通過——

他將礦石倒入收集區。

「他是井，是我們藍天的幹部之一。」默別過頭，「井，他是悠也。」

「你、你好。」

悠也伸手致意，井毫無理會掉頭就走。

「這人怎麼這樣。」

「別在意。」默習以為常地說：「除了首領之外，井很少與他人交談。」

「是哦……」

悠也盯著井的背影，當井快走到坑道口時，坑道裡探出了好多顆頭，有數十人不只。那些人也全是擁有銀白色頭髮的光癌患者，他們看待悠也的眼神相當冷漠。

「十一區是光癌患者的聚集地，我們劫取的陽光全獻給了十一區。」

「……摁。」悠也驚訝未止，「但是，剛才路上那些人看來並不是光癌患者。」

「髮色不是唯一判斷方式，但就如你所說，有些人不是患者。但就算他們不是，他們的家人也會是。」默仰起下巴道。

「因為他們世世代代存活於此，對光癌失去信心，才對一般人有些冷漠，我想井對你並沒惡意。」

井坐在了坑道外，一腿伸直、一腿屈膝用雙手抱著。

「但也太不友善了吧。」

悠也特別挑選了溫和措辭。頓時，井從遠處拋來一根短棍，短棍滾動通過礦石收集區交界處時，縫隙如同被觸碰到的機關發出雷射，短棍在一秒鐘以內被化為粉塵。

哇嗚！悠也驚呼一聲，退到三步以外。

這就是制裁嗎……？這與他想像中的「制裁」不太一樣，更像是某種保安措施。

「現在，感覺如何？」

「友……」他驚魂未定道：「友善。」

「井的工作是負責分發陽光、收集礦石，整個礦場的礦石都歸他管理。」

「他把礦石交給你們，交換藍天竊取來的陽光？」

悠也舉一反三後，默尷尬地搖了頭。

「只說對了一半。」

「看門狗——怎麼可能有阻止主人出門的權力。」

兩人側邊來了三個男人。

帶頭男子雙手一甩，粗魯地把載滿礦石的推車停在收集區前，對著默趾扈揚起下巴道：「就算你是看門狗組織的參謀，也是一樣吧？」

四

「亞力克斯，最近過得還好嗎。」

被用看門狗形容的默沒生氣，反倒面帶微笑朝對方伸出手。

「別碰我！」對方狠狠甩開了他的手。「你還真會嘲諷人，我想也是，就因為你有那張嘴，才與我們有所不同。」

悠也走到了他眼前。「藍天為了十一區冒生命風險竊取陽光，不都是為了你們嗎？」

「你真以為藍天是慈善組織？沒有十一區，藍天也不會走到今天。」亞力克斯惡狠狠逼近默，咬牙切齒，「現在你們應該想毀了礦場吧？這樣就可以與我們一刀兩斷！」

默冷靜地推了下眼鏡。

「最近陽光供給量減少，是因為國家戒備太過森嚴，這點你可以向井確認，他會……」

「他不就是看門狗中的看門狗嗎？」

「亞力克斯，冷靜點。」

「我說錯了嗎？藍天最愛井這種打不還手的類型，才能確保礦石不會遭竊。」他語氣諷刺，好像在說「藍天不也和國家眉來眼去嗎？」亞力克斯身後的幾個人更像是為了演示這點，隨手撿起礦車裡的礦石往井的方向砸去。

礦石的銳角劃過井的額頭與眉間，血液緩緩滑過他無精打采的雙眼，他僅抹去了臉上滑下的血液，好像什麼事都沒發生，他身上的傷痕似乎都來自眾人的拳打腳踢。

「夠了，快住手！」默大喊，盡可能地保持微笑說。「我們都站在同一邊，藍天不會拋下十一區不管！」

「默，拜託！別把我們當白痴，十一區所有人都知道國家戒備森嚴的理由。是因為你們為了私仇，殺害了空警局長！」

「那不是……我們做的。」默遲疑應道。

「那草、土他們為什麼會死——！」

盛怒之下，他舉起拳頭似乎想朝默揮去，手臂卻被突然出現的男子從後方阻止。男子帶著白色的狗類面具，身材比悠也矮小，只有一百六十五公分上下。

「沉，你少妨礙我！」

「你該慶幸，是我制止你。」

沉一鬆開手，亞力克斯將肘部順勢往後一揮卻只揮到空氣。

他沒有矮成這樣吧？亞力克斯暗忖道。此時他發現自己雙腳懸空半公尺，有一股力量將他向上帶。

一抬頭，是顆綁在他手臂上的氣球。

那顆氣球不斷膨脹，脹至熱氣球的大小。

「沉，停止吧。」默出聲制止道。

「還有五秒。」

說完三秒後，氣球縮回一般大小，亞力克斯落回地面，沉看著他。

「今天就這樣吧。」

「咕……沒想到挨揍小子也長大了呀！我還以為你和井沒有不同，走！」亞力克斯掰了掰自己的手腕，怒瞪三人後悻悻然離去。

「這位是藍天幹部，代號沉。」默介紹道。

「你好，那顆氣球是怎麼回事……」

「其實是這個的緣故。」

默把氣球轉了個面，上頭貼了個黑色絲巾。「這是擴散巾，能夠將沒有生命的物品放大。通常是用在進入飛船的時候。」

這麼一說，悠也想起當時飛船的門也受到嚴重擠壓而破壞。

「你應該一直跟著我們吧？」默對沉問道。

「摁，一直。」他的話很簡短。

「是海的指令嗎？」

他點點頭。

「看來他也料到我們會遇到麻煩。」

「也就是說，剛才那個人說的話……」悠也不得不懷疑那可能是事實。

「不是真的。」

沉一如他的代號，回答也沉著淡定。

「你為何能如此確定？就連十一區的人都充滿懷疑不是嗎？」

「殺人會影響飛船警備，所以藍天沒理由殺人，沉之所以能確定，是因為他就是與草、木一起出任務，並把他們倆屍體帶回來的人。」

嗚……悠也能想像那個畫面。隔著面具，不曉得沉是什麼表情。但看著同伴在眼前死去，一定相當痛苦吧？他不禁這麼想。

「我不是不能理解亞力克斯對我的偏見。」

「咦？」

「我是藍天參謀，同時也是共享派的幕僚。」

「共享派……那不是很好嗎。」

悠也振臂道：「共享派立場是讓大家都能享受陽光——」

「不，這座礦場並不屬於藍天而是國家執政黨，也就是進步派。」

十一區是國家不願面對的黑夜，海曾這麼說過。

「那十一區存在的都市傳說是……？」

「是共享派放出的消息，目的是使十一區曝光以得取票數，關鍵就在於那些礦石。」

那些礦石色澤美麗看起來相當稀有，悠也忍不住看了眼回首道：「這就是你帶我來這的目的嗎？」

「不，接下來才是重點。」

他們離開礦場，來到十一區郊外某棟風格特別的圓型獨棟木屋，木屋看起來有十樓高。一樓沒有設置門，必須從一旁的L型階梯走上二樓，階梯轉角處的扶手上也同樣有突起的燈泡。

走上階梯後，前方便是正門。

叩叩！默敲了敲木門，對裡面喊道：「明博士，您在嗎？」

「自己進來吧！」

裡面傳出老人回話後，他們進到了屋內。

屋裡擺放著各種機器，像是某種科技實驗室。

屋內邊緣圍繞有向上的樓梯，樓梯在這棟樓的目的更像是為了應付高低不同的機器，而最上方連結著頂樓有顆球狀機器。

除了那些高科技機器外也有簡樸的木桌子，桌上堆疊了滿滿紙張以至於看不出桌子的數量。層層堆疊的紙張老舊，半數以上泛了黃，甚至還有蛀蟲啃咬過的痕跡。

「打擾了，博士。」

「不會。」頭髮半白的老人，正背對著三人爬下階梯，他剛才似乎在操作較矮的機器。「從腳步聲聽來，除了你以外還有一個人。」

「實際上是三個人。」

「唉呦，其中一位是沉呀，難怪我聽不到。」沉的腳步輕盈，沒發出任何聲音。

「博士，您好。」沉說。

老人戴了個墨鏡，他的雙眼似乎看不到。默向悠也介紹。

「這位博士代號為明，是藍天重要的發明家，大部分工具都由明設計。」

「包括那個瞬間移動的門？」

「是呀。」

「這年頭還有新人呀，真少見。」明聽到了陌生的聲音道：「藍天從我加入至今的四十多年來，已經少了超過一半的人數。」

「是的，其實這位男子。」

默解釋了悠也的來歷後，明不可思議地倒抽了幾口氣，接下來快速地走往桌邊。儘管看不到，明卻相當熟悉地在紙堆裡翻找著什麼

需要幫忙嗎，悠也隨口一問。

「不，不需要——我只要摸到紙張就能讀到內容！話說如果你真的吃下那個還能活到現在，那的確很有研究意義啊……！」

他情緒激動地說。

「活到現在……你的意思是吃下那顆石頭搞不好會死!?」

是呀，明毫不猶豫地回答。悠也內心閃過一絲慶幸。

「不過這與礦石有什麼關係？」

他來回看著匆忙的明與冷靜的默。

聽聞，明停下了手邊動作。

「那些礦石被稱作『**永恆礦石**』，三百年前國家無意間在垃圾場發掘的，似乎是長年堆疊的廢棄物與大海發生反應所形成的，之所以被稱為永恆礦石，不外乎國家發現它們能保存能量。」

「哦？聽起來是件很美好的事……」

「國家嘗試將陽光永恆保持在裡面，這樣人類就能夠重新擁有無限陽光，這項實驗被稱為『**光爆反應**』。」

「光爆反應——！」

「沒錯，所謂的光爆現象只是國家拿來掩蓋進行光爆反應的說法。因為光爆反應很可能誘發人體細胞突變，造成光癌的發生。」

「可是光癌被稱作三十一世紀的絕症啊。」

那又怎麼可能是三百年前開始的實驗？頓時，悠也發現件細思極恐之事。「垃圾場停用、十一區的誕生，全都在三百年前……」

「沒錯，當時國家為了隱匿這件事，把患上光癌的人全丟到了這裡，形成了十一區。」

「還有礦場？」

默點點頭，接續而言。

「表面上，國家讓十一區的人挖礦並支付薪水，讓他們以金錢換取陽光。」

「這怎麼可能行得通。」悠也大聲呼道。陽光的昂貴程度，一般的受薪階級是不可能買得起的，更何況十一區的人民受到的待遇之差。

「黑市，黑市有走私陽光的買賣。」默夾雜著嘆息道，「當然他們所賣的陽光是品質不好的劣等品，白話來說就像賣出被稀釋的酒一樣，所以價錢並不是天價，但也非常貴就是了。」

「那效果呢？」

「並不顯著，但也沒其他辦法，陽光取得太過困難了。」

「等等？那黑市是如何走私陽光？」

悠也想起了進入陽光一號的時候。他好奇地問了，除了藍天以外，還有人在做一樣的事情嗎。

「沒有，只有我們冒著生命風險搶奪陽光。」沉悠悠否定。

「那到底——」

「事實上，國家提供黑市各種走私管道，他們默許了黑市的陽光毒品買賣，甚至惡意漲價，這一切都是為了讓十一區人民更認真工作，挖取礦石，從而黑市、政府、十一區形成了不能搬上檯面的利益關係，這關係被稱作維繫國家的——三邊城牆。」

「城牆……」

「是呀。十一區、國家、黑市只要有一方產生傾斜，這個國家就會崩垮。」

「這實驗明明這麼危險。」

他可想見光爆現象總發生在十區的理由，是因為國家早知實驗危險性，所以才還在最底層人民的居住地進行實驗。

「國家製作永恆光石，目的並非造福人類，而是以無限陽光製造武器，進而對其他國家形成威脅。」

悠也從莎莉口中聽過，那是當時攻擊他的人使用的陽光武器。

「傷害你的人很可能就是國家的人，他們想把罪嫁禍給藍天，因為要打破持續了三百年的三方平衡。」

「那為什麼是現在？是巧合嗎？他們怎會有與藍天相同的科技？」

因為……默對悠也的提問力不從心，就像被一語道破。

他換了口氣道：「過去三百年來幾乎每過四年就會有一次政黨輪替，隱藏十一區成為了兩派的共同默契。但八年前的光爆事件後，共享派失去了大量聲勢，以他們立場而言只要打破三方平衡，十一區就可能曝光。如此一來進步派會受到的壓力就不僅是國內，聯合國也不會坐視不管。」

他言語中隱含了共享派也可能是嫁禍藍天的元凶。

「陽光武器破壞力非常可怕，如果真被誰掌握了永恆光石，要毀滅一個國家並不是難事。」明補充道。

「也就是說，國家尚未掌握永恆光石囉？」

「是呀，如我剛才說過吃下光石後，那股能量恐怕讓你殞命，光石的不穩定度堪比宇宙間的黑洞般難以預料。」

「你怎麼知道這麼多？」

「因為我就是第一位成功製造出光石的人，也包含八年前被你吃下肚的那顆石頭。我的雙眼，就是從那時開始失明。」明往悠也的方向指去。

「雖然我看不到你，但我知道你很驚訝並正想著這樣的人為什麼會出現在十一區。」

「是……是呀，這裡應該不是你該待的地方吧。」

「身為一名通緝犯，哪裡能選擇藏身處！」

「你背叛國家躲到了十一區？」

「算是吧，當時十一區街上燈光還能勉強維持著白天，但現在……」明微微放下身段，右手順著桌沿摸到了張椅子，他緩慢直落椅上，垂垂老矣道。

「我能感受到燈光正在慢慢熄滅。」

明皺緊了嘴角，朝窗外抬起頭感嘆道：一盞又一盞呀——

五

西元二九八四年，克拉倫斯・楊格以十六歲的年紀通過了國家高等科學家測驗，打破了斯克爾的國家紀錄。全因他解開了二十八世紀末一位科學家大膽提出了「**生命製造**」的假設。

在當時，他的假設被眾人唾棄，因為那隱隱約約碰觸了科技與宗教的界線。

人類是否能取代神？

擔心再次引起紛爭，那位科學家的名字從歷史中被抹滅，他的假說僅留下了較不敏感的一部分，被聯合國所公開。

那位科學家擔心，不斷擴張終究會導致資源的枯竭，提出了「**生命連接**」的假說。生命連接意味著讓物品與人類產生連接，如此一來就能延緩資源減少的速度。

百年來有不少科學家追求這個謎團，卻全以失敗告終。

克拉倫斯卻輕鬆突破實驗，他發現用人的血液能與物品產生反應進而起到連結。橫空出世的天才少年科學家，在國際間蔚為轟動，引發了媒體與國家人員的關注。

突破實驗的克拉倫斯本人卻沒有特別開心，反而滿臉鬱悶。

隨後並在公開記者會上提出「生命連結的盡頭」一說。他說連結著人類的物品，會隨著人類年齡產生變化。若人類生病了，物品也會跟著故障。

該記者會上最大問題莫過於人類死亡後物品會如何？

會失去作用——

他雲淡風輕地替記者會做出結尾，滿場的媒體一哄而散。就像全世界同時發生了起小騷動，最後卻什麼都沒改變。

克拉倫斯失去了國家、媒體的關注。在這次經驗裡他意識到人類根本不在乎如何完成實驗，而是實驗成果。

這不是理所當然嗎？用不上的科學再怎樣都不會有人理解。他這麼安慰自己，心中酸楚仍使他久久難以忘懷。

這應該就是失敗的滋味吧？克拉倫斯不甘失敗，他想重新得到國家認同，於是開始試圖完成那些前人未完成的實驗。

四百年前人類往天空發展時，科學家為了對抗資源缺乏等問題，提出了各種假設實驗。

四百年來累積了數百種假設，克拉倫斯在看過全部假設後，他認為能最快顯示自己才能只有一個，那就是三百年前被提及的「永恆光石實驗」（後稱光爆反應）。

為了體現決心他全心全意投入實驗，並記錄了光爆反應的過程。

將提煉過的琥珀色礦石放入機器反應槽後，從機器外能看到內部聚集陣陣黑雲，當黑雲形狀完善時將陽光放入材料槽進行反應。隨著能量蒸發，黑雲落下黑色的雨；隨著黑雨漸枯，內部光爆一閃而逝，那便是之後廣為人知的光爆現象。

在那之後，光石會存在於產出端。整個實驗就像是烤麵包一樣解釋起來很容易，但卻花了克拉倫斯整整十年，才製造出第一顆永恆光石。

儘管有成果他卻很失望，因為第一顆光石只有硬幣不到的大小，根本無法儲存多少陽光，且能量極度不穩定。

他覺得按照這種成長曲線，這實驗終究也會以失敗告終。於是克拉倫斯主動向國家科學中心提出報告並決定停止實驗。殊不知在得知他成功產出光石後，國家強力的慰留他，並提供了毫無限制的陽光與礦石，讓他能無後顧之憂全心投入實驗。

接下來幾年內，又陸續做了六次實驗。

國家似乎很期待他能有所進展，在每次實驗都安排了國外大使、科研人員進行觀摩。每次在打開產出端的那一刻之前，克拉倫斯無不充滿期待。

結果卻滿是失望——

無論怎麼改變或調整變因，產出的光石大小都一樣小。某天，克拉倫斯收到國家科學中心的調職通知：「實驗位置調動至十區」。十區是國家最底層，人民生活水準低落、環境也很糟糕，他了解自己處境莫過於被發配邊疆。

國家果然也對我失去耐心了嗎？就當放個長假吧。坐上空中列車的他不斷安慰著自己，當列車即將抵達十區前，某處高樓間閃過小範圍的陽光捉住了他的目光。

「是十區才會有的光爆現象，我們太幸運了吧！」身旁旅客紛紛拿起手機拍照錄影。

光爆現象？不，不對。

克拉倫斯深知那是永恆光石實驗才會出現的反應，也漸漸發現事情不大對勁。

或說調動至十區，其實是一個必經過程。

來到十區後，他調查了光爆現象發生的地點，發現都發生在距離科學中心不遠處。此時他得知先前觀摩實驗的科研人員及大使們身體產生了變化。

一開始是呼吸變得稀薄、接下來四肢開始無力，這些都是難以判斷的併發症，直到他們髮色漸漸變淺，必須用陽光抑制痛苦。

克拉倫斯比對十區就醫紀錄，發現十區也有不少病例存在。對於兩種巧合，身為科學家的他無法輕易斷定，而是持續進行實驗的同時觀察病例。

無心插柳柳成蔭，克拉倫斯不知不覺突破了光石大小的限制。

正當他想為此大肆慶祝時，他發覺實驗室裡的助手身體產生不適，徵狀與先前觀察的病例相同，於是他測試性地使用光石想減緩對方的難受。

不過那痛苦與陽光依賴性超出了他的想像，助手趁他不注意時吞下光石，頓時陽光穩定測試器產生極大噪音，光石在他體內逐漸釋放能量。

能量使得他的外觀開始擠壓、膨脹，肋骨斷裂的聲音屢屢傳來，他的五官開始扭曲變形，七孔不斷噴出血液，最終伴隨著極大哭號聲，實驗室發生了起小型爆炸。

這一切來得太突然，滿身是血的克拉倫斯直愣著那具不成人形的屍體。他不明白自己到底做了什麼，也沒有做什麼處理，他只想逃離現場。

隔天回來時實驗室裡一塵不染，彷彿昨天什麼都沒發生。一位他從沒見過的男人從廁所裡走出來，他撫平捲起的袖口嚷嚷著：「血液凝固後，味道就很難散去。」

「你是誰？」

「是楊格博士呀。」他臉上掛著冷冽微笑，雙手食指互碰之後拉開距離，拉出了一張電子名片，上頭職位寫著國家安全人員。

「聽說研究有成果，我原先是為此跑一趟。」

原先？看來他全都知道了。

「東西沒了，隨著那具屍體爆炸了。」克拉倫斯失落地指了昨晚屍體爆炸的那張床上，恍恍惚惚道：「我想是我……殺了他！」

「才沒有那種事。」男子揮揮手。「我來的時候什麼屍體都沒有，這間實驗室一直只有博士您哦。」

什麼，這男人在說什麼？克拉倫斯腦裡千迴百轉。趕緊用電腦查閱了助手履歷、還有出生地等等。卻發現關於助手的資料全都消失了，就如那具屍體一樣憑空消失了。

「殺人是否有罪，取決您對社會的貢獻。」男子攤開掌心。「您只要繼續實驗就好了，若還有需求，我們隨時奉陪。」

「是人類……嗎？」

對方歡欣地點點頭，他口中的需求超越了克拉倫斯的理解。

「就算是人體實驗也沒關係？」

「當然——三百年來，您是唯一能製造出光石的人，比起廉價的人類而言值錢太多了。」

「製造光石不就是為了你口中所謂——廉價的人類嗎？」

「大家都不是小孩子了，博士。如果光石能夠阻止外敵對我國造成威脅，那也是保護人類的一種方式哦。」他矯情做作地眨了眨右眼。

「如果我不願配合呢？」

「那這裡只會再多一具無名屍體。」男人亮出把短刀，刀刃上發散著微微陽光。「是因為您幫助國家，才有這種優等待遇呦。」

「我想這不是什麼禮遇吧？是你們不知道突破光石大小的方法吧？」

「既然大家都是聰明人，就不要傷害彼此，」男人收回了武器，改伸出兩支食指。「你不告訴國家機密、國家就不會滅你口，考慮一下吧？別為了連名字都不認識的人而死。」

「他有名有姓，我還記得他！」

「約莫半個世紀前曾有個國家也做過陽光實驗——」

「亞當事件。」

克拉倫斯眼都沒眨就說。

「不愧曾待過國家研究機構，那麼您應該知道他們的結局是什麼吧？」

「以聯合國的手法，只有滅國一途。」

「您果然知識淵博，這件事可不存在歷史課本的紙筆當中。換言之，消滅曾經存在的國家都可能辦得到，何況只是一個人呢？要抹殺一個人的存在，對國家來說太容易了。」

當他撂下威嚇口吻時，背部忽然漫起一震白霧。

他還來不及回頭，一陣電流竄上他的全身，才沒兩秒鐘他便昏了過去。

一不留意，克拉倫斯發現實驗室早就被煙霧所彌漫。嚇得他不由得退了幾步，手指頭壓在警戒紐上。只要按下空警數分鐘就會來到，那是國家特別為他設置的。

「請別按下。」

一隻男人的手從煙霧竄出，抓住了他手腕。克拉倫斯覺得他不是壞人，或許是因為他給了討人厭的國安人員一拳也說不定，他沉著反問：「你是誰？」

「我們是藍天。」

六

「那是我第一次踏入十一區，回想起來還真是漆黑無比。」

藍天告訴他政府為掩蓋十一區的存在，不允許十一區內使用燈光等能量。藍天希望他用生命連結實驗製造燈光，改善十一區人民的生活環境。

人的心臟一停止跳動，燈泡就會破滅。他對當時的首領這麼說，得到的答案卻是：「沒關係，燈光的破滅只會讓我們的決心更強烈。」

怎麼說也太殘忍了吧？

我再想想，他發現藍天成員身上似乎都有個玻璃瓶。

「因為形狀與斯克爾很像，於是我們將玻璃瓶當作信物，並在玻璃瓶內放上自己最嚮往的物品。」

「象徵性的激勵自己嗎？」

「是呀，看起來像小孩子玩的遊戲吧。」

很可笑對吧，首領面露苦笑。

「不，一點也不！」

也許在盲目的實驗中，他意識到自己也是幫兇之一，他對藍天產生了愧疚。

「不如這樣吧。」

他提議不如讓玻璃瓶加入生命連結的循環，也得到對方認同。

最後他成功讓燈泡的功能連結在人體、外觀則連結在玻璃瓶。從那時起，當成員失去性命時，首領負責摔破玻璃瓶使燈泡破滅，成為了藍天特殊儀式。

「是那些看起來從建築物浮出的燈泡嗎。」

「原來你有注意到。」默睜大了鏡框後的雙眼。

「很難不注意到吧，怎麼了嗎……」

「明博士是十一區與藍天重要的推手，是帶給我們光明的人。」默喃喃低語，將伸進了西裝內袋掏出了縮小的玻璃瓶。明往他手中方向望去，表情變得有些煩惱。

「博士，怎麼了嗎？」

「我記得沉的玻璃瓶放入了鈴鐺？」

「摁……」沉防備性地往掛在腰際後方的玻璃瓶一摸。悠也這才注意到他的玻璃瓶放入鈴鐺，因為沉的動作太過輕巧無聲。

「默則是太陽能手錶。」

「是，對光癌患者來說，沒有陽光時間就無法往前。」

聽言，明挑起眉頭反問。

「那你們知道我的放了什麼嗎？」他從抽屜摸出了自己的玻璃瓶，裡面有一堆撕下碎的紙張，外觀能看出是與科學相關的紙張。

「有什麼原因嗎？」悠也問。

「說起來，我很後悔做出把燈泡與玻璃瓶，還有人連結起來的這項研究。」

沉與默同時發出無聲驚呼。

「你們以為我聽不到吧？」雙眼看不到的明，寓意深遠道：「就和一般人以為玻璃碎裂聲，不過是玻璃吧？」沒等眾人反應過來，明又接了下去。「玻璃碎裂聲在某些人耳裡聽來，特別接近心碎。」

「摁……」默認同地點了頭。

「當時首領因為必須不斷摔碎玻璃瓶而開始變得抑鬱、焦躁，藍天長期卻步不前使他內心積累了龐大壓力，最終他自殺了。」

說到這他刻意做出停頓，是要讓所有人消化這陳年往事、或是要讓人了解科技終究不近人性？這點沒人說得準。他選擇若無其事地說了下去。

「愧疚促使我繼承了當時首領的代號，明。那些是四十年前的往事了，得知我逃跑後，國家一方面發布通緝、一方面刻意放出光癌的消息。殊不知那根本不是什麼三十一世紀的絕症，而是國家為了攫取資源所做出，長達三百年的錯誤。」

「摁。」

明托住下巴擺出思索表情後，低頭沉吟著：「默，我想我明白你帶他來的意思了。」

「也許我想讓藍天知道，三百年來我們到底面臨著什麼。」

「那既然您都認為是錯誤，八年前又為什麼要做光爆實驗？」悠也問到了重點。

默直盯悠也，神情凝重道：「因為光爆反應就是治癒光癌的答案。」

悠也聽言，偏了偏頭。

「這話騙不了我。」

接著他沉下臉低囔著：「說穿了，你們也沒有把握吧……突破光石的大小，只是碰巧吧？」

明沉默地撇過頭，彷彿默認他的猜測。

「默！告訴我，莎莉為什麼要偷走光石⁉」

「莎莉生於十區，父母都死於光癌。考量光癌很可能遺傳下一代，莎莉的哥哥為了保護她，通過管道找到黑市並在那工作，最終發生了些意外，使她靠近藍天並在實驗後偷走光石。」默難掩神情哀慟。

「詳細我只知道這些。」

「這代表你也沒有很確定吧？」

悠也說這句話時，腦海閃過莎莉恐懼的雙眼使他不禁心頭一凜。他愣愣地摸了後頸，冒出的冷汗足以覆蓋過整張手掌。

「默，我說莎莉的……」悠也望著發抖的手掌，聲音開始顫抖。「玻璃瓶裡放了什麼……？」

「她的玻璃瓶裡——」默慎重地換了一口氣。

「什麼都沒有。」

第二章（完）

第三章、被塑造的天空

一

十一區是個中小型規模的都市，住有約莫有二、三十萬人，約莫半數有明顯光癌特徵。這些人為了能得到陽光治療，別無選擇只能到最西側的礦場工作。

剩下居民則在街上從事食、衣、住、行等行業，不過在國家嚴厲監視下十一區的科技相當於倒退千年以上，據說國家會不時派人在街上遊蕩，觀察有沒有意圖謀反之人。

矛盾的是藍天總部就設立於十一區的中心點——「巴洛克三角口」。

它是個趨近T型的三角口，藍天總部位在面積較廣的一側，不同於一般居民的水泥建築，藍天總部以木材建造，兩側以V型向外擴張120度角，主樓微高出兩側高度約五至十公尺。

「藍天」二字招牌就大大掛在主樓的窗外，宛如公開上市的公司一樣，像是國家默許的結果。

巴洛克三角口中間有個用鐵架成的鐘樓，高度約莫十公尺，這是十一區內唯一合法用電的地方，為了讓工人在兩點前抵達礦場。

鐘樓外觀像個大型鳥籠，上頭的燈泡數以難計，沿著鐵籠生成的燈泡被鐵所包覆，卻沒有因此變得堅固。燈泡破碎的數量多到在鐘樓下必須成立一個寫著「注意燈泡碎片」的告示牌。

悠也直盯著告示牌，內心徒增遺憾。

明說過只有玻璃瓶的主人失去心跳後，玻璃瓶才可能被摔破，燈泡的設計也是一樣。悠也轉身推開藍天的大門，這是他第一次從正門走進。

正前方左右有兩個櫃台，櫃台人員都戴著某種眼鏡，前方兩側有倒U型的古歐式樓梯，樓梯上下都各有兩台電梯，區別似乎是通往樓上，或地下室，他認為第一次來到這時應該被帶去了地下室。

一樓左右兩側都是長廊，長廊中穿梭著不少穿著西裝、白袍的人，他們也全戴上了特殊眼鏡。彷彿藍天是家生產多樣產品的科技公司，怎麼樣都不像悠也印象裡的革命組織。

「悠也・史凱爾先生，請您從右側樓梯搭乘電梯至三樓。」

哇嗚……！他嚇了一大跳。聲音不是從誰口中而出，而是他口袋裡的藍白色徽章。似乎是櫃台人員傳遞給他的訊息。

悠也戰戰兢兢地走出電梯後，已經有人在等候他。那人是夏，他穿著輕便單手插口袋，不耐地指著悠也的臉說：「史凱爾，你也真能睡，害我整整在十一區等了你七天！」

「七天？我睡了這麼久嗎。」

悠也醒來時人在明的研究所，他床邊擺著一張紙條要他沿著地圖來到藍天。在這之前，他記得自己和明走上了一圈又一圈的樓梯。

一想到這，疼痛感從他左眼下緣溢出。他摸著下眼瞼，自言自語著：「是呀……我做了連結的儀式。」

「那個儀式才不會讓你昏睡七天。」夏吐槽道。

說的也是，悠也記憶慢慢恢復，他想起了自己泡入了一個液體裡，明為了測試服用光石的身體有無異常，最後他記得明用開朗的小兒科醫生口吻道：你很健康哦！

「那是誰要我來這裡？來這裡又要幹嘛？」他沒頭沒尾地說。

「當然是要帶你熟悉藍天，你不是自己選擇加入了嗎！」

夏嫌惡地抓抓後腦杓，他似乎是職場上特別不喜歡帶新人並會說「學習是你應該做的事」的類型。

儘管如此，他還是伸出手。

「總之，我是夏。本名為格拉・夏。」

「悠也・史凱爾。」悠也伸手握住。

「好了，東西都帶在身上吧？」

夏帶他來到了間實驗室後問道。

是這個嗎？悠也按了下玻璃瓶軟木塞，玻璃瓶從吊飾大小變回正常大小。

「不是，我不是說這個！你應該也做了『媒介』吧？」

「啊，對！」他把玻璃瓶放到桌上，從口袋裡拿出藍白色徽章。仔細一想，剛才聲音就是從中傳出的。

「媒介是為了溝通嗎？」

「你用徽章作為媒介呀。」夏無視了他的問題。

「很少見嗎？」

「很常見，簡直一點創意都沒有，在我印象中就有幾個人使用了徽章。」夏說話毫不修飾，直來直往就是他的風格。

「那你用了什麼？」悠也心想，我看你多有創意。

「這個。」他把雙手舉到悠也水平視線前。

「你用手？」

他瞠目結舌道，不同於燈泡與玻璃瓶只要用血液。媒介是將物品連結大腦神經的實驗，只是物品連結神經都讓悠也感到很痛苦，遑論是手與大腦同時受到刺激。

「是啊，畢竟很多事還是得靠雙手完成。」

「也沒必要兩手都……」

「因為我必須分清楚哪些是武器、哪些不是。」

縱使藍天不會殺人，他冷冷丟下這句話後往裡面走去，停在一處高達一點五公尺的平台桌前。

「這是什麼意思？」

悠也緊跟在後，桌上有個電子面板，各自擺著不同的物品，悠也對其中幾個物品有印象，第一是莎莉在他受傷時給予的陽光軟膏，另外就是夏襲擊他時用的電擊棍。

他點了螢幕右下角寫著的「領取」。

摳！的一聲，螢幕中的電擊棍似乎受到推力而滾上桌面，就像違反地吸引力的自動販賣機一樣，螢幕上的數量寫著「０」

「這是最後一組呀？」

「我會再去跟科技組反應，總之你把所有東西都拿一種吧。」

悠也對這沒看過的科技感到新奇，視線不停游移想找些有趣的物品。他拿起電擊棍時忽然想到一個問題。

「拿這麼多東西，要怎麼帶在身上？」

「這才是媒介的用意，看好了。」

夏往側邊走了兩步，挪出了悠也能看到的角度後他伸出雙手。在雙手面前各自出現了兩個與平台桌前類似的小型面板，上頭各自擺放了不同用具，只要觸碰面板，就能取出物品。

「我的左手放入了空航車、科技眼鏡等用具、右手則是電擊棍、麻痺短刀、煙霧等武器。」

「太酷了！這些都是明的發明嗎？」

「對，據說發想理念是縮小可攜帶的空航車。不過這是為了任務需求，也不是所有物品都可以放入，因為只有藍天的裝備能躲過偵測，舉例來說，一般的空航車只要超出六百五十公尺領空，就會觸發空中警報。」

他收起自己的面板，抓起了桌上玻璃瓶拋還悠也。

「這個包含在收納的標準裡。」

悠也按下軟木塞後瓶子縮小，玻璃瓶只有本人能夠縮小放大。

「對了，那我的燈泡會在哪裡？」

「我不知道，燈泡出現在哪是隨機的。除非待在藍天的時間夠長吧，像我們這種三、五年不到的人根本不會知道哪顆是屬於自己的。」

「這麼說我在鐘樓上看到了好多燈泡，其實藍天成員並不少嘛？」

聽言夏嗤之以鼻道：「長達三百年的歷史裡，最容易死亡的都是前線人員。其他人則是後勤，當然不是說他們不重要。只是對藍天而言，更需要劫取陽光飛船的人。」

「像木、草那樣的人嗎……？」

「摁……不過呀！」為了不讓氛圍太過沉重，夏一改臉色道：「也因為前人的犧牲，藍天後勤才逐漸強大。除了十一區外，各個角落都有藍天以不同名義形成的事務所。」

「欸？陽光是用這個裝嗎——」

悠也指向螢幕上的黑色手提包。

臭小子根本沒聽我說話，明明我在為他著想啊！夏抱起胸，壓抑著心頭的不爽說道：「陽光飛船的船體會發光對吧。」

「啊，是呀。」

他解釋，「為避免危險，陽光能不散發是最好，這個手提包就有這種設計，裝入的陽光不會散漏，運送人員也能避開危險。」

「這樣啊。」

他的言下之意是十一區擁有國家所沒有的科技。悠也戴上科技眼鏡，按下右側按鈕，瞬間換上了藍天的白藍色衣裝。

「那天在東環六區……」他依稀記得在飛船上襲擊他的人也是這身裝扮。

「摁，你想說有人在飛船內攻擊你吧？」

是呀，悠也點頭。

夏瞄了眼桌台內的物品後聳肩道。「我也不知道是誰，不過按照莎莉的說法判斷，我想對方不是藍天的人，因為我們並沒有陽光武器。」

悠也覺得有些古怪，從默的說法不難理解那可能是共享派嫁禍給藍天，不過他既然可以輕鬆撂倒守衛，卻沒有帶走陽光，那他的目標是什麼？

他一面思索一面拿著裝備，赫然發現有兩樣物品顯示數量為「0」。

「斷生片、尋憶丸，這兩個又是什麼？」

「這……」夏支支吾吾地摸摸下巴，他被交代不需要轉告悠也這些事情。「你先別管那些……先把派得上用場的武器準備好就行了！」

悠也好奇，不過沒選擇追問，現有裝備就讓他難以捉摸了，說起來他從來沒跟人打過架，一想到可能需要使用武器攻擊他人，背脊就一陣涼。他看著散落滿地的物品，忽然一臉納悶。

「怎麼了！還在想著那些物品的功用是嗎？」

糟糕，我幹嘛又提到那些……！夏自責地捶了下胸口，悠也並沒有發覺他的內心戲，而是發傻地拿起了徽章。

「這個要怎麼使用啊？」

原來是不會使用媒介啊——！夏默默鬆開拳頭，若無其事地發出假笑緩和場面。

「博士沒教過你嗎？」

他搖搖頭。夏認真地伸出食指，緊盯著悠也的雙眼道：「媒介連結著我們大腦神經，簡單來說——必須用大腦喚醒神經。」

「欸。」

「幹嘛。」

「你很不適合當老師吶。」

「少囉嗦……我可是盡量告訴你簡單的方法了。」

有說跟沒說一樣，悠也左想右想，怎麼都不知道如何喚醒大腦。眼看這樣下去也不是辦法，夏又再次跳了出來。

「好吧，其實還有其他辦法。」

「你應該早點說才對呀。」

「要不是默和首領要你及早進入狀況，我可不想教你，況且……這雖然實用卻不算是個好方法。」

「摁？」

「具體而言——就是疼痛。」夏望著自己的雙手，解釋道：「大腦神經負責傳送痛覺，也包括心理創傷，只要在感受到疼痛的路徑上試著讓神經深入痛覺，就可能開啟媒介——」

他話語未落，悠也已成功開啟媒介。

「也太快了吧，你想到了什麼？」

「是很久以前的事。」

悠也壓著左眼下方的疤痕，早已癒合的傷口在心裡隱隱作痛。

「是你母親的事吧，我聽說了。這是你加入我們的理由嗎？」

「她希望我能好好享受天空……」

「摁，那很好啊。」

夏惆悵地抱起雙手。悠也卻感到無比沉重，因為自己無意中或許也奪走了莎莉的天空，享受二字離他太遙遠了。

「對了，稱號能夠讓後人取代的吧？」

「是呀，當然要自創也並非不行。」夏抱起雙臂，側過身問：「難不成你想繼承嵐的稱號？」

「關於這點——」

門邊傳來海的聲音，兩人轉過身。「很遺憾，目前還不行。」

二

「首領，來了呀。」

「早安呀，介紹的還順利嗎。」

海穿著領子泛黃的白色襯衫，捲起了單邊袖子。

「還行，至少已經能操控媒介了。」

「哇哦！學得還真快！」他喜出望外道：「這樣或許很快就能進行實戰了。」

「蛤——他還是個連武器都不會使用的新手，別說笑了好不好，海！」夏直呼他的名字，悠也一驚，原來藍天並不是個輩分嚴謹的組織。

「悠也是名很出色的空航競技賽車手哦。」

「你怎麼知道，啊！」悠也張著嘴，想起在那場比賽中有兩人一組的成員。

「你想到了吧，我們的成員對你的技巧讚譽有佳。」海轉向夏，看了眼黑色手提箱，做著裝入什麼的姿勢道：「如果只是裝入陽光的工作，誰都可以勝任吧。」

「在撇除其他前提之後，是這樣沒錯。」他無以反駁的聳了聳肩膀。

「等等，你還沒解釋為什麼不能取代嵐的稱號。」

「因為米爾絲離世之後，她的稱號『嵐』已經被他人所繼承。」

「可我從沒聽說過這個人，是一般的後勤成員嗎？」

夏摸摸鼻子道。

「不，他和你一樣是我們重要的幹部之一。」海關上了實驗室的門。「關於這點我們換個地方聊吧。」

他再次打開門，這次回到了首領辦公室。海自顧自地走向辦公桌彎下腰翻找著抽屜。

「這到底是什麼魔法……」

雖有經驗，悠也仍然很難適應，完全無法用科技二字形容。

「這也是媒介的能力，讓人在十一區的哪都能隨時回到設定的地點。」夏補充。悠也聽到重點了，這項科技只能在十一區使用。

「所以關門的動作根本是多餘的。」

「不，關上門是為了形成密閉空間。據說是為了讓空氣中的量子保持平衡，之類的……」夏說的頭頭是道，心想若悠也再深入逼問他，絕對答不出個所以然。好在悠也的注意被桌上裝滿沙子的玻璃瓶所吸引。

「你很在意嗎。」海起身時手拿了張白紙，坐到了那張明顯不符合人體工學的破舊辦公椅。

「上次並沒看到它。」

他更想問怎麼不收進媒介裡，而是放在桌上。

「我幾乎每天都待在辦公室，所以習慣把玻璃瓶放在視線能看到的位置，上次則是……你知道的。」

海莫名為他的內心解惑。

「海不用出任務嗎？」

「有點常識好嗎，首領必須坐鎮軍中啊！」夏一臉不耐地說。

「沒事沒事，請看這個。」

海將所有人目光轉到桌上的紙張。彈指之後，紙溶入一如實驗室的墊子平台中，平台浮現出工整排列過的名字，是藍天成員的代號。分別有綠色、紅色、灰色表示。其中只有染上紅色的名字後面連著數字，大多以年、月為單位。

「綠色代表活躍，也就是在一年內曾使用過媒介。灰色代表人已經不在了，通常以玻璃瓶是否摔破區分。」海一一望過兩人解釋。

「紅色是沒使用媒介的時間長短？」

悠也猜想這才是他的重點。

「摁。考慮過臥底難以動身的情況，明設定了時間，成員必須在十年內做出回報，否則名單上的名字會自動變回灰色，屆時身為首領的我會摔碎他的玻璃瓶，當然也要對方的玻璃瓶在我身上。」

說著，海伸手滑過對角，熟練地翻了一頁又一頁，停在了被染上紅色的「嵐」之前。

「九年十個月……」

「是的，按照規定還有兩個月的時間——」

「嵐去了哪裡，我從沒聽說過有臥底必須花將近十年的任務。」夏連忙發問，被標記紅色的代號在名單上並不多，時間最長也不超過七年。

「這問題問得很棒。」

海嘴上這麼說，表情卻不怎麼愉快。

「藍天開始使用這套系統約莫是明加入時期，也就是四十年前。」他低頭指了另個標記紅色的名字，代號為「始」。

「始，每隔五至七年就會打開一次媒介，就像是為了讓我們知道他還活著，來來回回約莫四十年。」他的意思是長達數年的任務並非不存在，而是大部分人不清楚。

「四十年——！那豈不是跟明、木年紀相當的人！」悠也湊近一看，發現「始」的回報時間都在五月的第二個週末。

「母親節……？有什麼用意嗎。」

海聳聳肩轉身面對窗外，指著鐘樓上最大的三顆燈泡。「除了明、木以外，最亮那顆就是始的燈泡。」

在眾人往外一探時，明明不是整點，鐘擺忽地左右撞擊鐘樓！

噹——！噹——！噹——！時間卻不是整點。

「鐘樓壞了嗎？」悠也往倒映兩人臉孔的玻璃窗一望，發現他們面色漸轉嚴肅。

「這是臨時作戰消息。」

海先一步回過神，咬著牙思索著什麼。

「海——讓我和沉去吧，庫存（陽光）撐不了多久了吧。」

「但是……」

「你相信我們吧！」

他捶了海的胸口。海焦急地撩起那頭半長不長的褐髮。他來回踏過幾步後定下心道。

「不，任務至少要有三個人。」

「為什麼？」悠也疑問。

「藍天長久的歷史實驗以來，發現最有效率的就屬三人小組。」海簡單解釋，從空航車接近陽光飛船的那一刻，任務便開始。

首先，一人拿著白霧瓶將飛船船身籠罩在警力難以察覺的天空中。同時間，其餘兩人負責破門行動，在成功破門後按照船內機組、守衛人員的數量彈性調整人力分配。

撂倒了人員阻礙後，由一人負責裝運陽光瓶、一人看守飛船人員，最後一人負責觀察空警的動向。

然而這是最理想的狀況，並不代表每次都能完美複製。

但是，三人小組的優點一直以來都不是帶回大數量的陽光。聽到這裡，悠也覺得有些本末倒置。

「三人行動求的是任務啟動的速度，以及便利性、與逃脫警力追捕的難易度。」海說完，若有所思的點點頭，然後望著夏說。

「如果有經驗豐富的你們兩個的話，或許可以！」

「喂喂喂，可以什麼——」

「帶上悠也！」海堅定地說。

「怎麼可能啊，這小子根本什麼都不懂！」

我也可以做點什麼，悠也想這麼反駁。不過夏說得一點都沒錯，尤其第一次進到陽光飛船的經驗讓他餘悸猶存。

「撇除前提就可以，你不也這麼認同嗎。」海打開媒介從面板上掏出銀色鋼筆，他橫舉著鋼筆向上發出清晰投影。

啪——！甫看到影像位於城市街角某處的一家水果攤，夏立刻拍了下手。「這次在東環七區！」

「七區是難度最低的地點。」海以食指磨了磨鬍渣。

「但還是叫派支援吧。」

夏堅持不讓沒經驗的人上戰場。

「不行，六區最近也有個作戰，隨意打壞計畫不是好事。」海一口回絕，望著悠也說：「負責裝入陽光瓶，你應該辦得到吧？」

「我……」

「我知道了啦！」夏指著悠也的鼻子，瞪著海說：「這傢伙有什麼三長兩短我可不負責。」

海抑鬱一笑。「我相信你。總之，先到那裡去了解任務吧！」

「任務不就是登上飛船拿陽光嗎？」

「你以為國家是吃素的嗎！」

夏要他跟上腳步，否則會拖緩時間。

「我們要去哪裡。」悠也隨後問道。

「剛才畫面上的水果攤啊。」一講完，他發現有說跟沒說一樣，於是忍不住停下腳步。「那是我們在東環七區的某間事務所。」

「啊，剛才說過的後勤人員？」

聽聞，夏側過眼眉道：「他們和本部後勤人員不同，嚴格來說他們的處境比親自上陣的我們更加危險。」

「為什麼？」

「國家默許藍天存在，是建立在藍天不被逮到的情況。」

「那……被抓到會怎麼樣？」

夏冷冷地倒吸了一口氣，悠也感覺自己的死纏爛打起了作用。

「那不要被抓到就好了。」

他警覺地嘀咕道，再度邁開步伐。

三

「幹嘛一直盯著我。」

「抱歉抱歉，我以為你睡著了。」

悠也指向沉的黑色貓類面具。「為什麼今天的面具不一樣。」

「我每天都會戴上不同面具。」

「我知道，我的問題是為什麼——」

「好煩啊！如果可以，我真希望這次任務不是來自那個事務所！」夏突然大吼著。

從剛才開始，夏在返回十區的邊境上不斷重複著這句話。

十一區通往十區的路途是長達數公里的沙漠，兩側佈滿鐵刺網，出入口皆有國家人員守著，對外以國家用地禁止人民靠近。

出入手段只有使用輪子的汽車，接送三人的司機是藍天成員——「迴」。如礦場的井一樣，迴是少數被國家認可的人，他的工作就是每天不斷來回在這無盡的沙漠裡。

「我能明白你的煩惱哦。」

「迴，你真的了解嗎？」夏張大嘴質疑道。

迴開了駕駛座旁的窗戶迎著風微微一笑，黑髮隨風飄逸。四十歲的迴加入藍天將近二十年，他的工作為穿梭在不該存在的城市裡載運人、陽光、國家的礦石。

「我和他們有點交情，在我還在前線拚命時。」

「你也是前線人員嗎。」

「曾經是。」他從後照鏡看了悠也一眼。「不過沒多久，我就退到後勤單位了。」

「為什麼？」

「據說有種叫做鮭魚的魚，他們會在一定的季節迴游。」

「說到魚要幹嘛。」夏不耐地說。

「他們回到家鄉不為什麼，就是種回來了的感覺呀！我也是一樣哦。」迴盤著方向盤燦爛一笑。

「有說跟沒說一樣。」

「沒辦法，非到必要關頭之前不得說出來。」他把汽車停在邊境處，食指擺在嘴前小聲道：「身為藍天就該深藏不露，就像沉一樣，不是嗎？」

夏默認般地聳聳肩。

藍天中有個不成文的默契，任務是絕對機密，除了高層領導以外的人不會互相交換任務訊息，每次任務的機密只有執行者等人會知道。

「事務所」也基於這點成立，為維持機密，各個事務所不僅獨立不干涉彼此，甚至對其他事務所的存在一無所知，他們的工作就是守在原地，等候消息，全然信任總部的指令。

從十區登上東環一塔，再轉乘上升電梯後來到七區0公尺領空處，也就是七區的陸地。經由夏的帶領，水果攤很快就出現在眼前的轉角處。

攤位的櫃台有個老奶奶，她一臉不悅地看著每個路過不停的行人，生意似乎並不大好。

「給我三杯柳橙汁。」

夏左肘靠在櫃檯攤開手掌，像極了討保護費的流氓。手掌裡掉出三個外層鍍銅、內圈深黑色的銅板，老奶奶面不改色地收下，走進門後。

「原來銅板就是信號啊？」悠也似懂非懂地點頭。

「銅板是事務所換取薪水所用，它們只流通於黑市中。」夏背靠著櫃台，警覺地注視著每個路人一面解釋道：「當然，事務所並不用親自到黑市換錢，因為藍天有專門人員流連在黑市中。」

「你了解的還真多。」悠也發出讚賞。

「待在藍天有個三、五年，你也會了解到這麼多。」

夏不以為意地坐在搬運水果的塑膠籃子上。

「夏，你為什麼會加入藍天？」

「啊——？」他語氣上揚，好似再說問這個要幹嘛。

「只是有點好奇。」

「雖然你是同伴了，但這可不代表我沒有隱私，每個消息都可能是影響任務成敗的因素。」夏站起身，老奶奶已經以托盤端出了三杯柳橙汁。

「這次沒有亂加料吧，何婆婆。」夏喊了她的名字一聲，要兩人各拿一杯。

「本店秉持著二十年來的營業精神，配方絕對不改。」她堅決說道。在三人各自拿起杯子後，何婆婆又坐回檯前。

「我倒希望妳能改改配方。」

「跟我說也沒用，配方都是我家老頭子調配的。就你所知他失智很久了，能記住的不多了——！」

何婆婆撐開嗓子道。

「我才沒有失智——！」中氣十足的聲音傳出，白髮飄然的老人走了出來，是何婆婆的老公，道璟・何。一見到夏他睜大眼睛。

「夏，幾天不見你又長大了呢！」

「還說沒有失智。」夏嘀咕道。

「冬，她人呢？最近如何啊——」

一聽聞冬，夏的臉色驟變，他努力抑制了情緒，對他喊道，「如果真的沒有失智，就給我換一個配方——！」

不就是柳橙汁有必要爭吵嗎？悠也用這樣的表情望著沉，沉正用吸管穿過面具的開口處喝著柳橙汁。

喝就對了。他得到這樣的啟示，於是大口啜飲，果汁入肚後有畫面如電流從他腦裡竄過。

是一個高台，接著是陰暗的電梯……？這是哪裡？

然後，他倒抽了一口氣。既視感般的畫面如被推倒的骨牌一樣從終點被推到腳邊，直覺告訴他只要沿著記憶中的骨牌就能走到終點。

「那是……哪裡？」

「新人呀，跟著記憶走就對了。」

何婆婆露出訕笑，光看反應就知道悠也是菜鳥。

「引線人呢？」沉問。何婆婆往右手邊挪挪下巴，那裡有個尚未清洗的空杯。

「來過了嗎？那我們走吧。」夏說。

就像身處虛幻世界一樣，悠也眼前道路兩側出現了綻放開的淡藍色花朵，花朵一路指引著他們來到一座廢棄大廈，從外側看來這座大廈可能不及五十公尺高。

「還有通電呀。」夏探頭看了看閃爍的燈泡，大廈電梯看起來還能夠使用。「我想引線人應該就在上面了。」

「引線人，又是什麼？」

「簡單來說，就是給出飛船即將通過這裡消息的人。」夏似乎已經很習慣向他解釋。「通常是藍天的觀測師。他們負責把任務交給事務所，事務所會設計地點、若再好一點會規劃戰術。」

說著他雙手一攤，厭惡地說：「所以我才不喜歡到這個事務所接任務，因為設計地點的老頭子已經失智很久，記得的建築物老是這種破舊場所，建築物高度不夠高，只會增加任務的負擔！」

「也因此，能到人煙稀少的地方做準備。」沉似乎覺得這並非全是壞事。

進到電梯後，發現大樓最高只到九樓，他們必須再走過一段扶手斑駁生鏽的階梯。出了頂樓，一頭紅色秀髮飄逸在三人眼前。

「你們動作也太慢了吧。」

「雨？」

「莎莉……！」

「別喊我的名字，尤其是在任務進行時。」莎莉直盯著悠也的雙眼，不解地搖搖頭，好像在說「你為什麼要加入藍天？」

沉熟練地走到平台周遭觀察地點，被高樓包圍的地點不容易行動。

「不出所料，是個糟透了的地點。」夏首先發難道。「沒想到妳會是引線人，現在說搞錯了還來得及取消行動。」

「我有說我是引線人嗎。」

「任務是絕對機密不是嗎……」悠也疑問道。

頓時，夏領悟到什麼對著門後大喊。

「出來吧——池！」

門後走出名少年，年紀要比悠也來得更小，身形與沉很相似，外貌看來傻里傻氣。

他雙手揹在後頸，笑嘻嘻地說，「怎麼會發現呀！」

「身為引線人，卻透漏我們的行蹤！這種事只有你這小子會做。」

「別計較這麼多，多一個人好辦事。」池燦爛一笑。「再說悠也是第一次執行任務吧！就由我來當你初次的引線人吧！」

他用多年交情般的口吻，看起來相當輕浮。

「這小鬼是池，總是這樣沒大沒小的。」

「看起來比我更不可靠。」

「放心吧，引線人主要為事前工作。」他說池不會一起進入空中作戰。「作戰開始後引線人必須在下方觀察——」

「夏！還有更重要的事。」

這時，沉打斷了他說話。

「哦，說的也是……」夏如夢初醒後轉向莎莉。「我知道為什麼要讓妳參加作戰了。」

「摁，只有身為空警的我能掩護你們上到高處。」

悠也聽得一頭霧水，莎莉盯著遠方說：「引線人通常是組織觀測師，他們藉由天空道路的變化推斷陽光飛船的位置。」

「並非每次都能命中，不對，」夏連忙改口，「只要有三成機率就很高了。」

「意思是這次很可能徒勞無功？」

「剛好相反，池的預測準確率高達六成，是百年難得一見的觀測天才。」

這小鬼是天才？悠也望向那名為池的少年，他坐在地上伸展雙腿，手拿著雕刻刀對著手中玻璃瓶外觀進行雕刻，口中不時發出呢喃：

只要再放入一點陽光，我的玻璃瓶就更加完美了——

四

「**觀測師**」是藍天長久歷史中最神祕的存在，陽光飛船的路徑屬於國家最高機密，搭配上天空中變幻莫測的非實體道路、大氣環的天氣改變，為飛船路徑增添了大量變數。

觀測師能觀察到非實體道路的改變，並從中歸納出飛船可能經過的地點。藍天長年花了大量資源特別栽培這群人，只要十次之中能預測到三次就能為藍天維持良好的陽光供應量。

然而，池卻是個例外。

「聽說是我們的人在街上發現了無依無靠的池，經醫學鑑定發現他才六歲，還有……」夏微微皺起眉頭，不太肯定地說：「這小子身體結構似乎天生就與一般人不同，他在無人教導下無意中點出了飛船經過的方位，好像他體內有個總是指向陽光的指南針似的。」

悠也聽聞了池的事蹟後不禁舉手發問。「現在十八歲的話，代表他加入十二年了對吧。」

「是呀。」夏雙手抱胸側頭，然後呢。

「既然他有六成命中機率，陽光庫存怎麼會不夠用？」

莎莉托著下巴面有難色，悠也的疑問一針見血。

「因為……」

「他不是個出色的引線人。」

「沉，你的用詞太保守了！」夏糾正道：「他是藍天裡眾所周知的——最糟糕引線人！」

引線人不等於觀測師，也可能是臥底於國家高層事先得到資訊的人。作戰人員出發後，引線人必須在下方觀察並給告知前線人員周遭情況。

並適時發出撤退信號，就像強風突如其來吹來時，放風箏的人不得不握緊風箏線，並思索著收線時機。

「不過這小子除了觀測以外的時間總心不在焉的搞著這個東西——！」夏邊說邊抽起了他手中的玻璃瓶，玻璃瓶外觀密密麻麻刻畫著什麼。

池向上揮舞雙手。

「夏，還給我啦……！」

「可以是可以，不過先搞定任務再說！別忘了作為引線人要有的特質——！」

「是……是責任感吧。」

池就像被老師訓話的學生一樣苦著張臉。

「沒錯。」

夏遞回瓶子，接過手的池像個孩子般地笑了。他凝視著玻璃瓶身某處，表情忽轉嚴肅，喃喃道：

「高度八百五十公尺、中心塔向外延伸一百五十公里。」

「斯克爾半徑約莫有三百公里，那是相對中心的位置，仍會有誤差。」莎莉苦惱道。

若將東環七區視作一個扇形圓柱，中心塔向外延伸一百五十公里的位置能夠劃出一個弧線，那條弧線便是飛船可能經過的範圍，也就是誤差。

「放心吧，雨。」

夏不慌不忙說。池仍凝視著瓶身，指尖壓在某個地方。「夾角45度，在東環七區的正中心。」

「瓶身的雕刻——」莎莉似乎也很意外，看著玻璃瓶。

「是斯克爾，我把國家第四到第七的道路刻在了上面。」池抬起眼，瞳孔倒映著她髮色的紅光。

「只要我還活著，玻璃瓶就不會破，就能一直雕刻下去。」

這果真只有「天才」才能辦到——悠也一面這麼想一面湊近，發現光從瓶身就能判斷建築物高度及遠近，方位則刻在瓶底。甚至他還用了紅色與藍色的筆區分某些道路。藍色字跡順著建築物與實體道路。

「紅色代表著什麼？」

「紅色是我走過的任務路線。」

真是仔細，「那這裡怎麼什麼都沒有呢？」悠也指向了東環七區偏向外側的地點，那裡有明顯一小格空白處。

「我想那……應該是……」

池的腦子如同當機似地，回答不出個所以然。

「外側通常不會是任務地點，這是很簡單的邏輯問題。」夏補充道：「飛船一定往中心塔過去，所以當然要在圓弧最短的距離作戰，誤差最小！」

夏說的也沒錯，不過悠也猜想他根本沒仔細看過，池的紅色路線多變，卻好像刻意跳過了某個地點。就像是他刻意隱藏的小天地。

悠也意識到這也許是個人隱私後點頭應允。

「我明白了。」莎莉緩緩壓下下巴。「那我只要確認那區域的警力分布就好了吧？」

「是的，我們會盡量到達任務地點附近的高樓。」

夏抬起頭看了環伺周遭的建築，不禁苦笑心想可能要花點時間就是了。莎莉丟出了空航警車模型的同時身上換上了藍白色空警衣裝。空警能無視交通規矩在領空隨意上下移動。

「摁，那就待會見——」

「等等。」悠也上前喊住了她。

「還有什麼事嗎？」

莎莉的聲線宛如泡過冰水般寒氣逼人。

「妳的玻璃瓶裡……」他遲疑地吞了口唾沫。

「你是因為愧疚才加入藍天的嗎——？」莎莉趁勢插話，疾言厲色的口氣震住了他。

「難道不行嗎？」

莎莉直盯著悠也的雙眼，眉心微微緊蹙。

「抱著這種半調子想法的話，根本不可能佔領天空！只會拖垮藍天。」她跨上空航車冷冷說道。

「這次，意識到不行的話，就趕緊退出吧，至少命還在——」

「曾有人……要我享受天空，但變成這樣我是要怎麼享受，所以我想——」悠也握緊雙拳，發出含蓄低吼：「想讓妳的玻璃瓶也放入點什麼……至少不是一片空白——」
「少大言不慚了！」
莎莉遏止不了情緒，握住握柄的雙手比平時更加使勁。「你以為你是誰！我的天空裡最不需要的，就是你自以為是的憐憫。」
她壓下油門，車尾燈在悠也面前稍縱即逝。
「雨幹嘛要兇你，還以為你們是好朋友。」狀況外的池抓了抓後腦勺。「雨一聽到你會參加作戰，二話不說就來了呢。」
「好了啦，那些事已經不重要了。」
夏輕敲了他的頭頂，將話題拉回正軌。「要從哪裡出發？」
「那邊。」
池指向眾人後方高度相近的大樓，實際上他想表達的是大樓的正後方某處。那裡頂樓有座空中公園，伸長脖子能依稀看到有人正在盪著鞦韆。
「蛤——！那為什麼不把起始地點設在那就好！」
「總之，要節省時間，快出發吧。」沉發出提醒，他似乎不願浪費多餘時間。
「但這可是住宅區，萬一被民眾發現有群怪人爬上了他們家的陽台，在那之前就會——喂……！」
夏話語未落，池戴起了科技眼鏡並從屋簷跳了出去。
「戴上眼鏡，若不幸落地還有層保護嗎？」悠也想起了飛船競技賽的眼鏡。「但還是太冒險了吧。」
「藍天衣裝能增加人體基本素質，還有，」沉轉過身，指著太陽穴旁的左側眼鏡按鈕。「按下按鈕，我們會進入十秒短暫的隱形，通常是衝上飛船時會用到。」

「原來如此。」

沉早早戴上了眼鏡，令悠也更在意沉的長相。

任務由當地事務所規劃路線，一如引線人拉著風箏線，事務所責任為將人引導到距離任務最近的天台。

六十歲的何婆婆一生都在街角攤賣水果，經營事務所是她丈夫道璟・何的工作。道璟失智至今十八年，只記得過去的街道風景，在瞬息萬變的現代裡，他的路線讓任務難度大大提升。

藍天內部曾開會討論過是否該放棄水果攤事務所，但在海的強力反對之下被否決。他認為陽光飛船只在七區至四區航行，警力相對鬆散的七區是藍天不可放棄的目標。

再者，培養一個值得信賴的事務所需要花上數十年驗證，藍天沒有那種時間成本能夠浪費。

他們鬼鬼祟祟爬上住宅區頂樓，轉入了行人用實體道路來到公園，數十棟高度相當的大樓串成了腹地廣大的公園。

一進到公園，池衝向溜滑梯上方指向遠方向上的階梯，階梯上方有兩排建築物。「接下來要從那裡過去。」

「那裡，是學校吧？」悠也抬頭一望。

「是呀，那裡是後門。」池以躺姿溜了下來，慢慢彎起身。「我們要到前門，前門街頭有台會開過七區市中心的空中公車。沿著市中心大樓的通聯道，找到一間名為『海洋之心』的水族館，那裡頂樓就是目的地。」

「你還真——清楚啊！」夏語氣強調。

「我很常當水果攤事務所的引線人。」

「那你不覺得奇怪嗎。」夏忍不住吐槽：「事務所的路線是為了方便行事，例如替我們弄到高級酒店的通行證讓我們大大方方地走進去。結果你說我們的目的地只是個售票的水族館!?」

他發出無奈地嘆息，那為什麼要搞得這麼複雜呀——

「這所小學還真新。」沉望了望隨處的看板，發現建造至今還不超過三十年。學校建地相對有限，法律規定必須設置在建築物的最高樓層，以利保護、發展孩子等等，因此大多數學校隨隨便便都超過五、六十年，百年以上的也不是少數。

「你想進去參觀嗎？」

夏以玩笑回應沉，沉聳聳肩逕直向前走。「一點也不。」

「說的也是，你可是效率派的代表。」夏轉過頭，發現悠也停在原地不動。「怎麼了嗎？」

「何婆婆的丈夫失智了，不過卻記得這間新學校，他會是校友嗎？」

「摁……時間上來說不可能吧？」夏自言自語道。

「公園、小學、還有水族館……」悠也轉向池。「何婆婆有小孩嗎？」

「摁，有吧。」

他想都沒想就回應。

「我怎沒聽說過——我可不是第一次接那老太婆的任務吶！」

「是草告訴我的。」池雙手插進口袋，不以為意地說：「聽說土以前曾不小心摔破一個店裡的玻璃瓶。」

「對方不在了？」夏驚然說道。

「摁，只有這可能吧？」他用毫無情緒的表情反問。

「隱瞞這件事沒有好處。」

「但也沒壞處吧？」

最前方的沉忍不住回頭，透過面具眾人隱隱約約能感受到情緒。

「草幹嘛跟你說這些。」夏問。

「他好像希望我盡量窺探東環七區的飛船。」

「因為何婆婆思念他們自己的孩子……所以任務路線總是在他成長路途之中嗎？但是，他出了什麼意外嗎……？」

「水果攤事務所的地點路途雖然遙遠，但都很安全。所以我猜她的孩子是在任務過程中出了意外吧？」

「你想透過這故事告訴新來的人，藍天的任務充滿風險嗎？」

夏訕笑以答，他知道池不可能想這麼多。

池也一如所料的搖搖頭，他舔了舔手指測了測風向。

「今天的風向早在昨晚就由大氣環決定好了，不過一直到早上我才能確定飛船會經過哪，但飛船上會有什麼呢？」

池的這句話看上去大智若愚，縱使他沒有這個意思，夏與沉不得不聯想到草與土。

「他們就是在七區裡，出了意外……就連他們都無法全身而退。」

悠也見到夏失落的樣子，立刻明白那足以戳破追逐陽光之人美夢的壓力，像在說「現實的陽光是多麼刺眼且充滿未知」。

「草和土是怎麼樣的人？」

他想起亞力克斯談到草、土身亡時的表情也格外難過。

「他們兩個，」沉垂下臉，聲音低落地令人感到惋惜。「是足以在未來領導藍天的人。」

五

26歲、23歲的草、土由於木的緣故，有意識以來就將藍天的理想視為自己存在的理由。信念使他們比一般人更加執著，從小便受到十一區與組織的器重，他們也不出所料在16歲之後紛紛到前線執行任務，並一次次漂亮的完成任務。

樂觀、活潑開朗的土擅於教導後輩；沉穩、內斂的草遇到危機總能保持處變不驚。散發著領袖氣息的草早早被視為下一屆首領。

不過草卻不以為然，因為藍天首領必須坐鎮本部，他對這職位感到矛盾。首領通常是志向最遠大的人，可是卻只能看著同伴冒著風險進行任務。

「在這方面而言，總是提心吊膽的海也許更適合首領這個職位呢。」

夏朝天空揚起下巴扭了扭脖子，坐了趟三十分鐘的空中公車讓他的頸部有些緊繃。一路上他向悠也介紹了草這個人，偶爾池也會做出補充，池與草相識的時間更長。

「就是這裡嗎？」

眾人站上了天台頂樓後沉問道。

「這裡的天空真清澈。」悠也望向四周，這裡的天空受到建築遮蔽較少，連結的行人道路也不多，甚至看不到任何一台空航車，只有不時會掠過天邊的空中列車、公車等等。

「是呀，可以測量看看差距。」

池回覆後，沉拿出手掌大的盤狀機器放在地上，機器很快跳出數字——七百五十公尺。

七百五十——這領空已經是一般人無法到達的高度，悠也手心開始冒汗，暗忖只要一被偵測到，空警很快就會出現。

「放心吧。」

夏看出了他的不安，扭了扭手腕熱身。「藍天的空航車能避開偵測，話雖如此，這一百公尺的差距我們不能掉以輕心。」

「不過，周遭好安靜。」沉說。

「是呀真是奇怪，今天經過的車輛好少。」

池抓抓後腦勺道。

「這很合理不是嗎？假如陽光飛船會經過這區域，非實體道路的減少不是必備的嗎？」

「不是這樣子哦。」

池搖搖手指，進一步解釋，若刻意減少飛船經過區域的非實體道路反而太過可疑，必須要將飛船行蹤埋藏在既合理又不顯眼的位置，而能從中找出破綻才是觀測師的價值。

「我說，你這次會不會失準了呀！」

「或許是雨協助了我們也說不定。」
「笨蛋，她只是空警，怎可能調動其他國家機關的運輸車。」
「對了，飛船什麼時候會出現？」
悠也不經意一問時，池慌張地朝遠方張大嘴巴，刺眼陽光從遠處傳來。
「啊——已經來了，在……在那裡！」
「池！你果真是最糟糕的引線人啊！」在眾人視線一角處，陽光飛船正從西側慢慢航向中心塔。
「這種事也可以提前知道吧。算了……」
眼看沒時間數落他，夏轉向沉與悠也。
「沒時間等雨到場了，要出發了！時間很短，我會長話短說。」
夏在短暫時間裡分配了工作，眾人一一戴上眼鏡換上白藍色衣裝，並叫出空航車。直到飛船船身刻著的「陽光三號」清晰地出現在他們眼前的瞬間，夏一鼓作氣發送指令。
「走——！」三台空航車咻的一聲航向天空，藍天特製的空航車速度非常快，快到悠也難以駕馭。不一會兒就貼近了數十公尺。
不過或許是夏擬定了戰術，悠也並不如一開始緊張，他的任務是用煙霧器散發白霧遮蔽船體。在他執行的過程中，沉、夏會負責從後門進入，並且撂倒飛船中包括機長在內的三名守衛。接著悠也進入後負責將陽光瓶放入黑色手提箱裡，聽從指示決定撤退時機。
他灑下白色煙霧時不斷重複著思考任務的內容，直到發現陽光飛船的船體並不像一般單純的流線型，中半段的船體有難以計算的突起半圓，並且佔了船身好大一部分。
他想起第一次進到飛船的經驗，暗忖這些圓形就是陽光瓶放置的地點。

「搞定了。」

頓時，耳裡傳來夏的聲音。「池，煙霧覆蓋飛船了嗎？」

「是的，已經完全覆蓋了。」

留在天台上的池回報後，悠也明白自己任務已經完成一半。他要進到飛船完成剩下的另一半工作。進入飛船後他在白霧之間見到了被擴散布撐壞的鐵門、還有兩名穿著機師服及一名穿著守衛服的人倒臥在地，身上並無外傷。

「吶！給你，陽光瓶就在裡面。」

夏朝悠也拋了支在警衛身上搜到的鑰匙，他用雙手接住。

「不用太過勉強。」沉淡定揮揮手，似乎想放鬆他的心情。

「摁。」

悠也頷首應充，回想了剛才討論的作戰內容。夏負責看著暈倒的機組人員、沉在飛船門口觀察有沒有空警靠近。一艘飛船上總共會有一百瓶陽光，一個手提箱只能裝下五十瓶，一般來說只要拿到三十瓶就相當完美，不過他們認為悠也只要拿十五瓶就夠了。

這已經是最簡單的任務，我要拿更多陽光——！他在心中對自已喊話後，轉開了鑰匙門鎖。兩側大門順時鐘轉動一百八十度呈現上下向開啟。

白煙微微散去後，眼前出現了一道三十公尺長的走道，走道對側有通往機艙室的門，陽光就在走道的四周，他們是這麼告訴悠也的。

然而，在踏入走道的那刻悠也仍受到了強烈視覺衝擊！

沿著船體內三百六十度布滿了各自向外延伸的半圓，陽光瓶就放在每個半圓之中。

悠也受到的震撼，不亞於第一次看到大海與天空交際線那般未知的場景，數秒後才回過神。他在走道左側找到梯子爬下，從媒介裡拿出了黑色手提箱還有電子鉗。

陽光瓶兩側被半圓內延伸的物體牢牢固定住。

電子鉗就是為了破解半圓系統所設計。悠也拿起鉗子靠近陽光瓶，系統遭受破壞後發出「噔！」的一聲，固定陽光的物體縮回了半圓內壁。

伸出手他輕易抓取下陽光瓶，緩緩將第一瓶陽光放入手提箱裡後，他放鬆地大嘆一聲。這短短流程使他精神緊繃，後背早已佈滿汗水。

陸續重複幾次後，他漸漸習慣了高壓作業，也慢慢注意到特別的事。隔著藍天衣裝的手套，陽光瓶拿起來不僅沒有重量，就連一點溫度都沒有。

但裡頭確實發著光不是嗎？

「進度如何，十五瓶了嗎？」夏的聲音急促從耳裡傳來。

「就快了。」

悠也說了謊，事實上手提箱裡已經超過十五瓶。他認為在這種等級的維安下，要多拿個十瓶也不是問題。他望了望船內壁牆上，兩側都有設有鐵柄握把，似乎是為了放置高處的陽光瓶所設計。

他把手提箱掛在右臂上，嘴裡咬著鉗子，想像自己是太空船維修人員，抓住握把往上一蹬瞄準左壁上方的陽光瓶。

隨著角度愈發傾斜，他內心產生了另個疑問。

最上方的陽光瓶要如何取下？或說，他們是怎麼安裝上去的？

若只是單純握住鐵柄握把考驗裝置者的體能，未免也太寒酸了吧？正當他疑惑之際，手提箱不知不覺滑落到手腕，幾乎快要脫落到手背處，就像自己所在之處越來越傾斜。

這時他猛然意識到——飛船內部正在旋轉！

此時他已經身處飛船內最上方，雙腳懸空踏不到握柄，他右手抓住手提箱握把。打算用拇指、食指關上手提箱，然後再順勢落下。

如此陽光瓶就不會四散，他的想法並沒錯。

殊不知，機艙室裡忽地走出了個人。

他就像設下陷阱的獵人一樣，拔起了手中的槍對著毫無防備的悠也開槍。

砰砰砰！他朝悠也緊抓握柄的左手連開三槍，科技眼鏡的防護罩保護了他，但驚嚇使他鬆開左手摔落走道，陽光瓶四散滾動於走道中。

聽聞槍聲，夏立馬闖入門內。

「我來制服敵人——！你去撿陽光瓶！」

他見到眼前畫面迅速做出判斷。甫一說完，夏便衝上前阻止對方。

對方也明白陽光的重要性，於是先朝悠也的方向開了數槍。悠也一邊閃躲一邊撿起陽光，然而才沒撿幾瓶他突然感覺到頭暈目眩。

「空警——！我看到空警了！」

池在耳機裡大喊，「1、2、3、4台、不、不止……！」

「夏，我們該走了！」沉呼聲道。

「我知道——！我當然知道！但是……！」

你到底好了沒——！夏的聲音彷彿從悠也心底浮出，聲音聽在耳裡變得好遙遠。

漸漸地，悠也難以分辨陽光瓶散落的位置，就好比這陣白霧侵襲了他的大腦，只能依稀看到發著光散發著熱能的陽光瓶。

它的瓶口被子彈劃開如同瓦斯般外洩。

好痛苦，陽光不該是帶來痛苦的產物吧？

六

「不是早就說過了嗎！你到底在搞什麼鬼——！」

夏狠狠揍了悠也左臉一拳，虎牙劃過脆弱口腔濺出血液。悠也用手臂擦拭了嘴角血跡，坐在地上不發一語。這反應使夏更加憤怒。

「好了……已經夠了！」

莎莉伸出手，試圖平息他的不滿。

「算了——！」夏怒瞪之後轉頭離去。

悠也這時才發現他回到了第一次來到藍天的這個房間，他幾乎不記得在飛船上的後續，只記得自己身體越來越灼熱，就像身體內部被火點燃似的。

「現在，你知道任務多麼危險了吧。」莎莉蹲在他身邊嘆息道。

「我原本可以做得更好的……」

悠也喃喃低語地看著自己的左手，被子彈射到卻一點事都沒有。

因為害怕所以我鬆手了，我不該鬆開手，不！我不該這麼貪心的……！

「對了，陽光呢？」

「這用不著你操心，陽光會由事務所負責運送到十一區。」

莎莉解釋陽光製作的物品無法放入藍天的媒介之中，因此會由事務所另外安排運送人員。

「最後拿到了多少陽光……？」

「6瓶，這是非常糟糕的紀錄，不過也不是你的問題。」她唉了聲，氣色不振。

「妳怎麼好像……比我更失落。」

聽言，莎莉冷冷地瞪了他一眼，悠也不禁縮緊身子。

「警備比想像中森嚴。」莎莉撐住雙腿站起身。「藍天培養空警，就是為了能事先知道警力配置，但我並沒得知消息，甚至飛船上的守衛用上了槍，這點前所未見。」

「他們從來沒考慮殺了藍天成員嗎？」

「殺了我們對執政者沒有好處。我想是……」莎莉為這問題思考了半晌，用不大確認的口吻說：「應該是上個月那事件的後續影響。」

她指的是被汙衊為藍天主導的空警局長死亡事件。

「我記得他是叫做桑德斯。」

「是，啊！」莎莉忽然想起什麼，倉促綁起頭髮落出俐落的頸線。

怎麼了，悠也疑問。

她露出半晌遲疑才開了口。

「我任職的東環六區空警局，局長慕斯曾說自己和桑德斯、艾德曼有過共事的經驗，我有點在意。」

「艾德曼！」悠也憶起他的瘦削雙頰，那男人是現今進步派的領袖。
如果他與事件有所牽扯，延伸目的來說只有一個可能。
「妳覺得，這與不到兩個月後的選舉有關？」
被猜中內心的莎莉呼出口又長又深的氣。
「誣陷藍天、殺害舊事。」她抱起胸膛，一鼓作氣吐出猜想。「我想他們隱瞞著什麼不利消息、或另有陰謀。我想去找我們的局長一趟，也許能從中得到警備森嚴的理由。」
「讓我也一起去吧！」悠也使力撐起身子。
「先看看你現在的樣子吧。」莎莉數落般瞥過他掛彩的臉，指了地上一顆染血的臼齒。悠也見狀後知後覺地撫著左頰，卻沒有緩解痛楚。
「他下手也太重了吧……」
「唉。」莎莉搖了搖頭，「礦場附近有位醫生，去找他治療一下吧。」
語落，她往門外方向邁開腳步時，聽到了悠也的竊笑聲。
「有什麼好笑的？」她在門前佇足回頭。
「妳認同我是藍天成員了吧。」
「不，我只是……！」她言詞閃爍摸了摸左胸口上的空警警徽。「如果你在我負責的任務下出了問題，我無法對海交代，你能理解吧？」
說完，她背對悠也，似乎不想讓他看到自己緊握的手，然後深吸了口氣。
「八年前我欺騙了他們，所以我……必須幫助藍天佔領天空。」
那句話從她口中說出，說有多失落就有多失落。

妳也是出於愧疚才加入藍天嗎，悠也很想問出口。但大腦在理性的沙盤推演後告訴他，每一條路最終都會指向同一個出口——「是我害了妳」。

那是他在所難免的課題，也是他們不約而同決定佔領天空的共識。

「我也和妳一樣，我也想佔領天空——」

「不，你不同。我們的出發點不一樣，終點也……」莎莉作出短暫停頓，「也不會重疊。」

她奮力澆熄了悠也開口的機會。

讓他只能沉默著，直到對話不了了之後，莎莉快步走出他的視線。

代號「離」的男人是位待在十一區治療居民的醫生，他的診所位於礦場左側郊外，和明的實驗室正好處於對邊。

不同於明的實驗室，離的診所門外有寬敞大道，診所規模也像間小型醫院。除了離以外，裡面還有藍天培養的幾名醫生以及數十名護理師。

大排長龍的病人紛紛指名要讓離看診，但悠也來之前聽聞只有運氣好的人才能讓他看到診，於是也只能乖乖抽號碼牌。

殊不知才按下抽號牌的工具，廣播立刻發出聲音：悠也・史凱爾請至一診。悠也在眾人瞪眼之下把號碼牌收入後方口袋，並走入診間。

診間儀器齊全，幾乎與他父親伍德・史凱爾所待的醫院一樣，這時他突然想到這間小型醫院內竟然有電力。他四處張望後，診間更裡面的男人端著杯咖啡走了出來，他悠悠坐了在診間椅上，杯中熱氣悶霧了他的圓眼鏡。

「這裡也由明打造過，是能合理使用能源的地點。」

他用能源二字取代了電力，聽來就是學識淵博之人。更奇怪的是，他還特別向悠也解釋，就好像事前知道他是個新人。

悠也摸摸後方口袋，卻怎麼都找不到剛才那張號碼牌。

「藍天成員優先，這是本院的宗旨。」

他輕輕放下玻璃杯，向悠也伸出了友誼的手。悠也反射性地握住，對方的手殘有咖啡杯上的餘溫令他感到溫暖。

「我是離，不久前我從夏那接獲治療通知。」

「夏！」悠也激動地張大嘴巴，拉扯到口腔內傷口。

他疼痛地摸著掛彩的臉頰。「嘶——痛痛痛！」離絲毫不訝異他的表情變化，反而哈哈大笑。讓人感覺不到身為醫生的同理心。

「你這樣還是個醫生嗎……多少給點安慰吧。」

他不知不覺把對方與身為醫生的父親做比較。

「安慰嗎，這個我很拿手。」離摸了摸稀疏的頭頂，從抽屜裡拿出一瓶藥，並遞了一顆給他。「吃下它，很快就沒事了。」

也太敷衍了吧，他吞下時不禁這麼思考。但沒過幾秒他的口內產生變化，悠也張著嘴照著桌上的鏡子，發現連根拔起的臼齒神奇地長了回來。

「皮肉傷只要時間就會好了，所以我只負責讓你長回牙齒。」

悠也用舌頭輕觸左側內腔，嚐到了血的氣味。

「這樣的醫療技術……」
「你從沒見過——對吧？」
離表現像極了發現有相同嗜好的怪異品蒐藏者。悠也緩緩點了點頭，不明白他為何感到如此喜悅。
「這是基因改良的產物，有些動物能不斷長出牙齒，而我透過實驗將動物的基因使用在人類身上。想不到效果異常的好。」
「這不算是醫生的工作吧？」離笑了笑，再次端起咖啡杯。「畢竟我是藍天培養的醫生，我的任務只有一個。」
「治癒光癌！」他想也不想就脫口而出。
「是呀，不愧是伍德・史凱爾的兒子，一點就通。」他對於正確引導了對方而驕傲地抬起下巴。
「你認識我爸？」
「伍德是致力於研究光癌的專家，我們有過幾面之緣，我想他大概已經忘了我。」
「是哦？」
「摁，先不談那些，讓你看點什麼——」他起身抓了抓後腦，按下了牆上的按鈕。
頓時，診間內部宛如被黑布籠罩，離與悠也間的桌子上方出現了段影像。從背景來說，拍攝地點是十一區的某棟不高的民房。
「跳下來吧！」兩位穿著白袍的男人對著站在二樓陽台邊上的男人道。
「不……！我辦不到！」
對方強烈拒絕，精神狀況接近緊繃。
「你們做了什麼，他為什麼如此害怕？」悠也不解地張開雙手。

「這是懼高症。」

離伸長食指，近一步解釋：「以前的人類十個或許有九個會怕高，不過在人類佔據天空之後，基因為了適應環境而進化，進而使懼高症消失了。」

話語一落，離接續播放著另外一部影像。

這次是一間研究室，被研究者是位女性，他們在女性的桌上顯示了紅、綠、藍的布巾，並要她回答顏色。她再仔細看過後分別回答了黑、黃、藍。

「這是色盲症。」

悠也曾聽過這不存在於現代的症狀。

由於非實體道路出現時有各自不同顏色，色盲症早被醫學所突破。通過這兩段影片，悠也依稀體會到離做種種實驗的理由。

「你想改變人類的基因，回到能接收陽光的時期？」

離對著茅塞頓開的悠也微微展開笑容，答案不言而喻。

七

「這樣就能解決光癌？」

「光癌是光爆反應下意外的產物，」面對提問離反覆眨了眨乾澀眼皮，顧左右而言他道：「是現代人類無法接收陽光的最佳證據，所以只要能……得到從前人類的基因，或許就能解決這問題，至少嶋先生是這麼認為的……」

他的聲音越說越小，成果似乎不如預期。
嶋是誰？悠也疑問道。
「那是木先生的本名，我沒改過來習慣。在我來到藍天之前，他就是位非常有名的人物。」
離與木相遇於二十多年前，當時的離只是位實習醫師，他見證了不少患者死於光癌。
一次因緣際會之下，他認識了對天空、人類未來都很有想法的木。
「木先生是位很有理想的人，他投入大量金錢研究陽光，而我就是在那時受到他的邀請。」離言語之中藏不住對木的崇拜。
身為領導人的木曾是位資本家，他利用了人脈給予藍天金援，並拉攏了各行業的菁英。
「過去幾十年來，我們不斷重複提取人類的基因，研究著該如何找出過去人類的基因。方法具體而言，就是尋出基因突變的人類。」
「因為他們或許有過去人類的基因？」
「你說的對，撇開光癌發生率不談，現代大多數人類仍無法接受淨化的陽光。」離回覆他的猜測。
「不過或許有人天生就對光癌免疫，我的任務就是找到這類人進行基因研究。但是……」
他欲言又止的抿了抿嘴唇。
「過程中發生了什麼嗎？」悠也說到了痛點。
「該如何驗證對方不受陽光影響？」離提問後自答道：「我們把搶來的陽光反向淨化，使陽光成為最原始的模樣，然後注入人體。被注入者會受到強烈痛苦，那與遭受八年前光爆現象的人們敘述的痛苦相似，如果是你應該特別了解吧。」
「等等……！這不就是所謂——」

「人體實驗。」離截斷了他的話，靜靜說道：「我們（藍天）不僅逾越了國家法律，更跨出了倫理道德的邊界。」

「那些受實驗人知道自己正遭遇著什麼嗎？」

想起那場黑色大雨後的窒息感，悠也說話時不禁按住胸口。

「不知道，有說也等於沒說吧。」

摁？悠也發出納悶。

「藍天不具備國家一般的國安機關，我們沒有抹殺他人存在的能力。考量過風聲走漏會被國家盯上，所以實驗對象是沒有姓名、沒有家人的孤兒或者棄嬰。」

「池……！」

「相對來說，他很幸運，六歲時才被我們撿到，不……」他苦笑甩了甩頭。「以他的才能來說幸運的或許是我們。」

「那接受實驗後的孤兒呢，他們都怎麼了——」

「死了。」離的臉色一沉，接續道：「死在這個不該存在的街道（十一區）裡。」

不知為何，悠也聽完這句話後卻笑了。

藍天不會殺人？沒有抹殺他人存在的能力？

「這還算不上殺人嗎？」

「抱歉，如果早知道會是這樣，就好了。」

實驗之前，離也為此心神不定，但在木的安撫之下，他對長相千篇一律的嬰兒們注入了陽光，然而多數嬰兒都撐不過毒辣陽光的摧殘。

「屢次失敗讓我瀕臨崩潰，直到十多年前實驗到最後一位女嬰時，木先生也無法忍受殘忍實驗而提出終止。」

離特別強調了「女嬰」，讓悠也不明所以地複誦道。

「女嬰……？」

「先前都特別挑選男嬰，雖說都是嬰兒，但也許在人類觀念上，男性要更加堅韌吧？」

他落寞地笑了笑，似乎認為自己找的理由牽強到很可笑。

「也並非所有嬰兒都熬不過，只是需要更長時間觀察，才能確認他們基因是否是我們想要的。但現在怎樣也無所謂了。」

「為什麼，實驗終止還是可以繼續觀察不是嗎！」悠也不甘心地垂下臉，心想那些孩子不都白白犧牲了。

「不是這樣。」

離無力地笑了。透過那陣虛弱笑聲，悠也感覺到不太對勁，就好像錯過了下車站的乘客一樣迷失了什麼。他拚命讓腦筋回歸冷靜，並重複回想剛才的對話。

孤兒？女嬰？該不會——「那名女嬰是……花？」

「摁。」

離點點頭，瞳孔冷漠的對準悠也。像在說：答案就在眼前了。

「唯一，不，是唯二——」悠也發覺自己身體激動地開始顫抖。「唯二通過實驗的人就是草、土，而他們已經死了，所以才……！」

「是的，聽說他們倆死於任務時，我想我是藍天有史以來最失敗的投資。」

「但這並非完全是你的責任，是木——」

「他只是想要創造充滿陽光的世界！」離以強烈語氣反駁，卻虎頭蛇尾的嘆了口氣。「木先生知道自己的所作所為，因此他把那三個孩子視如己出，而我，留在這彌補過去的錯誤。」

他的表情僵硬，眼睛也失去光彩。

悠也凝視著離，吞吐道：「為什麼要告訴我這些？」

「哦，應該是想起了過往。」他垂落的視線指向了左側玻璃櫃中的玻璃瓶，裡面有把染血的手術刀，刀鋒的血液乾涸凝固後呈現暗紅色。他說：「從醫生成為殺手的過往。」

空氣寂靜許久，離才開口道：「十二年前實驗停止後，我失去了醫生該有的開刀能力，只能看著病人從我眼前一一離去。」

對不起，是我毀了你——

離依然記得在開刀失敗後，木這麼對他說道。

「也包括夏的青梅竹馬，冬。」

「摁。」他輕輕點了頭。

「所以也希望你別太責怪夏。因為冬的事情就發生在任務過程中。」

冬與夏的雙親全是藍天成員，夏繼承了父母成為藍天前線成員、冬則繼承了家中的事務所，負責處理後勤事務。

幾年前的某天，冬的事務所收到了裝有陽光的手提箱。奇怪的是她並沒接到轉送陽光的任務，或者說她負責的區域任務才正在進行中。

她把事情轉告夏時，他正在充當任務引線人，由於池的年紀太小，海無法放心讓他獨自承擔責任。我待會就到——他留下這段話後便專注於眼前的任務。

冬的事務所在南環四區外側，人煙稀少的郊區建築物中。任務結束後夏來到了大樓外，乘著電梯他嗅到了濃烈刺鼻的清潔劑味道。

隨著樓層向上，味道隨之強烈，彷彿有人正在掩蓋著什麼。意識到這點的夏，心跳不自覺加快，快到令他無法掌握。

電梯打開的瞬間，眼前是一片狼藉。

「事務所的成員全遭殺害，冬是唯一的倖存者。」

「原來冬還活著？」悠也鬆了口氣。

「活著，也像死了。夏把受傷的她帶來找我，然而我不聽使喚的雙手把她推入了深淵。」他喃喃道：「手術失敗後，冬的大腦受創，忘了所有事情，至今冬在十一區外的藍天管理單位受照顧著。」

「那、那個手提箱的來歷是？」

「不知道，調查結果只能推斷是消息走漏，導致事務所被襲擊。」

不要被抓到就好——這下明白夏為什麼會說出這句話。

「那會是國家的人嗎？」

「誰知道。」離苦笑晃了晃腦袋。「藍天的存在就像栓塞，抵在國家與人民之間，就算受到了誰誣陷都不奇怪。」

叩叩！診間外忽然傳出敲門聲。離拉了拉衣領對外喊道：「請進。」

門把轉開後井走了進來，他的臉上全是血，衣袖多了好幾個拉扯過的破洞，似乎又受到不滿虐打。

「井，你還好嗎。」

離正色地望著井，他對這場景已司空見慣。井依舊沒打算回話，坐在了側邊的椅子上，口裡嚷嚷著：「抗癌素。」

「抗癌素嗎，疼痛又發作了吧。」離一面說、一面俐落的從抽屜抽出裝有液體的針筒，「來吧，打下這個就會好一點。」

「謝謝……」

注射過後，見井的神情變得稍緩，離開口安撫對方道。「別太緊張，你的身體和一般人差不多，很快就會好起來——」

聽聞，突然間井站起身，面無表情的轉過身。

「不需要安慰我，我知道自己已經沒救了。」他捲起衣衫襤褸的袖子，上臂皮膚有多處燙傷。「差別只在於制裁我的人是天使或惡魔。」

留下這句話後，井打開門踏出步伐，外頭傳出的喧嘩聲掩蓋了他的去向。

「我想我是他所謂的天使吧……能做的就是盡可能拖緩病痛。」離鬆手使針筒滾落至悠也面前。悠也掌心貼齊桌子低頭一探，發現上頭寫著並不是抗癌素，而是嗎啡。

「他們知道自己使用的是嗎啡嗎？」

「外頭的人大多是為了這個而來，我無法告訴他們……」他無奈地摸了摸前額。

你們不過只是在邁向死亡的道路上繞了點遠路——

八

一走出醫院，悠也看到沉站在門外迎接他，他換了一副淡藍色的鳥類面具。

「夏呢？」

「出去了，應該去見冬了。」

他愧疚地垂下臉。「還以為能和他道聲謝。」

「道謝？」

「因為……他特別幫我轉告醫院——」

「是我做的。」沉雙臂交抱，「我用夏的名義轉告醫院。」

啊？悠也疑惑地張開嘴巴。

還沒反應過來，沉便朝他拋出疑問。

「剛才你為什麼不反擊？」

「反擊……夏嗎？」

沉輕輕頷首。「要是雨沒跳出來，你可能會被打個半死。」

「原來你在場，那你幹嘛不阻止他！」悠也摸不清他到底在想什麼，皺眉道：「你果然也因為我搞砸一切而感到不爽嗎。」

「沒有，我只是想看你會有什麼反應。」

沉淡定地坐在一旁的石柱圍欄上。

「藍天是不殺人的不是嗎？」悠也說這句話時露出了苦笑。

「聽到離的說詞後，你仍相信藍天這麼正義嗎？」

聽聞，悠也收起苦笑壓低嗓子道：「你也知道離所做的人體實驗？不——你刻意讓我和離見面？」

「摁，我想他對吃下光石的你會很有興趣。」

「只是這樣？」

顯然，答案遠遠不及如此。

不只，沉說完後起身拍了拍屁股。「我把你在飛船上的情況轉告明，他認為你體內的光石與陽光產生了共鳴。所以這次任務我並不怪你。」沉把重音放在最後一句話。

「就算是安慰，我也很感謝你。」

「不是安慰，」說著，他朝悠也拋出了一枚徽章。「接著。」

悠也順手接住後掃視一眼，徽章最外圈呈現淡綠色，裡面只有個類似太陽形狀的雕刻。

「這是哪個國家的徽章嗎？」他納悶道。

「我不知道。」沉聳聳肩，朝一旁巷口走了兩步後佇足回頭道：「這是草的媒介，這與我待會想說的事有關。」

「給我要幹嘛，不是該交給海或是默嗎？」

「我不相信他們。」他猛然拋出話，冷冷道，「海他們隱藏了什麼，才造成警備森嚴的後果。也包括草、土死亡的任務。」

「換句話說，你更相信我這個加入沒多久的菜鳥？」

沉沒有回答他的問題，逕自說著：「草在任務過程中，曾與你一樣受到外洩的陽光引起共鳴。」

「哦……」悠也嚥了口口水。
「他的狀況和你相當，說是間接造成任務失敗也不為過，因為他並沒有打開媒介。一開始我有些想不透。」
「沒打開媒介，這很重要嗎。」
「當然重要，草曾告訴我，他的媒介裡藏有和藍天的祕密。」
沉緊接著用媒介喚出面板，挑出兩個物品。分別是五入裝的藥丸、藥片。
「這是尋憶丸與斷生片。」
一聽聞悠也立刻想起了面板顯示為「0」的物品。
「作用分別是獲取情報與——了斷自己。」
沉用不帶情緒的口吻解釋。尋憶丸功用是獲取死者腦內記憶，人體死亡後，大腦還會運作將近六分鐘，那段時間內只要讓死者吞下其中一顆藥丸。
他人就能從剩下四顆當中，看到死者生前的腦內記憶。
這項技術被廣泛使用在各國的特務中，而為了反制記憶被奪取，也產生出了「斷生片」的技術。
顧名思義，斷生片意味著死亡，效果是讓連結大腦的神經元全部斬斷，進而防止記憶被讀取。
「據一些宗教說法，吞下斷生片的人投胎後不會記得前世今生。但草並不是貪生怕死的人，就結果來說，他吞下了土的斷生片。換句話說，他沒道理不打開自己的媒介。」
「所以你認為我會知道草沒打開媒介的原因啊。」悠也頭仰得高高的。
「摁。」
沉不疾不徐的點頭，並接續道：「媒介連結著著痛苦，草在當下沒辦法打開，我猜那意味著陽光干預了他的行為。可我不認為他吞過光石，但陽光與他的媒介開關息息相關。」陽光，因為人體實驗……？悠也轉了轉眼珠子，理解為何沉要安排自己與離見上一面。悠也嚥了口唾沫謹慎說道：「你希望我……？」

「嘗試打開他的媒介，因為你和他曾有相同感受。」

他交臂環抱苦思，不認為能辦得到這事。

「打開屬於自身媒介有兩種方法。第一是外在痛覺、第二是回想記憶中的痛苦。要打開他人媒介，理論上只有後者辦得到，但僅僅存在理論之中，因為沒有誰會主動在誰面前露出自己的傷疤。」

沉低下頭，似乎在說「我也是如此」。

「打開以後。」悠也凝視手上那枚徽章，視線慢慢上抬。「你期待得到什麼？」

「真相。」

他二話不說就回答。「草一定把藍天埋藏的祕密寄託在媒介裡。」

有可能嗎，悠也內心頓時掀起漣漪，他握緊徽章朝沉伸直了拳頭，像是要他發誓般地開口。「這些都是你的片面之詞，我要怎麼相信你？」

「呼——」

沉重重地吐了一口氣，雖看不到表情，從肢體語言看來他很苦惱。「不會有人把自己的瘡疤揭露在他人眼前，但離卻對我傾訴所有，你知道為什麼嗎？」

「你也把你的過去據實以告？」

「摁，聽完我的過去後，離把我視作為同類。」

悠也閉緊雙唇，露出沉思神情。大概是意識到沉口中的「同類」絕非善類。

「我殺過人。」

沉冷不防地拋出話來，緊接著取下臉上面具。表露非一口氣穿越難關不可的氣勢。面具下他的瞳孔散發著膽怯與懦弱，無法與擁有冷靜人格的沉相提並論。

兩人對看一眼後，悠也定住了。

「抱歉，我不得不這麼做。」見他嘴角一撇像在詢問為什麼時，沉連忙補上：「我願意冒著你對藍天失去信任的風險，也要轉述我這雙眼看到的過去。」

「過去……」

「摁，大約是十年前。」沉生無可戀地仰起下巴，眼球倒映著十一區天空特有的灰暗。

「我犯下案件後被帶入空警拘留所時，我見到了那個男人。」

第三章（完）

第四章、出自少年的瞳孔裡

一

世界真的是……很不公平啊——

就算是長大以後，克勞德・安仍不斷對自己說這句話。

他的父母在他還小時經常轉換工作，於是他流轉於不同地區的學校，每次轉學都必須面對全新的環境，久了他習慣不去適應，漸漸不與人互動，被視為孤僻的孩子，也因此受到同儕霸凌。

毆打、辱罵讓他對學校開始產生厭惡，每天放學只想著要避開那些討厭的人，為此他練就一身輕巧腳步，能在走路時不發出任何聲音。

殊不知某天，他的路線被摸透，霸凌他的人將他堵在巷口內。克勞德在百般欺凌之下，出手推了其中一人。

他們都沒料到克勞德會反擊——

毫無預期的反擊使對方後腦撞上鐵製垃圾桶，血流如注當場殞命。他呆愣在原地等到空警到場，都沒辦法對自己所做的事做出反應。

審理案件的空警，看到很快就明白，這是起霸凌過頭而造成的悲劇，在階層區分嚴明的現實社會中屢見不鮮。

沒事的，你只要好好配合就沒事了——

空警這麼安撫他。

「經過多年法院程序之後，我重獲了自由，但我多希望能再關久一點！」他沉澱了數秒，緩緩說道，「少年犯不會受到太重的懲罰，尤其像我這種類型，在司法上很受同情，但社會卻是現實的。」

自由之後，沉與他的家人受到了社會上的異樣眼光。所以他習慣戴上面具，用鈴鐺試圖隱藏自己的腳步聲。

「受威脅也不還手，就像亞力克斯所說的——挨打小子？」

「正確來說，我不願傷害別人，所以更習慣用麻痺棍等鈍器。」沉喚出媒介，拿出自己的麻痺短刀，上頭斑駁發鏽，幾乎是沒使用過的跡象。

「閒聊就到這吧。」

這時，他不願再接露傷疤而假裝從容的戴上面具。

「恢復自由後，我在電視上看到當年那名男子。他看起來容光煥發，絲毫不像殺人犯。於是我回想空警拘留所的回憶，想到當時他受起訴的筆錄裡寫著『殺害藍天成員』，名字是道格拉斯・金。」

悠也一臉驚愕。「共享派的現任領導人——！」

「沒錯，傳聞中這是他攀上高位的理由，世界真的很不公平。」沉比出「七」的開槍手勢，喃喃低語著：明明都是殺人不是嗎？就因為他殺害的是藍天的人嗎？

「內心的不平衡，讓我對這起案件深入了解，你知道我發現了什麼嗎？」他並沒有給悠也時間思考，就脫口而出，「他和近日被殺害的桑德斯局長當年都在陽光一號上。」

殺害藍天成員得到聲勢——

悠也瞬間明白沉為什麼不相信海、默等人，這明擺著殺害桑德斯就是為了報當年的仇恨，而藍天默許了這件事發生。

這代表報仇還沒有結束，對方最終對象應該是金，那為什麼殺害桑德斯？悠也左思右想，只能把對方行為歸類在「預告殺人」的區塊。

警備森嚴的理由……

共事的經驗……

這幾個隻字片語浮出水面，伴隨著莎莉剛正不阿的堅強嗓音。悠也將事件先後排成一線後恍然大悟，「兇手接下來目標是東環六區的空警局長，慕斯。莎莉正好要去找他，想明白戒備森嚴的真正理由。」

「這下雨也危險了！」

沉倉皇喊了聲。悠也納悶地歪著頭。

「你還不懂嗎，天空戒備森嚴代表著空警局的人力配置減少！也就是——」

「對方打算在警局裡下手？」

悠也消化了這句話才後知後覺得慌張起來。「……我們要立刻出發！但是，又要搭上那般長途車的話也許——」

「別緊張，」沉又回歸以往的沉著。「還記得你第一次被帶來的房間嗎。」他頷首表示記得。沉說：「那裡才是藍天通往十區的真正道路。」

半信半疑的悠也被帶回那間房間，沉關上門後再次打開，眼前是十區西環二塔內的其中一個儲藏室。

「由於不能被人發現，每次傳送位置只會在沒人的密閉空間裡。」沉邊說邊拍去身上的灰塵。

「但任務前我們搭了車穿越了邊境……！」

「哦，那是因為我們還不信任你。所以不能隨便說出祕密。」

沉伸長食指解釋道：「邊境路上有不少配槍軍人，他們的存在不是為了限制十一區的人，而是為了保護礦石運送，以及讓十一區的人民到黑市購買陽光。」

這裡每個人都從容不迫地說著「國家放縱黑市的逍遙」，然而，不管聽了幾遍，悠也仍無法打從心底相信這就是現實。

「說起來我們也好不到哪，正因有理念與理想。」沉似乎從他的表情上讀到什麼，而默默壓低了聲音。「開心也好、憤怒也好，這些稀鬆平常的情緒變得難以被諒解，才會換來更極端的仇恨吧？」

藍天的理想太過細膩，就像是在堆沙堡。悠也只能這麼想像，眼見同伴死去的人雙手不斷顫抖，這樣的沙堡根本不僅無從堆疊，在它倒下後勢必會揚起一陣沙土。

天空，總有一天會受到沙土汙染吧。

二

回到東環六區的莎莉，一進到局內便通行無阻的來到局長室前。

叩叩，她敲了局長室的門，沒得到回應。正當她意興闌珊掉頭時，聽到裡邊傳來對話聲。

「不甘我的事……真的……！我什麼都不知道。」

那是慕斯的聲音，莎莉再清楚不過。她將耳朵貼在牆上，試著要聽出裡面的對話，裡邊卻突然傳出一聲慘叫。

「局長！您還好嗎！發生什麼事！」

她用力撞著木門，動作大到引起路過同仁的注意。「快點，誰快來幫幫忙！」四名空警聽聞，有默契地從腰間拔起手槍。並由其中一人負責破門。

門鎖被砸壞後，數名空警規律地攻入並佈起槍陣。然而此刻的慕斯仰躺在局長桌下方，胸口有明顯刀傷，冒出的血液宛如岩漿般沸騰發泡。

莎莉不禁想起襲擊過悠也的人，很可能是同個人。

「……小心！那是陽光武器。」

「轉過身！放下武器，舉起雙手！」

一位稍有經驗的領頭空警槍頭朝著局長椅指去，對方轉過身，臉部用布巾包覆得密不透風，但那身與空警相反的白藍色衣裝很顯然是藍天的裝扮。

對方將手中散發陽光的短刀拋向空中，落下時陽光突然四散，莎莉即時喚出媒介，並戴上了科技眼鏡躲避了陽光。

頓時陣陣槍響傳出，她與槍彈流線擦肩而過並利用鐵櫃充當掩蔽，但其餘幾名空警視線受光致盲，無法倖免而紛紛倒下，所有人都是頭部致命傷。

呃……莎莉驚愕地掩住口鼻，就算一流的空警也無法對這場面保持心靜如水。

霎時空氣彷彿凝結了，只有腳步聲慢慢靠近。

叩、叩——

冷靜……莎莉・謝米。妳必須保持冷靜，對方並非沒有弱點。

對，思考，我必須思考！

她對自己喊話後，回想剛才到現在的畫面，釐清現況並快速制定出戰略。科技眼鏡的防護罩能讓她捱下幾顆子彈。

然而對方並沒有科技眼鏡，只有藍天衣裝。

果然是想將罪過嫁禍給藍天！莎莉一面抽出手槍、一面暗忖著：半吊子的心態會是你最大的敗筆！

她屏息以待著時刻到來，只要雙方對舉槍頭，擁有科技眼鏡的她必定會占到便宜。

但是，這時刻卻遲遲沒有到來。

忽然間，她聽到短刀與地板接觸的聲音。

他撿起了短刀？說時遲那時快，短刀如同切開豆腐般劃過鐵櫃！莎莉還來不及反應，短刀射中了科技眼鏡左側的運作系統，在她細嫩的頰邊劃過一絲餘溫。

這是唯一破解科技眼鏡的手法，需要相當的準度。

對方並不是半吊子，是有備而來。她心頭閃過這想法時，意識到自己根本不是對手。此時槍頭已瞄在她瀏海下的前額。

框啷——！

正當莎莉萬念俱灰之餘，外側玻璃被撞碎。一台空航車的突入改變了子彈的軌道，悠也與沉駕駛著空航車闖入。

「莎莉，沒事吧！」

「你們怎麼會在這……！」她驚訝道。

「因為知道事情不大妙啊，小心——！」沉提醒兩人。一見到增援，對方立刻掏出第二把槍，雙手朝著防備薄弱的莎莉不間斷開火。悠也縱身一跳擋住了子彈侵擾。

「這樣下去不是辦法！」

「撐住，我會替你們製造逃脫空檔。」沉雖然這麼說，但他明白眼前的對手非常小心。他一面開槍一面觀察著沉的動作，就好比獅子博兔一樣完全不打算給出反撲的機會。

「有科技眼鏡的防護罩，這次我不會再鬆開手！」

悠也才說完，防護罩便由於承受不住進攻而逐漸碎裂。

莎莉握緊了手中老舊警徽，厲聲斥喝。「快走——！已經撐不住了！」

但悠也仍張開雙臂，擋住朝他們飛來的子彈。

「我不要！妳才應該放下空警的自尊……快走！」

悠也拿出了自己的玻璃瓶，丟到她面前。「其實我不知道要放什麼進去才好，因為我的這條命本來就是妳給的，就當我還妳一命好了！麻煩妳，再幫我摔破它吧！」

莎莉呆滯地撿起玻璃瓶，卻遲遲沒有離開。
「快走呀……莎莉・謝米！」
「你這種死法只會徒增我的困擾。這麼想摔碎瓶子，就自己摔吧——大白癡！」
「妳才笨吧！活著的人是要怎——麼……？」
悠也忽然想到什麼而緩步蹲了下來。
「怎麼……」
「還我玻璃瓶——快還我！」他語氣匆匆，莎莉絲毫不明白他想做什麼，只能眼見悠也的科技眼鏡不斷竄出電流，防護罩發出崩潰地碎裂聲。
「不行了，悠也・史凱爾，你快醒醒啊……！」莎莉抓著他的雙臂。
「可以！一定行得通！」
乓——！
在防護罩碎裂的瞬間，悠也轉過身拋出玻璃瓶。
這動作出乎了所有人意料，但對方很清楚玻璃瓶是無法被打破的，只要對著瓶身開一槍讓它飛遠，結果仍不會改變。
頓時，他扣下板機的瞬間，子彈射向玻璃瓶如同慢動作一般——
悠也彈了下手指頭，低語祈禱著：「拜託，放大吧！」
一瞬間，瓶身猶如氣球充氣而變得巨大。
「是擴散巾——！」沉恍然大悟。
鏘、鏘、鏘、鏘——！玻璃瓶卡住了射擊的彈道並隔開了雙方人馬的位置。隔著瓶子對方看來十分惱怒，彈盡之餘他不悅地甩下雙槍，往窗外方向一衝準備逃脫。

「別想走。」

沉追過去卻沒能趕上對方。不僅如此，在超過六百公尺高的領空下，他完全看不到對方的身影。就像消失在天空與建築光影接縫之中。

「局長室發生了什麼事——！」

外頭傳出匆忙的腳步聲。莎莉急忙說道，「我們不能再待在這，快上天台！」

三人從窗外爬上天台。

然而，有人早先一步到天台上等候他們。

「默。」

「沒想到會在這邊見到你們。」默語氣平靜帶著嘆息。

「十年前到底發生了什麼？」沉指著他的胸口，低聲逼問，渴望知道草口中所謂的——「藍天的祕密」到底是什麼。

默推推眼鏡，仰面朝向天空。

「十年前的一顆子彈，讓我們一次失去了兩個同伴。抱歉，讓你們遇上了這樣的事情。」

「這樣就沒事了嗎？你們也太不負責任了吧！」悠也對他投以火燒般的視線，聲線如來自底部的冰冷。「又有人被攻擊了……卻只換來一句抱歉，你們一點都不在乎剩下的同伴，藍天到底……」

「……別說了。」

莎莉扣住了他的雙臂，試著讓他平靜。感受到莎莉掌心溫度後，他更無法釋懷。

「告訴我，藍天究竟想要什麼樣的天空？」

這句話直擊了默的心頭。默張大了眼鏡後的眼珠子，欲說還休地抽動嘴角。發出了只有他自己聽得到的無聲慘叫。

答案到底是什麼？除了滿身的疙瘩以外，默覺得整片天空正在逐漸坍方，壓著他喘不過氣，手腳也漸漸失去知覺。

「那個人已經不是同伴了。」

忽然海從天台樓梯口走出，他向著默說：「這麼說不就好了？」

「他去了哪裡？」悠也追問。

海搖了搖頭，目光有意無意掠過莎莉的側臉。

「從來沒有人知道『流雲』的去向。」

流雲二字猶如沉重鐵器衝擊著莎莉的腦門，她的腦袋變得混亂，臉部漲紅，表情變得肅殺。「那個人是誰，他和流雲又是什麼關係！」

「他叫做流，是流雲的發起人。」

海一面說著、一面指著自己：是我們（藍天）對死去同伴袖手旁觀後的產物——

三

流，現年二十八歲。對海而言，他永遠停在十八歲，停在十年前那起任務的失敗。作為陽光一號守衛的道格拉斯・金為了保護的陽光，不得不選擇拔槍對抗。

這一切全記錄在那個少年的瞳孔中，眼見同伴遭到槍殺，藍天卻仍為了保護十一區人民而保持「溫和奪取陽光」的理念。

他們已經開槍了——！

藍天早就沒有退路了——！

看著同伴冷卻的軀體，身心崩潰的流再也受不了藍天不真實的理想。他被迫染上黑色，投入了充滿汙泥的黑市中。

只有那裡，他才能毫無顧忌的完成自己的理想。他想替無法還手的藍天報仇，目標就是十年前在陽光飛船上的人。

「難怪他也有著藍天衣裝。」

悠也在聽完海的說明後喃喃自語。

不僅如此，莎莉連忙補充，「他對我們的科技有深入了解，再有下次我們可能沒這麼好運了。」

「但是，他為什麼襲擊飛船？」

悠也指的是他第一次上飛船的時候。

「為了製造混亂？」沉隨後解釋。「因為那是秤主辦的活動，流可能是想給予我們一些警告。」

「喂喂，那些不重要吧！共享派的主席——金、進步派的主席——艾德曼……」夏抱頭重重倒抽了一口氣。「這兩人無論誰死了，整個斯克爾都會動盪不安啊……！」

是呀，默轉過臉，從剛才為止都站在窗邊的位置眺望鐘塔。

「原先我是打算阻止他殺害慕斯。」
「阻止，你要怎麼阻止。」
悠也一說完，發現眾人目光都在他的臉上，使他不安地縮起脖子。
「我說錯了什麼嗎……」
「不，沒有。」默苦笑盯著外頭，鐘聲響起，不同於緊急任務，為「噹噹噹噹」的和緩步調傳出。
「這次是任務成功的聲響。」默低喃著：「是她回來了。」
話不過三秒鐘，首領室門把被轉開，一位看上去三十多歲的女人走進，她身著衣裝，將褐色馬尾落至鎖骨前，看上去溫柔婉約，立體五官讓她多了點貴氣。
「我回來了，默……你、你想我嗎？」
她說起話來輕聲細語，說話時眼神不敢直視對方，如同含苞待放的少女。
「當然。」默展開帶有宣示性的笑容，「辛苦妳了，愛。」
悠也湊到莎莉身旁。
「她是默的女朋友？」莎莉不慎確定的耳語道：「可以這麼說……吧。」
摁？悠也轉向夏，發現他面有難色，站的位置比起剛才，幾乎快貼近牆壁。
夏雙手合十，口中呢喃著什麼，悠也大致上能理解是祈求神明保佑之類的台詞。
「夏。」
「幹嘛……！」
「想不到你是有信仰的人。」
「其實啊。」沉用幸災樂禍的口吻說：「夏曾經和愛一起出過任務，那次他不慎斷了三根肋骨。」

「是五根──！」夏連忙糾正，指著自己的左前臂。「還斷了手！這女人非常可怕……！」

可怕嗎，悠也完全不這麼認為，愛看來就是個賢妻良母。

「那次過後，愛的任務都是單人進行。」莎莉有些懷疑地撫著側臉，「聽說她一旦進到任務，就不會顧忌周遭的人，不論敵我都會遭受波及。但我畢竟不是前線，這些都只是聽說。」

「任務還順利嗎。」

「摁……還行吧……」

愛不慎滿意的沉下臉。悠也瞥了莎莉一眼，像在說「她也只是一般人」。

殊不知，愛嘆了一口氣道：「我拿了五十瓶陽光。」

五十！悠也摀住嘴擋住錯愕。

「這已經是一個人的極限吧！她到底在煩惱什麼──」

「愛是藍天最出色的前線人員，但……」沉留了個但書。「這立足於她會傾全身之力撂倒所有人。」

「我不小心打斷了守衛們的大腿骨，那個部位要痊癒好像要花點時間。」愛手指互勾，抬頭凝望著默。

「誰叫你很希望我能再完成一個任務，所以我有些著急。」

「沒關係。」默安慰口吻道：「那邊也出了一些意外。」

「接下來，我們還得倚靠愛的能力。」

海起身說道。

「我不要。」愛乾脆的搖搖頭，口吻與眼神在瞬間變得銳利。「在默命令我之前，什麼都別想──尤其是你。」

這女人是……雙重人格？悠也突然感覺到她渾身散發的危險氣息。不過眾人似乎對她反覆情緒司空見慣，尤其是身為首領的海，他仍保持過度樂觀的笑臉，撓撓後頸。

「默，接下來流的目標很可能是——」

「我知道。」

默不動聲色地接下話題，代而向在場的眾人發言。

「三天後，六區中心塔的國議廳，將舉辦共享派參選人演說，形式上是如此，但風向早已確定道格拉斯・金會是共享派的參選代表。也就是說，那是流殺害他的最好機會！」

「等等！那個金，一定知道參選演說有多危險吧！」

「悠也說的沒錯，慕斯被殺害的消息就要傳出，到時只會更加混亂。不過，」海指向悠也。「從桑德斯的死開始，在國家權力中心也就是政治圈內，普遍被視為政治陰謀！」

他解釋，兩個政黨不約而同把事件導向「藍天」所為，試圖影響雙方的每一步棋。但那僅是社會大眾所看到的表面，背後則暗藏渦流。

尤其是對於在野的共享派，「藍天」的行為背棄了共享派創立的教條。倘若在受到威脅時退縮，無疑會對黨派造成巨大的形象損傷。

「也就是說，共享派沒有退縮的本錢？」

夏理解後做出總結。

「以我對金的了解，他不可能退縮。」默從襯衫口袋掏出銀色鋼筆，朝牆壁一揮，新聞影像從空氣裂縫中溢出後，一位意氣風發的男人正站在共享派的大廳裡，似乎在為什麼做準備。

默將筆尖朝向海，有意無意地將壓力歸還於他。

「金很快就要接受媒體訪問了，他不會讓步的。」

「我知道，但無論如何你都必須說服他退縮！」海的口吻帶有不可抵抗的意味，他低聲沉吟：「演說現場發生了什麼，我們都輸不起。」

「我知道——！但是……」

默欲說還休地別過視線。

霎那間，兩人之間產生了違和與矛盾感。

他們都意識到彼此好像相隔了一條看不見的裂隙。

「你還記得我們的初衷嗎？」

海扼腕地嘆了口氣，語氣中滿是失望。

「怎可能忘了——！你才忘了吧！」默激烈反駁後，朝他喊道。

「包爾。」

四

加入藍天之後，有些人遲遲沒有在玻璃瓶放入物品。他們如同離、明一樣受到號召，抱著理想加入藍天。

有些人則不一樣，他們一生注定，沒有選擇——

「那個男人是……」

「離他遠一點，快走快走。」

會議廳裡，大多數人對銀白色頭髮的人懷有刻板印象。有些人竊竊私語、有些人則打從心裡對他們產生厭惡。

迪克．崔迪早就習慣旁人眼光，他快步走入屬於自己的位置，入座後一如既往地低頭翻閱著資料。

「別在意！社會上有很多不懂事的人。」一個中年男子拍拍迪克的肩膀，他是共享派的某個地方民選代表。

迪克冷冷點頭。「我不會在意。」

或許是他的表情太過淡定，對方有些不悅。「你不該是這個表情，應該說過很多次了吧——！」

終於還是露出醜陋嘴臉啊……

他內心僅存的一點希望最終也化作失望。

位於西環六區的斯克爾大學是中產階級以下學生的第一志願，是草根學術的殿堂。主打著民粹與接地氣的緣故，不時有利益團體或政黨辦理學術研討會。

光癌的應對方案，這是迪克研究所的畢業論文。二十四歲畢業後他受到共享派邀請入黨。當時他歡欣鼓舞，並認為共享派是光癌患者的救星。

殊不知時間拉長後，他發現政治比他想像中更為黑暗。

身為光癌患者的自己，只是共享派推出來的悲情牌。陽光的和平共享只是用來打擊進步派以博取同情的假議題。

光癌致死率超過六成，有些人不會因光癌感到難受、有些人則會由於欠缺陽光而導致痛苦，不得不走上絕路。迪克親自走訪研究過後發現真正造成光癌患者的死因，有八成左右是「自殺」。其餘人只能苟活，強忍著身體不適直到癌細胞超出人體容忍範圍。

「至於急性光癌一旦發生，一天內死亡的機率為百分之百。」

迪克發表了這份研究結果後，只得到全場冷漠到令人痛苦的視線，這讓他感到很不自在。正因患有光癌，他的立場失去中立。

這是多麼愚蠢的邏輯推敲，卻又寫實得無法忽視。

是啊，我只是想盡辦法想拯救自己，難道不行嗎——！

在接受官方毫無建設性的幾點提問後，迪克提早離席，他記得大氣環今日為帶著秋意的涼風，於是決定到天台吹吹風。

才走出天台便見到了一位熟悉男子正快意的抽著菸。

對方也注意到他，於是向迪克點頭示意。

「就覺得這一次好像少了些什麼風浪，原來是少了包爾・尚風先生。」包爾是進步派的成員，他總會在迪克發表研究時舉手反駁他的觀點。

從黨派而言，他們的確站對立面。

不過迪克對他並沒有太多反感，也許是黨內總把他當成棋子的緣故，讓他只有在與包爾辯論時真真正正感覺到自己是個一般人。

包爾叼著菸，微微仰起下巴。「崔迪先生，我對你的研究一向很有興致。不巧現在正忙著其他事。」

「抽菸能算是忙嗎。」

「不，那只是我舒緩緊張的習慣。」包爾雙手插入口袋，不疾不徐地說：「我正在放風箏，風如果來得太急就必須收緊線。」

你到底在說什麼，迪克不解地聳聳肩，暗忖接下來又是場辯論會。

「你放過風箏嗎？」

包爾冷不防丟出話來。他搖搖頭。

「沒有，風箏在現代只是蒐藏品吧。」

「是呀，因為風箏很可能會影響天空交通，所以只在特定公園才被允許。」包爾說出這段話，引起迪克側目。他連忙解釋：「我家經營著現代少有的風箏店，就和你一樣是少數民族哦。」

「我們不同。我一點都不想和自以為是的進步派相同，你們不過是阻止社會發展的政客。」

「那你又如何？就甘願成為共享派的悲情牌——一輩子嗎？」

喀——！被戳到傷口，迪克除了咬牙切齒什麼都辦不到。

「風來了。」

「什麼……？」

迪克左顧右盼，風是誰的名字嗎？忽然間，天台上吹起好大一陣風，四肢瘦弱的迪克不得不抓緊欄杆，緊閉雙眼以不被大風侵襲。

漸漸地，他慢慢習慣了這股強風，應該說風勢不如剛開始猛烈。索性他放下雙手，眼前景象卻讓他震驚不已。他眼前所示範圍只看到四個字寫著：「陽光一號」。

這是第一次他看到陽光飛船如此靠近自己，近得像是伸手就可觸及——迪克本能地伸長了手，下一秒不知哪裡竄出的白霧覆蓋過他的目標。

為什麼？先給了我靠近陽光的滋味，卻又在我眼前消失不見！他心底再次嘗到了被羞辱的滋味。

「別灰心。」

包爾盯著被白霧吞噬的飛船許久，輕輕說了聲：「風箏該收線了。」

「你到底是誰——？」

「不用管我是誰，只要相信我會佔領這片藍天，解放所有該飛上天空的風箏！」

包爾朝他伸出了手。

「十五年了，距離我邀請你加入藍天已經這麼久了。」海靠在首領室的桌邊，牆上是金接受媒體訪問的影像。

我們不會饒過對陽光進行不公不義之行為——！

金正對著攝影機，發出鄭重嚴厲的斥責。

「金的眉宇間所散發的剛正不阿，原本應該是那個風箏收線的契機，或許是我誤算了什麼。」

他搖搖頭，彷彿一切並不照他所想的方向發展。

「不，你所想的沒錯！」默發自肺腑道，「在我眼裡，我早就看到了玻璃瓶被你摔破的樣子。以及灼熱到刺眼的陽光照在我早已睜不開的眼皮上。我一直相信，那天或許在我的葬禮結束前會到來。」

所以我才和你誓言要佔領天空——

他們的具體作法就是讓默成為共享派的幕後操線人。十年前道格拉斯・金開槍射殺藍天成員的事件傳出，默與海無不認為這是最好的機會。

培養他從一個政治素人成為——藍天的傀儡。

「計畫是趕不上變化的。」

海抬起下巴，視線落在默的額頭。「你——受到了他的影響吧？」他的聲音裡充滿同情。默無法置信會從他口中感受到這般懷疑。於是攤開雙手苦笑。

「你說我……受到那個被我控制至今的人影響了？」

海選擇撇開視線，像是為了不讓接下來的話更傷害對方的自尊心。

「有時必須承認，有些東西早已失去控制了。就像脫離絲線的木偶，突然有了自己的生命……！」

默不明所以的轉向新聞畫面，思索著金自信滿滿的樣子是從什麼時候開始的？

然而，他已經忘了。

五

四十二歲的道格拉斯・金出生於北環六區，父親是空中列車公務人員、母親則在戶政所裡工作。稱不上富貴卻也足以應付開銷，道格拉斯生活在平凡的家庭，在學時期的成績位在中位數，不是個被稱作天資聰穎的人。

大學即將畢業時，他決定報考運輸業公務員，就像他的父親一樣，不過空中列車公務員難度很高，他在幾經落榜後，退而求其次到當地郵政局運送實體文件、貨物。

郵政局是大眾眼中相對簡單的工作，道格拉斯卻花了同期新人整整兩倍時間才活絡起工作效率。在同事眼中，他既不聰明又不起眼，是個遲鈍木訥之人。

由於這份工作起步低，進入郵政局的大多數人將其視為跳板，因為公務員在國家考試中有著相當程度的優勢，他們嚮往著成為駕駛陽光飛船的機師，那是國家最高級的公務員之一。

換個角度來說，無法忍受日復一日文件往返的枯燥工作也很多，這導致他們流連在各個單位之中。然而，這卻是金唯一的優點。

他刻苦耐勞，勤奮地守在同一個職位上將近十年，他的態度終究被人看到。在金三十四歲那年，收到了他稱之為「轉捩點」的代班調職令。

他臨時接獲通知調派到某個單位，當時他並未得知工作內容，只知道人手缺乏，必須短暫調人工作。然而就在工作開始前，他才知道自己被指派為「陽光一號」的運送人員，他與年紀相仿的桑德斯作為警衛。

機長、副機長分別是年近五十歲的幕斯與艾德曼。這次任務裡，金開了他人生中的第一槍。當時他從沒想過，這發穿過人體的子彈將在全世界引起風浪。

金槍殺藍天成員一事被雪藏於社會上，卻在政界、權貴內蔚為佳話。藍天是搶奪陽光的賊，卻從來沒人敢主動朝他們開槍。殺害了他們並守住陽光的道格拉斯•金因此受到推崇，懷有不同政黨色彩的人們紛紛拋下成見。

無疑地，金成為年輕政治家的偶像，被視為將改變世界生態的偉人。

就在這個時期，默以共享派的名義邀請他入黨。然而對政治、甚至世界局勢完全沒有概念的金興致缺缺，他不善言辭，無法站在群眾前說話。

他儼然就是個有聲望的政治素人，是成為魁儡的最佳人選，默自然沒有放過這個機會。金被說服入黨後，遭遇一連串的打擊。

金是殺人兇手，他殺了人卻受到推崇，這無關乎陽光發展，而是人權議題——！

黨內舉足輕重的政客向他發出輿論抨擊，受到了黨內重大響應。正當金的聲望就要淡出政界時，在進步派深耕多年的艾德曼跳了出來。

金是個正直的年輕人，他身上並沒有政客的酒臭味。共享派總說我們食古不化的思想阻礙進步，但現今以你們的發言就能讓世界進步嗎——？

被譽為是進步派下屆領導人的艾德曼一口咬定他是個人才。在明眼人眼中，都知道艾德曼的葫蘆裡賣的是什麼藥。

將毫無政治基礎的金捧上高位，最好是在自己的對立面、最好讓他成為共享派領袖，將來也只會任他宰割。

也因為他的一席話延續了金的政治生命，多年過去金也如他所願成為了實質上具有影響力的政治家。在默的輔佐下，那個看著稿子也無法順利念出一句話的男人變得健談。

從不敢看著台下人群到能對著任何人發出炙熱關愛眼神、從不善交際到足以應對各國大使，至此已經打破多數人預料。

這讓默備感開心，經過多年洗禮，金變得相當體面。

他認為金已經是海口中所謂的「**風箏**」，只要選舉過後，就能夠進行收線。殊不知在收線時間還未來臨的兩年前，默便感受到遠在天邊拉扯的線繩，漸漸難以控制。

「憑你的經驗，只要正常發揮就好了。」默對著正接受梳理的金耳提面命。「我們和進步派裡的不滿人士已經串好了，演說同步放送後十天內你的民調會超過火系、水系推派人選，成為共享派的唯一候選人。」默時不時注意著時鐘，因為很快就要上台了。那是黨內候選人會議，是足以決定由誰代表共享派成為領袖的重要演說。

「是進步派的城系人馬嗎？」金沉默了許久後開口。

默點頭。「城系人馬背後有貴族撐腰，他們有足以影響整場大選的資源，這我應該和你提過吧。」

「我記得，城系原先被稱做王城系，他們是進步派最悠久的派系，也是建國元老，以及貴族執掌政權的擁護者，內部經歷數世紀的紛亂後式微了，為了不讓人民感到疏遠，他們把『王』字刪去，而自稱為城系。」金側過臉，繼續說道：「但是他們龐大的背後勢力仍影響著每一次大選，即便不能掌控政權，也能在過程中得到不下三邊城牆的好處。」

「你記得真清楚。」

「多虧你，這些繁雜的政治陰謀論已經內化在我腦海中了。」金挖苦道。下秒，他繃緊了臉。「城系會協助我們，是因為我們相對弱小吧？」

「那都是過去了。」

金所領導的風系是共享派中相對弱小的一環，在金投身政壇之前，風系在共享派中決策圈裡舉無輕重。

「扶持著最弱小的我們，利用看似溫燙的火候威嚇艾德曼，逼得他在選戰陷入瓶頸時向城系談和，最終便能得到甜美的戰果。」金不溫不火地說著。

「你的邏輯沒錯，不過你似乎忘了享受戰果前的前提。」默把預先準備的講稿塞入他的手中，「那就是進步派得在大選中勝過我們，但我相信你會贏，待會就照著這張稿子唸，讓我們一步一步向前走！」

金看著稿子慢慢垂下眼尾。

「怎麼了嗎？是有哪些學術名詞看不懂嗎？」

「不是。」金對折稿子，收進西裝口袋裡，宛如在說自己不需要這種東西。接著他轉頭對默微微一笑，「學術上的東西，你已經都教給我了，但人民是不可能聽懂的。」

「人民聽不聽得懂，對我們的選舉沒有幫助，我們和城系談好了，必須踩住艾德曼過往的痛點，才能獲得協助——」

「迪克。」金喊了他一聲，十指交扣於翹起的左膝上。「你曾教過我政治言語有千百種，唯獨不需要使用的就是人民聽懂的。但這次我想該換個說法，我不會把命運掌握在你、我之外的巧合之中。」

「你想怎麼做？」

「待會，你就知道了。」

他調皮的挑了挑右側眉頭，像個天資聰穎的資優生，知性又智慧。

一切都從那時開始——！默想起來了。那是第一次，總對他的意見來者不拒的金開始有了自己的想法。經過多年洗禮，他成長為另一個人。

然而這說法一點都不準確。

正確來說洗禮激發了他原先擁有的才能，也就是身為政治家最純粹的本質。

「咯咯！大家好。」

在確認麥克風收音正常後，金對著滿場的派系黨員及新聞媒體示意。

「今天我來向大家訴說我對於斯克爾未來的願景，那是創立共享派的先賢無不渴望的未來。也是人們不再擔憂光癌的世界。」金雙臂撐著台桌，右手高舉過肩，激昂無比地高喊著：「共享派將會讓全國國人，不！還有全世界人民享有陽光！我們將會——『**打開天空**』！」

未淨化的陽光對人體有害不是嗎——？

陽光真的能出現在日常生活中嗎——？

不僅台下黨員，連默也無法置信這個政策，陽光開放一直以來都是共享派牽制進步派的假議題。

打開天空更是世界各國都沒人敢觸碰的禁地——！

震撼彈般的政見、激進無比的策略經由現場直播發送至全國各地。

金在瞬間獲得了群起的民粹支持。有強大民意為做為基礎，一夕之間，共享派內再也沒有能與之抵抗的派系。

金成為了這起議會的最大贏家，並在眾人的歡聲鼓舞中下台。

下了台他見著默，理所當然地說。

「你也會認同我的吧？」

即便金刻意上揚語尾，但作為問句的背後，卻隱藏著無法反駁的肯定。無形之中，默認同了這個政策。

他的內心早已無法負擔，總能第一個享受陽光的羞愧與歉疚。

「打開天空」或許才是我想見到的未來——就算是現在，他也仍舊相信。

啊……一切都是從那時開始——

金脫離了默的控制，並反過來囚禁了他的思想。

六

十一月十五日，共享派即將在這天下午發表參選演說。地點是六區中心塔九百公尺領空的國議聽，同時這也是共享派的根據地。

鑒於兩個月來的幾起事件，此次演說的維安為最高等級。六區所屬的大氣環風向調整為「中心向外發散」，以防備試圖接近中心塔的交通工具。

金站在玻璃窗前，眺望著遠方舒緩情緒。六區中心塔九百五十公尺領空，距離頂部僅剩五十公尺的位置是身為共享派領導人辦公室。

「主席，請您離窗邊遠一點。」門口其中一位保鑣對他說道。

「你們倆這樣我反而很緊張，先下樓休息吧。」

「恕難從命，主席。」

「放心吧，我只是與人有約，希望你們能稍作迴避。」金看了眼手錶呢喃著：時間差不多了。

「開門。」

「是。」兩位保鑣分別拉開左右兩扇門，金對著才站到定位的人露出見到老友的笑容。

「大使先生，好久不見！」

「金主席，您氣色挺好的呢。」李納德・林對兩名保鑣使了眼色，兩人便知趣離場，並將門不發出任何噪音地帶上。確定過辦公室內只剩他倆，金談笑風生道：「今日是特地來預祝我打場漂亮的選戰嗎？」

「若主席您能改變政策方向，別說是選戰了，您勢必會領導斯克爾成為世界最偉大的國家。」

李納德板著嚴肅神情。

「大使先生，您怎麼還在談論這個，今日可是參選演說，身為領導人我沒理由跳票。」

「您似乎還不理解問題的嚴重性，不論是政策，或是虎視眈眈的藍天。」

金刻意歪著頭，兩人間似乎隔著誰都不願掀起的布簾，心照不宣使得氣氛變為凝重。

金成為共享派領導人的過去兩年，李納德時常造訪他的辦公室。目的是進行政策遊說，因為金的「打開天空」一說讓民粹浪潮如蝗蟲般蜂擁入世界各地。微觀來說，各國政局出現微小變化。其中亦有多數持有相同想法之黨派從中嚐到甜頭，宏觀角度而言，世界變得動盪不安，聯合國方為此感到頭痛。

過往聯合國對擁有陽光武器的國家進行嚴厲警告，但是隨著時間過去，聯合國的詔令變得疲乏。他們擋不住世界的潮流，如同千年以前的各個國家一個個擁核自重。

聯合國只能對陽光武器採取睜一隻眼、閉一隻眼的逃避心態，他們能夠接受國家以陽光武器做為國防，但絕不能是侵略手段。

而「打開天空」一說所造成的爭議，已遠遠超越國家層次。

李納德深知自己肩上背負的不僅是祖國森里亞，還有世界生態恐因眼前男人的一句話而改變。從各方面看來，他甚至認為金的存在比起陽光來得更加危險。

「您的每一句話早已受到聯合國的關注，現在就要打開天空愚昧又不可行，只有盲從民眾會跟隨著你。」

聞言，金笑了。更多的是李納德忙著掀開布簾的樣子使他樂此不疲。

「身為政治人物，民意就是我向前的力量呀。」

「您應該聽過亞當事件吧？」李納德好言相勸：「當聯合國認知該國有錯誤使用陽光的事實，只會重演一百年前亞當的悲劇。」

「我聽說過，亞當似乎位於斯克爾的另一端，是個距離『我們』非常遙遠的國度。」金強調著「我們」，也包含了比鄰斯克爾的森里亞。

李納德思索後沉沉點了頭，金攤開雙手像在說「這就對了」。

「聯合國真的銷毀了亞當存在的痕跡嗎？」

李納德品嘗了他話中含意，舔了舔乾澀發裂的嘴唇。「您認為聯合國偽造了亞當事件，是為了給世界五十國一個警惕，就像寓言故事？」

金露出微笑。

「人們都喜歡寓言故事，但當人們太專注在寓言故事的殘忍、難以入目時，故事真假早已不重要。」

「主席，您還是個哲學家呀。」李納德臉上的訕笑油然而生。

「我還是個預言家呢。」金配合了他的揶揄，隨後閉上眼說：「我看到了，打開天空早就不在聯合國的選項中。」

「哦？」

「基於國際和平的論點上，您認為聯合國是辦不到，還是不願去做？」金睜開眼凝視著他。「近百年內的太空科技研究顯示，太陽正在漸漸萎縮。」

等不及李納德回應，金的嘴唇一動，像個迫不及待站上舞台的辯論家。

「聯合國不過想把持著資源，讓世界繼續維持他們想像中的和平。但那終究只是各國不得不配合演出的假象，否則十一區為何會存在？會否貴國也有大使您不清楚的實驗？」

「這點我無可奉告，但我明白主席您的意思，也很讚賞您對未來的願景，不過出席此次會議太過危險。若有什麼意外——」

「會有人接續我的意志。」金指著桌上右上角，有顆為了防止誤觸而以玻璃罩起的紅色按鈕。「若我遭遇不測，這顆按鈕會由他人按下。」

那是「扼殺行動」的按鈕，李納德仔細品味了他的決心。

「扼殺行動」是聯合過賦予國家的鎮壓權力，必須由兩大黨派的領導人按下同意才會啟動，那將是他最不願看到的情況。

若金受到暗殺局面只會更加混亂——！屆時又加上扼殺行動的話，他二十多年來的外交工作等同失敗。作為大使他的立場既不支持進步派擁有超出預想的強大陽光武器，也無法接受共享派的激進作風。

夾在國家期待與腹背受敵的李納德，每晚閉上眼就會夢到森里亞發出的召回令。召回令一發，用不著隔天祖國就會派出國家專機接送大使回國。

表面看似氣派，實則是作為大使任務失敗的象徵。

為什麼我會落得如此田地……

全都是因為金的轉變——！

「我到底該怎麼做……」李納德喃喃嘆道。

大使先生——您還好嗎——

金的聲音傳來，他如夢初醒般抬起眼，盡可能表現得若無其事。

「我沒想到，您的決心要比我想像來得堅定。」

「謝謝您的誇獎。」金燦爛一笑，如沐春風的張開雙手。「這決定是為了世界上需要陽光的人民。若我在這裡退縮了，那就代表我認同藍天的掠奪行為。您也是如此吧，為了國家願意承擔任何風險！」

「正是為了國家，我才站在這邊試圖說服您。」李納德冷冷一笑，這一笑全出自於逆耳。更深入一些，就像贏家特別給了輸家一個台階下來得羞辱。

「這是真的嗎？」

金朝他走近兩步，即便低了李納德一顆頭，他炯炯有神的雙眼帶給對方強大壓力。

「主席，您這是質疑我二十多年來的努力嗎？」

二十年前你不過是個連低階國家考試都無法通過的人，有什麼資格懷疑我？他的內心發出低吼。

「不是。」金直盯著他的雙眼，靜靜搖了頭。「在用虛假包裝的環境中工作半個輩子，自然而然，哦不——是必須相信自己正在理想的軌道上運行，對吧？」

李納德沉思的表情參雜了某種程度上的動搖。

金滿意地接續而言：「您其實只是害怕。意識到自己和國家，又或者誰，不存在依存關係時，所信任的一切包括這二十多年所做的一切都會瓦解，就像國家盡力維持三邊城牆一樣，為了讓它看起來很堅韌，但其實，」說到這，金刻意做出停頓壓低嗓子，「他們就如同封建國家的城堡一樣——脆弱得很。」

「不對，我很確信自己正在做什麼。」

「哦？」金以從容挑眉接下他的反駁，他望向窗外，視線慢慢拉回。「回歸前提，您能說出一百年前的亞當事件中，亞當這個國家究竟做了什麼嗎？」

李納德遲疑半晌後搖了頭。

「我想也是。」金乾脆地往側前方踩了一步，拍過他的肩膀，用清晰無比的口齒發出低語。「盲從的人，從不需要知道真相。」

這一再顯示金正在操弄著民粹，可悲的是李納德卻完全無法阻止他暢所欲言，論學歷、經歷都比不上自己的金，卻給予了自己體無完膚的滋味。

就因為我盲從嗎——？這是第一次，他對自己長達半輩子的任務感到動搖。

「演講就快要開始，恕我失陪。」

「請留步……主席。」

李納德側過半身，發自內心道：「你到底想得到什麼？」

「世界的真相。」他毫不思索便回應。「在我第一次接觸到陽光後，我知道我再也離不開陽光。這片天空——就該充滿陽光啊。」

「若這舉止只是招來毀滅呢？」

毀滅啊，金沉吟後聳肩道：「那也沒辦法呢。」

「沒辦法？難道在你心裡，沒有值得你改變打開天空念頭之人嗎？」

「我也不知道，那您是為了誰努力至今的呢？」

金將話題拋了回去。李納德眨了眨眼肯首道。

「國家就是我的戀人。」

「哦，那我的戀人就是整個世界。」金揮了揮手揚長而去，高聲疾呼：「至少在真相之花綻放之前不會改變——！」

但那朵花真的會綻放嗎？金對著電梯鏡子裡的自己疑問，暗忖著連幼苗都尚未冒出頭來，談何綻放。

這時門打開，一束花迎面而來撞上了他。捧著花束的人似乎被花束擋住視線，撞上後花束應聲落地，伴他左右的保鑣訓斥。

「不好意思……！我太不小心了。」穿著典雅的年輕少女連忙道歉。

「沒事。是我的錯，我沒閃開。」

金邊說邊蹲下來拾起花束，對方似乎發現他的身分而緊張得動彈不得。金對這種情況司空見慣，內心也早有上百種應變方式。

「您是……金先生嗎？」

「是呀——」他向少女舉起花束，慢慢抬頭，用親民又逗趣的口吻，「要簽名或者合照，都沒問題哦！」

兩人對到眼的霎那間，少女驚恐地睜大雙眼。金全身有如遭到石化般無法動彈。莫名加快的心跳，使他的頭眼昏花。

「小花，走路小心點。」邁爾斯・嶋蹣跚走近，對著金脫帽致意。

「您是嶋先生——！感謝您經常出席敝黨的募款餐會。」

「沒想到金主席還記得我。」

「您投入了陽光發展的歲數，甚至比我的年紀還大呢。」

「不敢當。」嶋笑了笑，眼光別到花的臉龐上。「剛才不好意思，小女不小心撞到您了。」

金搖頭，說自己沒有大礙。

嶋滿意的走進電梯，「小花，金主席接下來有很重要的事要忙。」花心領神會地走進梯內，目光卻遲遲無法從金身上移開。

這讓金有些如坐針氈，如同某種預兆攻心而來。

具體而言，他無法用言語來形容。直到電梯關上門，他才鬆了口氣，也想到了該怎麼形容。

是幼苗正緩緩發芽中帶有的期待與不安——

七

金即將進到國議廳。

接受到消息的亞里沙・尼拉手拿著杯紅酒穿梭過水洩不通的廳內。直到靠近台前，她放鬆地啜飲一口，立即察覺有位男性正悄悄向她靠近。

「果然沒錯——」對方舉起手中的空酒杯。「您是尼拉小姐！想不到會在這種場合見到您。」

「好久不見。」

亞里沙用制式的笑容回應，內心其實已經忘了對方是誰。

「您家人能夠接受您到這嗎？」

「我和父母斷絕關係了。」

亞里沙搗著嘴笑著，眼睛彎成一條美麗的弧線。

「哎呀——優雅又不失幽默的玩笑！下次遇到您父母，我一定會轉告他們，你們的女兒已經是個足以應付政界場合的大家閨秀呀——！」

哎，真糟糕——

亞里沙在內心哀號一聲，雖然早知道在這場合會遇到可能認得自己的人。她的雙親都是進步派的高官，從小便帶著亞里沙參加各種政治活動。

亞里沙的父母對「階級」有著異常強烈的執著，認為唯有居住在一區才是最高貴的。亞里沙從小受洗腦，曾一度認為其他地區的人都是污穢且低俗的人類。

所以，我們算是上流社會嗎——？

她還小時曾這麼問過，但得到否認。真正的上流社會需要權力，除貴族之外，商人、政治家都有打入上流社會的可能。

「我們能不能成為上流社會，全交由妳決定了，亞里沙！」她的父親這麼對她說。

那時，亞里沙意識到自己的存在是為了提升父母的地位。

於是她開始厭倦了生活，對榮華富貴感到麻木不堪。

但礙於親情所使，亞里沙無法反抗人生。她像個沒有靈魂的人度過每一天，像個機器人一樣，父母要她與誰交談就與誰交談。

曾經也有父母認同的男人對她瘋狂追求，是他讓亞里沙漸漸放下心防。

「小亞？」

忽然有個男人從背後叫住了她，她慢慢回過頭。對方驚喜道：「好久不見。」

「是你，哈……克斯。」

「多年不見，妳的氣色很棒呢。」

亞里沙冷漠的點了頭。

「先前是我不好，如果可以我想——」

「重新開始？」

「是，妳的家人也認為我們很速配不是嗎！而且現在的我……」哈克斯欲言又止，亞里沙想起先前對方不過是想要利用自己父母的權勢往上爬，才對自己耐心追求。一看到他的臉，亞里沙就難以遏止反胃。

「現在，你的地位也不需要我了吧？」

「摁……不過或許我能幫上妳的父母——」

「哈克斯，我們從來沒開始過，所以沒必要重新開始，更何況——」亞里沙緩緩舉修長的左手，將無名指上的戒指擺在他的眼前。

「妳結婚了？為什麼……」

「因為你不夠閃亮。在我心中只有一個閃亮得讓我無條件付出的人。」亞里沙望著遠處，人群中有個男人正默默向前。「他既安靜又充滿魅力！」

哈克斯睜大著眼，無法置信地看著眼前戴著帽子的男人。

「迪克・崔迪——？」

「哈克斯先生，您想對我的未婚妻做些什麼？」他緩緩脫下帽子，毫不在意國議廳裡對他外表的竊竊私語。哈克斯不願淪為話柄，於是掉頭離去。

沒錯，就是這樣——

亞里沙第一次見到默，是在八年前的某場會議中。

會議裡眾人對銀白色頭髮的他指指點點，他卻無視所有人站上台，並好整以暇的提出反駁。他像是朵隨時會倒下的花朵，但他可從沒倒下。

亞里沙被他那病態卻又堅韌的模樣所吸引，她深深愛上了默。只有對自己有生命燃燒殆盡打算之人，才能毫無條件的使喚她。

因為「愛」，她變得瘋狂。

「愛，妳沒被騷擾吧。」

插曲落幕後，默低聲問道。得到問候的愛雙頰發燙，她嬌羞應聲：「我……我很好，就算要現在殺了他也沒問題！」

「不，不用殺了他。」

默微笑，笑容再次融化了她的內心。

「想不到，哈克斯竟然親自出馬，看來艾德曼也不願金被殺害。」

海透過內線通訊系統說。

「要是金死了，艾德曼就算成功當選也不算勝選。」默冷冷咬牙說著，這畫面就連想像他都不敢。

「注意！」

鎮守在廳內左側一號出口的夏喊道。二號由悠也、莎莉守著，三號則是沉。金正在數名保鑣陪同下，走上國議廳的台上。

「收到，請大家保持戒備。」

海向參與任務的全體發號施令。「我們也有不能讓金受到傷害的理由。」

那恐怕代表藍天將會成為黨派爭鬥的食糧——

藍天利用木以往建立的人脈，以及六區當地事務所的協助，將參選演說的入場資格搞到手。從金踏入了廳內看來，秤的遊說已經失敗，最後手段只剩下暗中保護金的安危。

「愛，聽我說。」默注視著站在台上整理衣襟的金。「這次任務非常需要妳，我也很需要妳。」

「好的……如果流——出現了，我會毫不猶豫制服他。」

不能只是這樣，默關閉了耳內通訊系統，向著她正色道：「殺了他也沒關係。」

聞言，愛沒有轉過身。

她屏息以餘光掃向默，並悄悄關閉通訊系統。

「但是……流曾是你們的同伴？」

「他的做法已經超越了界限！」

似乎發覺自己也跨越了界限，默奮力搖晃著腦袋，改口：「總之金絕不能有任何閃失。我也會這麼做，就算要我替他擋下子彈也在所難免。」

「那你可能……不——你應該會死吧？」

這次愛轉過臉，凝視著那朵她視為屹立不搖的花朵。默在胸口比出挖掘手勢。

「如此一來，我的心臟就歸妳一人所有。」

「可……可是！」

愛猶豫了，面對死亡再瘋狂的人都會受到理性牽制。

「大家好，我是道格拉斯・金。」

忽地，清喉聲透過廳內四周音響傳出，廳內四處發出如雷掌聲及歡呼聲。從兩年前開始轟動世界的演說後，金的聲勢水漲船高，在國內政壇近乎無人能敵，在國外也有眾多瘋狂信徒追隨著他，彷彿將他擁護為新一代的神。

「謝謝！謝謝！多年來的努力就為了今年這場總統大選，我的從政願景始終是打造出一個自由自在的世界，在這裡我們眾生平等，沒有人可以奪取誰的一切！今日我將正式宣布以共享派候選人參與總統大選。我的政見是——」

砰——！

頓時，槍聲從遠處響起，穿破了國議廳第二層看台中間的玻璃，劃過了金的右側臉頰。彷彿是對他的警告。

聽聞槍聲，現場瞬間亂成一團，穿著西裝、禮服的貴賓們無不四處竄逃。保鑣全數衝上台，以肉身保護金，欲將他架離台上。金卻文風不動的定在原地，如同什麼事都沒發生一樣，再次握緊了麥克風。

「各位國民，你們看見了吧！我早就知道，有見不得我將共享派意志之人傳遞到全國的人存在，但是我並不怕死——！若我死了，我的意志也會被後人傳頌下去！那便是……打開這座天空——！」

砰——！子彈與逃竄喊叫聲同時傳出。第二發子彈從同個玻璃孔鑽入，這次彈孔精準劃過左頰，帶來了死亡就迫在眉睫的涵義。

「麻煩妳了……愛——」

默發出呢喃，語氣中帶著不安及催促。然後他微微側過身。

「我只相信妳。」

那句話尖銳地刺進她的內心，愛沉醉地闔上眼回想著默對他的溺愛，及想像將他的心臟放入玻璃瓶的畫面。零點幾秒的時間過去之後，她再次打開雙眼。

「我不會讓你為他中彈而死，這樣你的心臟就不完美了，所以盡情利用我吧——就算要殺了他也無所謂，畢竟這是你以死換來的代價。」

「拜託了。」他輕聲覆誦。

「好。」

愛轉過頭，凝望子彈來的方向，瞬間判斷出對方位置處於中心塔外的高樓，是同樣受管制的建築物。國議廳高度非常高，能與它比鄰的只有正前方那棟邊角正朝著國議廳而來的建築物。

愛助跑撞破第一層看台的玻璃，滯空在高空中，她換上衣裝、直挺身子。倚靠中心塔向外吹送的強風，順勢撲上對方所在的建築物。

正當對方準備開出第三槍時，愛站在了他眼前。對方一如先前聽聞的情報，穿著藍天的白藍色衣裝，頭部以領巾包覆住整張臉。

流是藍天前成員，非常熟悉藍天。

愛思忖若僅是了解藍天科技，那對她便是一無所知。見他拿著較為笨重的狙擊槍，愛二話不說掏出麻痺短刀，飛快衝到他的眼前，打算快刀斬亂麻。

不過對方靈活跳起，踢開她持刀的手腕。後仰翻身的同時，朝她身上開了一槍。愛沒有躲避，而是選擇側過身保護科技眼鏡的系統，以防護罩正面接下子彈，這需要驚人的勇氣以及——不怕死。

這時對方停頓了半秒鐘，像是意識到愛的作戰能力非同小可。於是他二話不說拋出了白霧噴瓶打算逃走。

殊不知，當白霧淹沒天台之時，沉出現在他身後阻斷退路。

「我知道你會逃跑。」經由上次交手的經驗，沉明白對方是不會在不利的情況選擇作戰。在見到愛從正面牽制對方，沉便摸到了大樓後方。

一來是為了避免受到愛的無差別攻擊，二來就是為了截斷他的逃出路線。對方不發一語，把槍背到身後，抽出刀鋒染上陽光色澤的短刀。

想正面突破？見狀沉沒有一味向前，反倒試探性地退了一步。

為的是摸清對方的戰略思維。

沉暗忖只要對方也後退試圖觀察自己，那愛就能在煙霧散去後及時趕到。反之，對方若向前猛攻，則代表他沒有自信能突破兩人的包夾。

沒錯，這是最保險且最具有效率的手段！在心頭確立戰略後，沉又緩緩向後踩了一步。然而就在腳尚未完全貼合地面時，眼前的人猛地衝上前來！

怎麼會，他的思維要更加領先我嗎？沉驚慌地從媒介裡拿出兩把痲痺棍，交叉在胸前做出攻守並濟的姿態。

但也由於這姿勢限縮了視野，導致沉在雙方短兵相接時吃了悶虧。一回過神，沉手中的痲痺棍，在陽光武器面前宛如豆腐被輕易切成兩半。

沉的武器落地之時，煙霧漸漸消散。

對方立即回頭以正面朝著愛，完全無視沉還夾在兩人之間。

「沉，不想戰鬥就離遠一點！」

不是，他定在原地，毫無選擇掏出了那把生鏽的短刀，低語呢喃：「他不可能會知道才對……」

愛往他的方向猛衝，對方食指、中指夾緊其中一把短刀，似乎打算射出飛刀。愛俯身應變短刀射來的軌道。殊不知對方的目標似乎根本不是愛。

而是她的身後——她一回頭，默正站在天台出入口。

「不——不可以！」短刀從指尖射出，愛向右大角度跨出步伐，以肉身擋住了短刀。

就在愛的右肩中刀後，對方悠然地走到天台邊緣，就像理解到這裡已經不存在可以威脅他的人。

「站住！別想走——！」

默大聲喊道，吸引了對方回頭。

他輕彈了四下手指，頻率如任務成功的「噹噹噹噹」聲。隨後他向著空氣踏出步伐，乘著中心塔向外的風勢揚長而去。

將全部過程盡收眼底的沉、愛，立即認知到一件事，對方深知他們的弱點，那是流不可能知曉的訊息。

霎時，天空邊際一角染上了陰霾。

流雲——

正漸漸染黑這片天空——

第四章（完）

第五章、染黑的天空

國議廳槍擊事件延燒數日。挺過槍擊的金使共享派民意大幅提升。

關鍵無疑是子彈真真切切劃過他的雙頰。

一

這是藍天幹的好事——！

政界名嘴在具有聲望的政論節目中公布了金遭到攻擊的解析。十年前他勇猛保護陽光的事蹟一被掀開，金的人氣幾乎輾壓了艾德曼的聲量。

當然，進步派也並非坐以待斃。

他們認為該事件必須深入調查，有無金自導自演的可能性？

這不可能，一位國內退休多年的軍事專家為金護航。

「當天中心塔向外的風速為每秒三十公尺，相當於輕度颱風。加上大樓間的間距超過三十公尺。在現在幾乎找不到能克服前兩項因素，並精準的控制子彈飛過金的兩側。除非——該人是國家職業軍職體系內的成員。」

這段話意味著國家是否動用公權力，試圖殺害金。

藍天眾人一一踏入位於地下三樓的圓拱門，房門內一眼望去像坐讓人祈願的舊教堂。正中間放置一張長桌，長桌上擺著一直排點亮的蠟燭，替代了窗戶引導光源的功能。

一進到這，池便雙臂交撫，身子微微發顫。「我不喜歡這裡……怪陰森的。」

「沒有人會喜歡這種地方，但也不至於那麼糟糕。」

夏略略認同，並四處走動摸索。各處的架子櫃上全都積累了長年的灰塵。屋內兩邊設有數個窗台，窗外則被成群堆砌的石頭所遮掩。

玻璃遭受摩擦留下刀刀疤痕，彷彿經嚴刑拷打。

池隨手朝地面拋了枚銅板，聲音穿不出屋內而發出層層迴響。地面的聲音傳遞至地下三樓，只剩下如同地獄的悶響。

在這裡時間彷彿靜止，空氣不會流通，整體彷彿刻意設計出與世隔絕的淒涼，像是為了逼迫人們面對自己內心。它是藍天最不希望使用的空間，這裡是用於驗明自身的「告誡室」。

「不論是哪個面向，結論都是金得利。」在眾人一一入座後，海以這句話作為開頭，並從長桌尾端，始終盯著彼端的默。

「你認同嗎，我們的參謀。」

默無以否認。那穿著藍天衣裝的人，清楚彈出了藍天「任務成功」的指頭聲，對方所謂的成功，無疑是讓金在其中謀取利益。

「但是，流的目的是為了報仇……」

他又怎麼可能與金聯手，悠也不能理解。

「報仇，也能分為很多種方式。」迴仰起下顎，侃侃而談道：「首先是我們對於流的目標是否誤判呢？」

「迴，你說話倒是很輕鬆啊！」夏說。

「那當然，我的任務是運送礦石！我不可能是——臥底！」

霎時，眾人的鼻息似乎吹晃了蠟燭的燭光。蠟燭影子因空氣流動吹得四處搖擺，像張牙舞爪又毫無固定形體的魔鬼。

「迴——！」木用沙啞嗓音喊道：「現在不該是分裂彼此的時候。」

「首領——不，木先生。」

坐在長桌角落的男人舉起手，他是現年三十七歲的「律」，職業為律師。「我認為臥底勢必得浮上檯面討論，另外，流的目標顯然就是藍天！」

律站起身，由於他利用投影裝置出現在場，燭火之下他的影子有些透明。

「法院上經常出現這種案例，法治體系不夠完善下的被害者家屬，將仇恨從加害者轉移至原先該具有公權力的國家機關。」

「流想摧毀藍天……？」池的目光略略落在掌心上。「他不是這種人，流把藍天當作自己的家，就和我一樣。」

「不相信也得信！」位於池斜對面的莎莉傾身一喊，隨後情緒歸為平穩，目光掃過在場的十多人。「如果臥底與金的聯手成立，那就不難明白，他為什麼要刻意告知我們任務成功的資訊吧？」

他們深信藍天無法做出反擊，如此印象深深烙印在所有人心裡，特別是坐在莎莉身旁的花。

「先前我們隱瞞了流的訊息，不只是因為任務機密原則，還有是我們思考著能不能阻止他。如今我們無法否認，金、流正打算將輿論全丟給藍天，我們必須主動。」

「我認同。」秤在海說完之後舉手附議。「金是個不擇手段之人，打開天空只是他用來蠱惑人心的謊話。」

「夠了！」默拍桌起身，憤恨地望過眾人。「金的未來雖然看似遙遠，但那終究是我們的願景啊——」

「默。」秤試圖用讓他理解的方式說：「我們喚醒了惡魔，他正把藍天當作踏板。」

「然後呢？金又能得到什麼……？」

「權力。」

他乾淨俐落地說。默癱軟地坐了回去。秤摸了摸數日未刮的鬍渣，正色道：「他所追求的是世界的真相，但當他觸碰世界的禁忌之後……」他的話語裡充滿了不確定，似乎還沉溺在金帶給他的失敗之中。「不只是藍天，就連你們的國家，斯克爾都可能遭殃——」

「那我們該反擊嗎？」

花突如其來的發言，使秤將說到一半的話吞了下去。以秤的立場，實質反擊抑會使天平失衡。

「你們口中的主動，就是妥協嗎？我們只是政治上的棋子嗎……？任由被強者欺壓還要保持著平靜？」花皺起眉，悲痛使她的聲音哽咽。

「夠了吧……我不想再見到誰犧牲了……」

她沒說完，但眾人能想像她的痛苦來由，而紛紛泛起嚴肅神色。

「草、土是死於奇襲事件，兩者無法相提並論——」

「他們無法攻擊——！作為首領的孩子，他們唯一所能做的就是成為藍天的榜樣！這樣還能說毫無關連嗎……！」花拉高嗓音，雙肩大幅度上提。「我已經不是小孩了，父親。」花以手臂默默擦拭著眼眶的淚水，並低聲呼道：「抱歉，我先失陪了。」

海用苦悶微笑替代准許。

得到同意後，花將自己的玻璃瓶放到桌上，接著緩緩推向中間。

依偎著正中間的燭火，火光點亮了瓶內的花朵。池吃驚地朝燭火方向瞪大雙眼，掃視般抬起視線，裡面竟沒有任何一朵完好的花瓣。

缺乏水份的緣故，花瓣呈現半枯萎狀態，並不如影子呈現般美好。

「看到這裡……誰是臥底還重要嗎？」

花凝視著池的雙眼，就好像渴望將什麼傳達給他。「我們追求陽光……但陽光卻成為照妖鏡，我們……要比想像中還要醜陋。」

池低下頭，目光落在空無一物的桌面上，不是思考，而是設身處地的感受花的無奈。待花走出房內，海才重新掌握話語權，並以又長又深的嘆息作為起頭語。

「今日其實我並不打算討論日後方針，但花說的沒錯。我們不只要主動，而是反擊——！來吧！拿出自己的瓶子，對它進行宣誓與效忠！」

海高舉玻璃瓶，示意所有人將瓶子擺在眼前的燭火之前。高喊道：「我們抱著佔領天空的宏願而來——我們絕不忘記初衷——！」

那時起，房內充滿鬱悶又歧異的氛圍，寂靜蔓延使得呼吸也變得小心。有些人朝著玻璃瓶默念誓詞，例如默還有瓶子裝入默的心臟交付同意書的愛，以及木、明等人。

然而，有些則缺少共鳴而無動於衷。

如離，他錯愕地望著瓶內染血的手術刀，佔領天空之後的世界在他腦裡是一片白茫茫、以穩定天平為己任的秤更不用說，他的瓶裡正是代表森里亞的三葉草徽章。

井則是抱著裝滿黑色固體的玻璃瓶低聲呢喃：「臥底，會被制裁。」

迴的玻璃瓶捲著一張地圖，這關乎於他的工作，必須將礦石載運到目的地。

視線一一看過燭火映照出的歧見後，悠也明白了花的真正含意。藍天的所有人不全然在意是否能佔領天空。

因為當藍天佔領天空以後，他們存在的意義便被稀釋了。

當問題浮上檯面時，天空宛如被從四面八方所了拉扯，形成了各自不和諧的形狀，就像膨脹至極限的氣球，只要再施加一點壓力，就會如同壓力鍋般炸開。

米爾絲是為了讓他見到這樣的天空嗎——？悠也靜靜看著手裡的玻璃瓶，種種矛盾縈繞在悠也心頭。他一思再想，自己又該在玻璃瓶放入什麼。

放入什麼又能改變天空嗎——？

意識到答案是否定的，他喪氣的抬起眼。

坐在對面的莎莉把下巴壓在擺在桌上的前臂上，她臉龐染上了燭火的暈紅，雙頰變得紅通通的。瞳孔倒映著什麼都沒有的玻璃瓶，反映人心的燭火此時顯得平靜。

頓時悠也跌宕的憂慮隨之消逝，然後他突發奇想將瓶身湊近蠟燭，莎莉見狀後一臉驚訝的望向他。

因為從貼近桌面的角度看來，前後的玻璃瓶宛如將象徵陽光的燭光收納瓶中。

我很天才吧，他發出的竊笑一再傳達這意思。

無聊——！莎莉瞪著他以唇語回覆，然後伸手抓取瓶子。霎時瓶身透映著溫暖的燭火，似乎正從她的指尖蔓延開來。

二

告誡室的集會解散後，悠也收到海的通知來到首領室外。當他猶豫是否敲門時，兩片式的木門一側忽地向外開出一點縫隙，讓對話聲從裡邊溜了出來。

「秤先生，今天您看來不如以往冷靜。」海的聲音帶著陌生的嚴厲感，話中的稜角向外延伸。「金真的給了這麼大的壓力嗎？」

「我明白將人用話術玩弄在鼓掌的感覺，金讓我深深明白這番不安與難受。」秤接續說道：「他所追求的不像是一昧的破壞——」

「世界的真相？」

海打斷了他的話，並反問道。「您認為誰有能力追求真相？」

「是誰我不曉得，但那人絕對不是我。」與金對話後，秤認知到自己對世界僅是一知半解。海聲聲無奈地安撫道：「只要讓你動搖，他的策略就奏效了。」

我不知道，秤搖了搖頭。「若我能把握什麼，也許我就不會動搖。」

海沒有接續，反倒另闢蹊徑。

「關於金的事，我會想辦法。」

秤點頭後不吭一聲便關閉立體影像。隨後海恢復了往時的清閒口吻：「悠也，進來吧。」悠也推開了其中一扇門，臉龐繃緊不少，他低下臉。

「我聽到你們的對話。」

「沒關係，不是些重要的話題。」

海把玩著原先放在桌角的玻璃瓶，向後壓了壓椅背起身。「這不過是替金造神罷了，他沒有秤，還有默想得這麼神通廣大，但我承認連國家大使都能動搖，真的很厲害。」

海隱忍般咬牙苦笑，用芒刺在背都不足以形容金的危脅性。

「但你剛才說會想辦法——」

「所以我特別找上你。」

海盯著他，早有盤算地說：「剛才我並沒有完全說出流不惜與金聯手的動機。」

霎時他明白海顧慮臥底可能在場的緣故。「我加入的時間最短，是臥底的機率最低……？不過反過來說，這個時機加入藍天的我，也可能是臥底吧？」

「不可能，因為你對光石一無所知，上次任務就證明了這點！」

上次啊，悠也摸著胸口，那窒息般的痛苦仍餘悸猶存。

「明應該解釋過吧，光石能量極度不穩定，對人體有一定影響，上次陽光與你體內光石產生了共鳴，那最糟糕的結果可能是死，這足以證明你不是臥底。」

「摁……流的動機是？」

他不惜和金聯手也要毀滅藍天的理由是什麼？

「其實呀……」海低頭看了眼手中的瓶子。「這個並不是我的。」

悠也瞬間理解，那來自當年死去的同伴。

「那個人，對他來說很重要吧？」

「是呀，他是流的救命恩人，若是沒有他流早就迷失了自己，算了——」海搖了搖頭，因為踏上另一條不歸路從結果看來也沒多好。

「流本該是個好孩子，但他的人生太過曲折，從小開始便承受了父母給予的重大壓力。全因為他的父親姓氏是……艾德曼。流・艾德曼就是他的全名。」

悠也一臉驚愕的瞪大雙眼。「這是真的嗎……？」海微微頷首。在悠也腦正有場發生在十年前的腥風血雨正在上演著——

艾德曼父子在陽光一號上相遇，身處不同立場的兩人都為了自己努力著。但年僅十八歲的流涉世未深，儘管他不喜歡自己的父親，羅・艾德曼。

仍無法下手，哪怕只是擊暈對方。

然而，羅・艾德曼就不是如此。他見到流的心軟後，往流的大腿開了一槍，用槍頭底住他的太陽穴，反過來挾持了流，威脅其餘兩名同夥棄械投降。從流的視角而言，那個他仍視為父親的男人在做出這一連串動作時，眼皮連眨都沒眨過。

此時其中一名同伴拋下武器自願成為人質，並讓羅・艾德曼放了他。

他同意了，卻沒想到人質交換的過程中擦槍走火。

剩下的故事大家都清楚，金槍殺了那名自願成為人質的藍天成員。但在看不到的背後，一位少年發現在連親生父親都放棄自己的同時，卻有人願意犧牲自己換來他的性命。

「流的內心受到強烈打擊，他的價值觀被迫扭曲……！」

海不自覺越說越激動，對此一悲劇釋出了強烈同情。

「因為加入藍天的人，都有自己想守護的目標，不管是為了理想、逃避現實。來到這裡的人內心都有不肯放下的包袱！」

說完海拔開了桌上玻璃瓶的軟木塞，傾身倒空沙子後，裡面剩下一只戒指。

「他……與人有婚約？」

「是。」

聞言悠也沉重地呼了口氣，心情難以平復地別開視線。

「海，我辦不到。不可能，我無法說服他。」他一連說了三次，並婉拒。「你找別人吧……一定有人符合我的條件吧。」

「這不全然是因為你不可能是間諜，而是你很想要『嵐』的代號不是嗎？」海朝著悠也低落道。

「十年前死去的人就是嵐。」

「但你明明——」

「那是騙你的，理由是因為流吧。嵐對流來說是非常重要的人，他拯救了流的童年，而我們（藍天）卻對他／她的死無動於衷——這就是藍天。」

海提起不上不下的嘴角，半邊臉部都因神經失調而抽動、扭曲。

「你都這麼說了，要怎麼期待我接下這項任務……」悠也語帶猶疑。

「嵐是接續米爾絲精神的人，流則受到嵐的影響，我想你會想從他的眼裡瞭解這片天空吧。」海的這番說詞不偏不倚打中了他的要害。

「我該……怎麼找到流？」

「這點有人會向你解釋。」

海對著他身後努了下巴，莎莉就正站在門外。

「莎莉。」

見到她後，悠也露出一絲笑意，然而莎莉的表情卻不是一般嚴肅。海偏著頭，喃喃說：「若你不能加入，她恐怕會獨自完成這趟任務，似乎是出自於空警的責任感？」

聽到這句話，悠也收起笑容看了海一眼，然後若有所思地垂下了頭。

不是這麼簡單吧——

悠也這麼想，但沒說出口。

三

隔日傍晚，悠也、莎莉相約在南環六區距離中心塔只有數公里的皇商中心，領空高度五百至六百公尺。皇商財團的財力雄厚，他們買下了該地點內的建築物使用權。並在不同高度樓層，設置類型不同的商場。

五百至六百公尺領空是專為社會上有頭有臉之人的服飾專區，兩人先後來到指定櫃位遞出銅板，隨後被各自帶入裁量間。

在換上訂製西裝與禮服後，任務地點紛紛傳進大腦。兩人乘坐專屬直達電梯一路向上。

地點是——

「皇商中心領空七百公尺領空以上的酒店。」

「每個月二十二日，那裡會聚集一群烏合之眾，讓當地空警相當困擾。」莎莉用著空警的口吻，與典雅禮服顯得完全不搭。

「既然知道，為什麼我們還要來到事務所。」

「為了得到身分檢驗的衣服。」莎莉不加思索拉起裙擺，連忙補充道：「每當這種時刻，酒店擔心惹出麻煩，於是管制會相當嚴格。」

「嚴格與烏合之眾，很難一起想像呀。」

悠也刻意抬起臉不去專注她的裙擺。

莎莉後知後覺，難為情的放下裙襬，一臉正經道：「皇商財團以黑市起家，在酒店裡有各種黑市交易的生意。換句話說，他們的管制只針對警力。」

「所以來到這就能見到流？」

悠也提出最關鍵的問題，電梯裡的空氣為他所凝結。莎莉深吸了口氣，在電梯門打開的前一刻果斷回答：「不，見不到他。」

啊？悠也愣在原地，直到電梯門即將關上才匆匆鑽了出去。「那我們來這裡就沒意義了不是嗎！」

「你向我抱怨也沒有用——！」

莎莉對著他疾聲厲色道。然後苦惱地伸手扶額，似乎是因為悠也提到了她最鬱悶的點上。然而，或許是她的聲音太大引起周遭的保安人員的注意。

就在他們前來了解狀況之際，莎莉慌亂地轉了轉眼珠子，然後生硬的轉向悠也，朝他胸口丟出配件用的小型提包。

「你……怎麼就是說不聽！我就說不喜歡這種顏色！」

「誒？」悠也接住提包，表情一臉驚愕。

「哼、哼……！男人果然就是這麼遲鈍。」

莎莉發出不大流暢的嬌嗔。一不做二不休，以腳踩著與她髮色相當的紅色高跟鞋發出蹬步聲，並精準的踏在了悠也的腳背上，他才豁然清醒。

「啊——真是抱歉，下次再……買一個新的，一定挑妳喜歡的。」

「好……就這麼一言為定。」

莎莉假裝不悅地嘟起嘴，轉向了安保人員迎來的方向。她內心擔心著這種不成熟的演技怎麼可能騙得過他們。殊不知在看到事件似乎落幕後，安保人員紛紛露出放鬆的笑意。

「那我們走吧。」莎莉一面說一面挽住他的手臂。

「已經演完了……」悠也喃喃出口時，莎莉狠狠捏了他的手臂。

「給我閉嘴！」

直到通過身分檢驗區後，莎莉才鬆開手。

「還真厲害。」

「是他們太愚笨。」莎莉驕傲地板起臉。

「我不是說演技，而是衣服。」悠也拉了拉自己的衣領，回頭看往身分檢驗區的資訊。事務所提供了一個假的身分，並為此身分虛構了一連串資訊如學歷、工作經歷等等。

「就連國家機關都沒有這種檢驗系統。」

「因為黑市掌握著國家的重要命脈。」

「三邊城牆……」

悠也不禁吞嚥了口口水。

「不僅如此，由於三邊城牆背後牽連龐大利益問題，而城牆已經漸漸腐朽。」

莎莉解釋，三邊城牆最初只是藍天爭搶來的陽光，不足以應付十一區的數十萬人民才形成的。十一區人民被迫向黑市購買走私的陽光，黑市在陽光販賣上有著壟斷權力。他們不僅對十一區人民，甚至是全國有陽光需求的光癌患者謀取暴利。

在國家默許之下，黑市要做的就是維持十一區的礦場產量。這也能說明身處不同區域的黑市，在難免觸碰到其他黑市管理範疇時幾乎沒有碰撞。

他們紀律性的各自為政，毫不侵犯彼此的疆界，才是三邊城牆最理想的畫面。

「但約莫十年前，『他們』出現之後一切開始變調——」

莎莉的臉色漸趨嚴肅。悠也猜測道，「流雲？」

「沒錯……！」

她戰戰兢兢地點了頭，眼神徬徨無助。

莎莉告訴他，雖說黑市很有默契地投入金錢，維持十一區的礦場運作。但斯克爾幅員遼闊，地緣關係使流雲漸漸在最底層的十區冒出了頭。

儘管國家利用空警想盡辦法阻止，他們仍並在創立數年後，成為實質控制礦場的唯一黑市幫派。

換言之，他們得到了與國家幾乎平起平坐的地位。

「國家沒道理忍氣吞聲，甚至讓空警追捕流雲的成員。」

顯然悠也說到了重點，莎莉接續道。

「國家不對流雲行動的理由，首要因素是礦場，再者是——」莎莉思索一刻後，屏氣凝神道：「沒有人知道他們是誰。」

他們沒有中心思想，沒人知道他們由誰組成，據說他們甚至沒有中央運作機關，這使得空警不論抓到多少人，誰都無法阻止他們向外蔓延，就是像流動的雲，無法掌握。

「因此才被國家稱為『流雲』。」

「慢著，既然無法阻止他們，警方又是以什麼罪名逮捕流雲？」

「販售陽光毒品。在數十年前便有不少黑市利用走私陽光製造陽光毒品，目的是賺錢。但流雲不同，他們對染上毒癮的人絲毫沒有憐憫，他們是——為了破壞而生……！」

說到這裡，莎莉突然不作聲了。這時她的眼眶漸紅，瞳孔無助竄逃著。悠也在她眼裡看到了足以稱作痛苦的過去。

他鼓起了勇氣。「妳擁有的兩個警徽，其中一個是妳哥哥的吧？」

莎莉倒抽了一口氣，不掙扎地取出兩枚警徽，不屑一顧地抬起嘴角。「你還是發現了呀，果然很明顯，老舊警徽終究失去了光澤。」

「是因為我……才——」

「不要說了。」莎莉難掩滿臉疲態，內心似乎已經麻木，「因為他太執著追查流雲，才被迫染上毒癮。光石或許也只是……延緩他的離開吧。」

這句話怎麼看都像在表達「你不需為此自責」。

但是聽在悠也耳裡，怎麼樣都像是——我無法釋懷。

四

在一段沉默過後，莎莉告知此趟目的要找尋一名代號「夢」的女性。

夢是藍天埋伏在黑市的情報人員，情蒐能力媲美國家情報人員。

「每當二十二號晚上十點，夢都會出現在這個區域。」

莎莉用眼神示意著兩人左前方的吧檯。霎時，視線遠處的轉角裡便拐出一對男女。男人兩鬢斑白，挺著一顆大圓肚將襯衫撐得緊繃。走路東搖西晃，必須靠身邊一名貌美女性攙扶。

「來了，她就是夢。」

「夢超過四十歲不是嗎，那女人怎麼看最多都不超過三十吧！」悠也驚奇一問。

「嘖，外貌就是她得到一切的利器。」莎莉一言以蔽之，言語中藏著女性的一絲妒忌。年過四十的夢，擁有不輸少女的美貌。加上幾經歷練，讓她散發著獨特的熟女魅力。

但對男人而言最具有殺傷力的無非是視覺上的衝擊。低胸的暗紅色開衩禮服與腳上的細跟高跟鞋將她前凸後翹的身材比例發揮至完美。將男人扶至高腳椅上，夢相伴左右並不時撩起那頭又長又黑的秀髮，配上她桀傲不遜的冷冽視線。

既嫵媚又充滿危險——

莎莉與悠也坐在了吧檯的右側末端，兩人各自點了杯濃度不大高的調酒。舉起酒杯，悠也淡淡地說：「她和愛是兩種極端呢。」

「良家婦女與閒花野草嗎。」

悠也含了口酒，點點頭。吞下道：「不過很難說她們是不是都一樣瘋狂。」

「我敢保證。」

「妳為什麼這麼清楚？」

「我曾為委託過她，為了成為空警。出發點我並沒有告訴過任何人，也包括海。」她特別凝視著悠也。當悠也汲汲追問時，莎莉匆忙起身。吧檯另一側似乎已經結束了。

夢輕柔地在嘴前伸長了細白的食指，直到酒醉男人離去後，她才挺起身子走近，即使穿著高跟鞋她的腳步一點聲音都沒有，一舉一動都散發著優雅女性的魅力。

「又見面了，女孩。」夢左手指尖壓著高腳椅，逆時針繞過椅子側沿。「上次是五年前，當時妳才十六歲，是個澈澈底底的女孩。」

夢如同貓一樣將臀部往後上方一推坐上高腳椅。然後左肘靠著吧檯桌，手掌輕輕推著頭部，掃視了她的全身，喃喃低語道：「現在至少像半個女人了。」

聽到她這麼說，莎莉的臉部不自覺漲紅。

夢又將臉部湊近到她眼前，假裝伸手調戲道：「真是可愛呢。」

「夢……別這樣子，今天有事要麻煩妳。」

莎莉難為情地支開她的右手，夢滿足的笑了笑。「我還以為妳是來跟我敘舊的。」

悠也開口，「我們有重要的事打算委託妳。」

「哦？委託。」

聽到委託二字，夢的眉頭一縮，瞇起雙眼宛如沉浸在某種快感之中。莎莉不自覺地喊了她一聲。

「夢！」

「放心吧，我不是這麼不知趣的人。」她睜開眼凝視著莎莉。「再說我對男人興致缺缺呢。」

「我不是那個意思……！」莎莉急忙搖頭否認。但她沒理會，反倒直視著悠也。

「今天為了什麼而來呢？」她用迷惑般地語氣喊著：「男孩。是悠也・史凱爾對吧？」

「妳……認識我？」夢從他驚訝的瞳孔中看到了自己，她輕輕點頭，意味深遠說，「聽說是位冒失的男孩。」

「冒失……那些不重要！流，我們要找他。」

哦，夢思索不出兩秒鐘。

「我拒絕。」

「等等，為什麼拒絕！這是海的意思。」

「又如何？找到流能怎麼做？」夢的反問打從心底而來，並一言道出問題，「說服他不要打破三邊城牆的事態嗎？」

「也、也許不容易，但必須試試看。」

聞言，她哈哈笑了兩聲。「你們知道為什麼十一區的風聲近年內越來越具體嗎？」

「是共享派。」莎莉正色說起：「先前國內兩大派系都各自把持著黑市，直到流雲的出現打破現況。十一區的傳聞流出，回頭看不難發現就是金和流的合作關係愈加明顯，也顯示他們的共同敵人就是進步派的艾德曼。」

「女孩，沒讓我失望，成為了一名幹練的空警。」夢口頭予以讚賞，接著繼續說道：「一個禮拜前的國議廳事件，讓金的民意上升不少。但是，艾德曼也不可能傻傻挨打。」

夢進一步說道，在槍擊被導向為藍天所為時，進步派就能對流雲進行合理緝凶，當然代價很可能是打破三邊城牆。

「是要抱著敗選後失去一切呢？還是在一切掌握在手中時破釜沉舟？那個男人一定會選擇後者。」

「利用國家軍隊嗎？」

「摁哼？妳說呢。」

夢的答案似乎是否定。她指著莎莉的額頭，輕聲道：「是你們（空警）呀。」

「不可能，就我所知空警們並沒有……」

「收到消息嗎？」她壓住腿間開衩的裙擺，翹起右腳。「在國家工作有時就像在和男人周旋，他們說不愛時並非不愛，而是早已不愛。背叛從不是因為來得突然，是因為給了再多時間都無法稀釋這個事實。」

既然說什麼做都無法改變，倒不如讓兩派人馬自行想辦法維持住三邊城牆的狀態，似乎就是她的本意。

「但如此一來，不也接受了藍天成為被利用的棋子嗎？」

「接不接受是你的問題。」

夢轉過頭，看了莎莉一眼。「女孩，其實妳也不在意藍天會如何吧？」

「我、我……」

莎莉閃爍其詞，接連眨了好幾眼。就好比內心受到夢的侵入一樣，一切都被赤裸裸地攤在檯面上。

「這根本是臥底才會說的話呀！」

「男孩，你還真有趣。」

夢冷冷一笑後，點了支包裝高貴的菸，敘明自己的立場，「藍天、世界會怎麼樣都不關我的事。我會加入藍天，是因為藍天有求於我。因為藍天想利用我的美貌，就必須付出代價。那些代價，通常會讓你們感到值得。」

「還真極端，藍天裡竟有妳這種自我利益至上的人，還有……」悠也口中喃喃說著什麼，引起了夢的注意。「你說什麼？」

「還有完全只為了自己國家的人！」

「秤啊——」

夢意會到後有些惱怒。「那種偽善的人，令人感到作噁。」

「他要比妳更值得尊重。」

莎莉伸手拉住悠也，阻止道。「別說了！」

這時，夢指著他的臉頤指氣使。「我要你證明這點！」

「證明……什麼？」

「證明秤是不是你所想的把森里亞擺在首位。」

「妳想怎麼做。」

「在國家體系內擁有大量情報的外交人員，相當容易遭受背叛。我會給你流的線索，一旦你們碰觸到三邊城牆的底線，李納德就一定會被迫有所行動，到時就能看清他的真面目。」

「言下之意，妳答應了委託？」夢對著莎莉點頭。「接下來，談點重要事情吧，關於交換條件。」

悠也看了莎莉一眼，似乎想問她當時交換了什麼。然而夢卻搶先一步開口。

「五年前，女孩用初吻換來了進入空警訓練的機會。」

「啊——？」

悠也大吃一驚，莎莉把頭埋進了手掌裡。夢吸紅了菸頭，靜靜說道：「但放心吧，男人的初吻太過廉價了，無法成為支付此次任務的酬勞。」

聽聞，莎莉抬起臉，表情有些複雜的糾在一塊。她猶豫地開口：「那妳想要什麼……？」

「一百瓶陽光。」

夢想也不想就說，並將菸頭捻熄於菸灰缸。

「等等！這個數量可是一整艘飛船會有的數字啊！」悠也忍不住對這過分的數字討價還價，但是夢理都沒理，只是輕聲叫了他。

「男孩呀，」她凝視著燒成灰的菸頭，警戒地抬起頭。「在殺價之前，想辦法活下來再說吧！」

忽然間，酒店四周被遠處傳來的藍光所照，每個角落都一覽無遺，緊接著天空出現了空警所屬的藍色道路，從寬度看來規模相當龐大。

酒店內穿著筆挺的人們全都手足無措。

「怎麼會！空警來了——！」

「表面上說是藍天，實際上國家根本想除掉我們——」

「但我們並不是流雲阿！」

「笨蛋！這時機點被空警逮到，根本不會有任何否認的機會！」

「不會有事吧，只要和空警說清楚……」

這時，子彈無情掃射入室內，碎裂的玻璃聲乒乓四起。霎時，酒店內眾人意識到這一切沒得談後，所有人發狂似地四處逃竄，場面如同派對後剩下的狼藉。

莎莉一回神，夢正好整以暇地穿過槍林彈雨，來到了下樓的電梯間。在門關上之前，夢回過頭送給她一個飛吻，並用唇語說著：「祝你們好運。」

悠也嚇傻了，莎莉想拉住他，從兩人中襲來的槍彈將他們被迫分開了兩張高腳椅的距離。

「怎麼會這樣……！」

「沒時間想那些了，必須先逃走！」莎莉打醒了他。

「說的也是，妳不能在空警前曝光，那由我負責吸引視線，之後再會合吧！」

慢著，莎莉話還沒說出口，悠也便從反邊衝了出去，並成功地吸引了空警的掃射。但是，他一路閃躲卻找不到能夠向下移動的出入口，電梯也早已被先一步逃走的人搭乘。

悠也只能順著外側樓梯一路向上跑，子彈一路跟著他上到天台，正當他已無處逃竄時，一道白煙無聲冒出，沒出幾秒鐘便淹沒了整個天台，溢出的白煙順勢往下流，掩蓋了空警的進攻。

這時，一台空航車高速駛入白煙，騎士一把將悠也攬走，帶到了距離皇商中心數公里外的建築物天台上，對方如卸貨般把悠也甩下。

悠也重重咳了兩聲，從口鼻冒出了濃濃煙霧。

「好險我來得及時。」

聽到熟悉的聲音，悠也吃驚地抬起頭：「池，你怎麼在這！不……不對！更重要的是——」

「雨才不會輕易被逮到，只需要擔心你自己就好了唷。」

說著，池抬起頭望著烏黑天空。「不過，這邊目前很安全。」

「你怎麼知道。」

「用看的就知道，月，妳也這麼認為吧？」

池回過頭，目光放在悠也身後的女子。

「是呀。」

月梳著一頭藍色頭髮，臉上倒映著空中列車開過仿造月光留下的殘影。「今晚這裡，會相當平靜哦。」

五

「妳是空航車競技賽的——黛安娜•西宮！」

悠也仍記得那台顯眼的空航車。被認出的月點頭一笑。

「不僅如此，當時與我一同參加的人其實就是池哦。」

難怪啊，悠也想起第一次見到池，他表現得不像第一次見面。

「月也是厲害的觀測師哦。」

「沒有呢，」月害羞地搔搔臉頰道：「但做為夜間觀測師而言已經相當實用了。」

夜間觀測師？悠也露出好奇的眼神，他第一次聽到這個名詞。

況且，夜晚根本不會有陽光飛船。

「我們的工作是保護事務所，因為事務所是藍天的重大資產，同時也經常面臨危險，這樣的例子在藍天內不算少見。」

月不知覺眨了眨眼，那似乎反射了她內心一角。

「像是……冬嗎？」

「摁……」她點頭應聲，悠也又問。「不過冬發生事情時——」

「是在白天。」池也有印象，他回答。「夜間不全然是必須在夜晚工作，而是相對於陽光飛船的觀測、保護事務所更像是身處陽光背後。不過，月在夜晚的觀測能力的確很厲害。」

「月是月亮嗎？」

「是呀！」月難掩興奮地說：「加入藍天，就是為了見到真正的月亮。」

在那之前，月是名專職於空中列車的服務員。也是因為這份工作，打開了她對月亮的好奇心。空中列車通常航駛於高空之中，是個能親臨天空的工作。

在高空中，她見識了陽光飛船的經過，相信太陽是真實存在的。

那月亮呢——？

在大氣還仿造的月光下，人類都忽略了月亮的存在性。她因此翻找了關於月亮的書籍與資訊，得到了月亮依賴著陽光而生的證據，並深深被月光所吸引。

「在沒有陽光的情況下，月亮從來不高調。它為了別人而生，比起總是發光的太陽，它謙遜的像是擁有成人之美的君子。」

月的視線有意無意地投向了池，又倏地回正。

「我的觀測能力，都來自於對月光的熱愛。」

「也多虧月的觀測，」池雙手插入口袋，嘴裡不知何時咬著根形狀細長的餅乾，「我們得到了消息，明天東環六區將會有一艘飛船經過。」

「這我……還不確定！」月慌亂地把指尖按在唇上。池笑了笑，用激勵口吻，「月，妳必須再更相信自己。」

聽聞月嘟起了嘴，低喃道：「我……又不是你可以達到65%命中率，我的觀測機率最高只有35%。」

「總之有可能會出現吧——！」

池、月被悠也正經的口吻定住了，悠也順勢說出夢的要求。

「我記得……最高紀錄是愛的五十瓶，」月露出深思貌，後一鼓作氣說：「一百瓶陽光，擺明就是勸退！」

「這個啊……」悠也面有難色，若非這個委託背後有著附帶條件，他也會理所當然地認為是勸退。

「這很有趣不是嗎，一百瓶陽光。我——們一起打破紀錄吧！」

「我——們？」月模仿了他的口吻。

池快意點了好幾下頭，耐人尋味地說：「就是在場的我們三人呀！」

「奇、奇襲……」

「奇襲條款——！」

月早先悠也一步說出口，然後慎重拒絕這個提議。「絕對不行！」

悠也無奈地抱起胸，算上自己不那麼可靠外，他認為池會是另外一個大麻煩。他思忖著三人之中有兩個人靠不住，這任務怎麼執行。

總不能讓身為空警的莎莉參與任務，這太危險了。

殊不知，月並非擔心這點。

「海嚴格規定絕不能讓池參與前線任務，無論什麼原因，就連陽光都不能讓他碰到。」

「蛤，為什麼——！」池無理取鬧般胡鬧。
悠也緩頰問起，「陽光也不行嗎？」
「是呀，每個人對陽光的適應性多少有差異，這是為了保險起見，所以堅決不讓他參與前線任務。」月解釋後。
「難怪他這麼期待著在玻璃瓶放入陽光呀。」悠也說。
「月一次就好，拜託啦！我也想見到流一面，我想知道他到底怎麼了！」池的雙手合十，表情比平時誠懇了數十倍。月仍堅決不讓他跨過底線。
「你得認清楚自己的角色，你是藍天三百年來的觀測天才，也是藍天的希望。海才對你多加保護！」
「一點都不好玩……大家總喜歡給我壓力。」他失落地用腳在地面上來回摩擦，喃喃說著：「就連花也是……我不過只是個一般人。」
說到花，月改變了表情，用曖昧不明的口吻說：「既然花也說過類似的話，你應該會聽吧？」
「妳很煩欸，我對花……才、才不是那種意思。」
池說話結巴，一點都不像平時粗枝大葉的樣子。「那為什麼你要在瓶上雕刻處留下空白，我看得出來那個地方在東環七區哦。」
「少囉嗦……！我不知道妳在說什麼……」
池逃避似地跳到隔壁建築的天台上。
「這是真的嗎？」
悠也指的是關於瓶身上空白處，月苦笑搖頭：「雖說木先生在東環七區買下了不少房子使用權。但我想應該不是這個原因。」

「誒？那妳為什麼要這麼說，為了刺激他？」月搖頭扭捏地別過臉，「理由也許你會認為有點幼稚，我只是想知道他的名字。」

「名字——？」悠也這才想起，自己也不曉得池的名字是什麼。

月告訴他，加入藍天的契機是三年前某晚的夜空。

當晚是臭氧環定期維修的日子，據說每年這個時候，天空會短暫地打開一點點縫隙。傳聞在這短暫的維修時間裡，天空中會出現太陽、月亮、星星等宇宙星體。

追尋著月光的月排除了各種阻礙找到了最可能一探究竟的天台，在那裡她第一次見到池。池笑著對她送出加入藍天的邀請，兩人理所當然成為任務的搭檔。

表面上，是因為任務性質相同。但在月的內心底，她認為是因為他們都出現在當晚的天台上。

但月是為了尋找月光而來，那池呢？

她以為只要時間過去就會明白。

殊不知，時間只是使她腦袋更加模糊。池總是坐在天台上視野最好的位置，不分晝夜地抬著頭，用雙眼、雕刻刀記錄下這片天空。

池眼裡的世界，到底是什麼樣子？

這答案顯然與他的身世有關，名字連接著他的家庭，月下了決心。「池，可以告訴我，你的名字嗎？」

「為什麼？」

他納悶回問。「我們認識這麼久，我卻從來不知道你的名字。」

「這樣吧！月。」池指著天空露出頑皮笑容。「只要妳在觀測上贏過我，我就告訴妳答案。」

「太不公平了吧，65％跟35％的機率——」

「或許哪天我們的預測會剛好不重疊。機率並非簡單的加減，65加35不會等於一百哦！」

但是，月始終等不到這天。

某次，她注意到池的瓶身上有個空白處，問起後池神色緊張。

「據說池被找到的街道旁有個池子，所以他才以『池』當作自己的名字。」說著，月面露擔憂。

「也許空白處是池原本的家，所以他才不願回首。」

「但是，」悠也雙手抱胸思索，「總有妳贏他的一天吧。」

「或許月想表達的是——」側邊突然傳來沉的聲音，「池對天空的理解遠比想像中來得深。」

「沉……！」被點破後，月看起來更加憂愁。「你說對了，只要池一直領先我一步，我就很難有機會贏過他。」

「這樣呀……等等，」悠也回過頭，「你什麼時候開始聽的。」

「不久之前到的。」他扶了下灰色小豬面具。

「這次也是海嗎？」

「那不是重點。」他搖頭伸出三根指頭，「奇襲條款，算上我就有三個人了。」

「怎麼連你也失去冷靜，一百瓶陽光可不是——」

「草、土是在和我一同出任務時出了意外，這次我不會再犯下一樣的錯。」他拍了拍胸口，用肢體強烈表達自己不會再犯錯。

「而且情況要比想像中危急吧？我們必須盡快交付夢一百瓶陽光。」

你這不是什麼都聽到了嗎——

悠也低語道。沉前後輕輕一晃，面具背後似乎正在竊笑。

六

「那我就放心了。」

得知沉要加入任務時，池慶幸地說。

「是呀。」

悠也暗忖，這是我要說的才對吧。

「為什麼要帶我們來到這裡。」沉問，因為池將眾人帶到位於七區的水果攤事務所，但飛船預計在明天經過東環六區。

忽然水果攤前亮了盞燈光，何婆婆穿著睡衣站在攤前。

「因為我丈夫他設計的六區路線，相對來得容易。」

「這和你們的兒子有關吧？」

悠也說完，何婆婆定住了。「你也太直接了吧。」沉說。

「啊……抱歉。」

半晌後，何婆婆轉過頭打開通往室內的門，示意他們進來。

水果攤連結著何婆婆夫妻倆的住家，一走進去是廚房與客廳。池一走進，便隨意地拿起櫃上的零食吃了起來。

月慌忙喊道。「喂，池……！我們是為了任務——」

「沒關係，隨便他吧，任務不著急吧？」何婆婆駝著背走向電子火爐，按下爐火開關，看過眾人後說。「你們還沒吃吧。」

「摁……」

不久，何婆婆端上幾晚熱騰騰的麵條，眾人享受時她忽然開口。

「京，如果他還在的話也34歲了吧。」

「京就是你們的孩子嗎……」悠也猶豫地放下筷子，碗裡還留有一兩口湯。「他發生了什麼事？」

「池，你沒告訴他們嗎。」

「沒有。」池大口吸著麵條，口齒不清道：「我沒說得很仔細。」

何婆婆張了個「哦」的嘴型，把手掌交疊於桌面。「十五年前，京在任務中攀爬失足，當時他並沒有戴上科技眼鏡。」

「十五前年。」

月掃了池的側臉，然後說，「是池現在的年紀。」

怪不得她這麼縱容池，何婆婆搖搖頭，大剌剌地把手靠在椅背上。「可能是土的緣故，他不小心摔破了京的玻璃瓶。池從他們那聽說後，竟然跑來找我確認！真是的。」

說到這，她為單純的池而笑了。

「因為草好像很過意不去……」池有些心虛的垂下眼，然後埋頭繼續吃著麵條。

「摔破了京的瓶子，妳不生氣嗎？」

月疑問道。

不會呀，她若無其事地說。

「京的瓶子裡裝著只是些水果攤使用的砂糖漿，因為我的手從年輕時就關節退化，老是打破玻璃瓶，他才把自己的瓶子給我使用。」

何婆婆以稀鬆平常的話填滿了哀傷。除了池以外的三人，全都不約而同停下筷子。她露出蒼老笑容，好像在說這不算什麼。

「懷著佔領天空美夢的人，哪能怕天空多高或陽光多燙手呀？」說到這她又忽地想到什麼，「我記得那件事也是發生在同個期間。」

「哪件事？」月又問起。

「金槍殺了藍天成員一事。」她不慌不忙道，「京的瓶子被摔破，就在這件事發生的兩天後。當時藍天內部烏煙瘴氣，所以我才印象深刻。」

她好像在表達自己並非懷念京，只是恰巧罷了，但越是如此就越難忽視。

「可是……京的死，何伯伯才總安排令人摸不著頭緒，但安全的路線，這代表還是很重要吧？」月說話時，視線始終看著碗內。

「妳是夜間觀測師吧。」

「哦？是、我是。」

月抬起頭。何婆婆說，「安全與否從來不是可以預期的。」

「是因為草、土他們的死嗎？」月反問。

「不只是這樣，我同意我丈夫失智後，設置路線的改變全出自於京的意外。但京不是個粗心的孩子，道璟也很清楚。」

「所以……」

「他知道絕對安全的路線根本不會存在。這些只是我個人想法，誰叫我四十年以來都只是個水果攤老闆，在這之前我都以為道環是個工程師。」

何婆婆端起茶杯，豪爽地說，「直到京出生後，他才告訴我關於藍天及事務所的事情。也許是出自於信任吧？也可能不是。」

這時，何婆婆目光掃到了客廳的照片架，裡面是何家三人的合照。當時的京雖只是個孩子，卻露出了對廣闊世界好奇的眼神。

「算了，那些無所謂了。說起來，明天的任務很重要吧？」她起身走過客廳停在相片前，留下聲聲寂寞道，「把這裡當自己家，累了就休息吧。」

何婆婆輕閉上雙眼，眼皮受到些許沾濕。

京終究會像他的父親一樣吧——？

出於對天空的渴望，他終究會走向藍天的懷抱。京曾說過自己一定會繼承事務所，從小便流連忘返於七區，就為了找到適合任務的路線。

家中偶爾會收到學校的翹課通知，但每當京回到家興奮地向兩人分享自己到了哪、哪裡適合設為任務點時，看著他充滿熱忱的雙眼，夫妻倆都捨不得唸他。

「那裡的高度不夠高，可不利於任務進行哦。」

道環常用專業又不破壞孩子想像的溫柔口吻說。「但你想得很多，我會考慮納入選擇。」

通常，京在聽完後都會露出滿足笑容。
除了那一次，十八歲的京某次執行任務的前一天，道環發現他一改常態的反應。
「爸，我沒事。」京淡淡望向道環，「因為明天有個重要的任務。」
然而，那成了京的最後一次任務。
他被留在了過去——
「若可以，希望他下次能出生在平凡的家裡，就不會把佔領天空視為夢想。」
何婆婆短嘆一聲，把相片蓋起後，走上了上樓的階梯。

七

隔日上午八點，莎莉提早進到東環六區空警局，進門後她匆忙行動，想盡可能避開所有空警同仁，這是她現在唯一能做出對藍天有貢獻的事。
昨晚悠也通知她，他們將在今天發動奇襲行動，地點就在莎莉任職領空內的東環六區。經由池的確認，陽光飛船會在上午九點左右出現在九百五十公尺上下的領空。
時間、舞台都定調之後，莎莉倒顯得心神不寧，因為那代表他們勢必會在天空中相見——以不同的立場。
就在莎莉即將走過正門接受全身驗證時，她的上司波頓出現了。
「身體好點了嗎？」
他的口吻帶著挖苦。先前莎莉用了休養假，因為她與殺害慕斯局長的犯人交戰，依照空警權利義務法律規定，在執勤務時若有身、心等職業傷害時，能享有長達一個月的休養假。

波頓會這麼問，顯然醉翁之意不在酒。

「好多了，感謝隊長關心。」

說完，莎莉才走向前一步。波頓又扯開嗓門道：「最近整個國家相當動盪不安，昨晚我們攻堅了皇商中心，據說那裡是黑市打交道的場合。」

「我聽說了。」莎莉駐足回頭，用演練過的眼神問，「有什麼收穫嗎？」

「沒有，既沒有流雲的情報，也沒有——藍天！」

莎莉看著他那迂迴的表情，感到陣陣地胃痛。

「還真可惜。」她故作鎮定。

「一點也不可惜，因為昨晚我意外發現了什麼。」波頓稍微湊近了她，左顧右盼確認沒人後說，「妳為什麼出現在那？」

呼——莎莉深吸口氣，看往前方正色道：「為了尋找流雲。」

「那昨晚與妳在一塊的男子——？不會以為我忘了他吧？」

聽了他的話，莎莉大吃一驚。

這時，迴廊底部傳來腳步聲，一位內勤空警匆匆忙忙地小跑步跑了過來。「波頓隊長，天空有些不對勁。」

「不對勁？這是什麼意思。」

「其實我們收到線報，陽光二號今日將航行過我們的範圍。在高度九百五十公尺上下的領空裡，似乎有些奇怪的人。」

「藍天？」

「很有可能，總之還請隊長您下令！」

「知道了，先召集人手，我們速速出擊。」波頓下令後，對著莎莉說：「真巧，昨晚先是有人提供了妳的照片，今天又有人得到了藍天的消息。」

「隊長，你到底想說什麼……？」

莎莉的聲音變得畏縮。波頓笑了笑。

「眼前的任務更加重要。若藍天又得逞了，不論一瓶或一百瓶，我們都將遭受國家嚴格的懲治！所以這次任務，關乎著我們的生與死。」

「如果他們並不是藍天呢？」

「不重要，我們只要守株待兔就好了。」

「不好了！」

突然剛才那名空警又衝了出來，這次他滿頭大汗，嘴裡不斷唸著：「不好了！收到陽光二號的支援請求！飛船已經被白霧所包圍了——！」

莎莉愣了愣，因為現在才八點半左右。

「立即出發！」波頓發號施令後，用只有他與莎莉聽得到的音量說：「洗清嫌疑，用妳手中的武器。」

不久，波頓率領包括莎莉在內五人乘著藍色道路往天空航行。

過程中，莎莉一直在思考。飛船經過時間為何與悠也說的不同，還有是誰暴露了她的行蹤。

這種種可能都導向了悠也——

一想到這，莎莉眼眶漲得發熱，心裡有說不出口的委屈與苦澀。

這時空警成群經過了九百公尺領空，莎莉餘光掃到了站在天台的池。池對她露出微笑，做出了收線手勢。

為什麼……不相信我？

要讓我的天空放入什麼，果然只是出自於「自己」自私的愧疚嗎——？

這樣的憐憫，我……一點都不需要——！

八

另一方面，陽光二號上悠也等人已經成功撂倒了守衛，並由月、沉負責把陽光瓶裝入手提包中。鑑於上次的行動，沉讓悠也負責守門，並接收引線人捎來的消息。

「池傳來消息了！有五名空警！」悠也咬緊牙關。「包括……莎莉。」

沉冷靜一問。「還有多久。」

「我看看。」悠也走向被擴散巾擠壓變形的飛船口，按下了科技眼鏡，計算了空警現階段的位置、速度，以及到達飛船的時間。

「大約剩下二十秒鐘……」

「我們至少要一分鐘。」沉回應。「必須爭取這些時間。」

「我也幫忙吧——」

「不行。」沉否決了月的提議，以沒得商量的口吻說：「現階段目標是陽光！」

「我知道了。」

說完，遠處有數艘空航車如彗星般靠近，悠也捏緊手心。

「我會試試看！」

很快，空警依序踏入白霧瀰漫的船艙內，並收起空航車。

悠也抓準那一瞬間，從白霧裡竄出用麻痺短刀劃傷了一名身材較高的空警，沒三兩下有兩人都失去戰鬥能力。

過程比他想像中還簡單，因為短刀並不銳利，最多僅會割開皮膚，並不會有大量出血的可能性。他暗忖著只要依靠著白霧，就能一一撂倒空警。

由於在白霧中，空警也不能貿然開槍。

這時，波頓猛然發話。

「別以為我不曉得你們在盤算什麼！我太清楚藍天在想什麼了！」

隨後他在船艙邊找到了白霧噴瓶，並將它關掉。

然而，煙霧退散速度很快，快到令人感到不自然。當能見度清晰無比時，悠也看到波頓手中拿著一個小圓盤，似乎就是那個機器吹散了白霧。

看到空警把手摸在腰間時，悠也定住了，但並不是因為槍械帶來的死亡危機，而是被自己無能為力的天真所震懾。

「看他的樣子，是個菜鳥啊！」

「讓我來盯著他吧，隊長。」
莎莉利落地掏出手槍，直指著悠也，悠也順勢擺出投降姿勢。
「也好，藍天都是三人行動。儲存倉裡應該還有兩人。」
說完波頓偕同另外兩位空警，悄悄走了進去。

「你們為什麼要騙我，飛船出現的時間？」莎莉沒有放下槍頭，是出自於謹慎，也是憤怒。
「是我提議的，因為我不想與妳在這狀況碰面。」
「你為什麼總這麼自以為是！」莎莉瞪大了雙眼，壓低嗓子道。「你覺得我會扯後腿嗎？」
「任務沒有絕對安全的路線，而妳……更需要的是空警的身分，而不是藍天吧！」悠也目光強烈凝視著她，又垂下了臉。「我怕讓妳為難。」
「這……你到底是……」
莎莉恍然地搖頭，欲言又止的雙唇不斷發抖，宛如她也不曉得自己究竟該屬於何方。這時，陽光儲存艙裡傳出劇烈扭打聲，隨後是波頓發出的哀號。
「謝米——！快把那小子帶來！」
波頓喊了好幾聲，莎莉似乎屏蔽了他的聲音。倒是悠也主動往儲存倉裡走去，維持著雙手向上的姿勢。
「走吧，莎莉。」
悠也的聲音穿過了莎莉的腦袋，她無法思考，只能順著悠也的一步一腳印慢慢向前，彷彿她才是被脅持的那個人。

走進儲藏艙後，莎莉掃了四周一眼。

兩名空警已經被撂倒，波頓則被池掰著手腕，模樣看來相當狼狽。月似乎不大熟悉任務細節，她還在持續放入陽光瓶。

「快，快叫他們停手！妳手上有藍天的人質！」

「閉嘴，再說就擰斷你的手。」

沉作勢出力，嚇得波頓哀聲大吼。「痛痛痛……！」

莎莉默默將槍頭指向下層的月，又移往悠也的後腦勺，冷冷喊道：「住手。」月被冷漠聲線吸引而回頭。莎莉的雙眼混濁，失去光澤，月聽從了她的要求停下手。

「沒錯……就是這樣。」

悠也喃喃低語後，莎莉猶如回過神來，表情開始變得糾結。她看了眼月的周遭，散落著十瓶左右的陽光，半圓的陽光儲藏槽也幾乎被掏空。

「把陽光裝入妳手中的容器。」她對月說。

「妳想幹什麼，謝米！」波頓喊著。

「陽光更重要不是嗎，隊長。」她繼續說。「裝完之後，丟到我面前。由我負責守著陽光，接著再進行人質交換。」

就這樣，艙內突然迎來了一陣靜謐。只有月小心翼翼的將陽光瓶放入手提箱的聲音，她的動作很慢，似乎正在爭取時間想著戰術。

但是，隨著時間一點一滴流逝她什麼都想不到。

我根本幫不上忙——

月為自己無能感到焦急，只能順著莎莉，把手提包交了出去。

「還有你。」

她對沉說，沉不動聲色的把腳邊手提包踢向莎莉。當莎莉彎下腰準備確認時，波頓喊道：「就是現在！」

頓時，剛才被制伏的兩人紛紛衝向沉。為了免於被夾擊，沉把波頓推了出去，接著理所當然迎來一陣槍火綻放。

「快躲起來。」

他對月喊道後，隻身衝入空警群裡，抑制住空警胡亂開槍的可能性。隨後憑藉著流利身手，戲耍了那些不擅長近距離戰鬥的空警。

「住、住手……我手中有人質！」

莎莉說起話來吞吞吐吐，就連視線也游移不斷。但沉蠻不在乎地撂倒除了莎莉以外的三人後，在她面前撿起了手提包，順勢拋給月。

「妳先走。」

沉……你這不是給我難堪嗎？

在莎莉心底憤怒油然而生，卻遲遲不敢扣下板機。此時，波頓不死心的蹬起上半身抱住了沉的左腿，手提包落在悠也腳邊。

「就是現在……！開槍！」

莎莉槍頭一轉向沉的瞬間，悠也撿起了手提包往外逃跑，卻被稍早擊倒的兩名空警攔在船門前，但是他卻把手提包順著地板滑到了艙門口。

當眾人發現時，沉已經朝著艙門口全力衝刺。

「開槍——！」

沒錯，只能開槍了——！她雙手握著槍柄，瞄向艙門的同時，地板忽地滾過一枚陽光瓶的瓶蓋。陽光瓶被打開了？在被吸引目光的短短一瞬間，她失去了對沉開槍的時機點。但她仍舉著槍，朝著悠也的方向走去，發現他始終沒有想逃跑。

「你到底在想什麼——？」莎莉喃喃地說，她明知悠也是為了完成任務，還有保住莎莉空警的身分，才選擇留在這。

我想保護妳——！

悠也回以堅定眼神，然後舉起開口的陽光瓶，將陽光向下澆淋全身。上次那般窒息感瞬間乍現，並且還要更加強烈。

內心忽然出現的跑馬燈，將悠也帶回了八年前那場黑色大雨。要是當時就這麼死了，也不會有這麼多後續，他暗忖著自己終究要面臨同樣的死法。

雖然繞了一大圈，結果似乎還算不錯——

悠也全身感到灼熱，痛苦如火焰沿著每一寸神經傳導到大腦。這時，他忽然想起草也受過相似痛苦，耳邊迴響起沉說過的話。

嘗試打開他的媒介，因為你和他曾有相同感受——

悠也無心之舉開啟了草的媒介，他猶如受到指引般拿起了能夠為自己人生畫下完美句點的物品——斷生片。

當他準備吞下時，莎莉豪不猶豫的對他開了兩槍。

第一槍——射穿了他的科技眼鏡系統；第二槍——射穿了他的肩膀。

悠也順勢倒下，疼痛使他失去意識。莎莉回過神時，背部與前胸已被汗水浸濕。她不斷喘著氣，宛如經過了一場生死交關。

「謝米，妳……妳錯過了守住陽光的機會。」

「抱歉，隊長……但人質還在我們就能追尋藍天……所以我……」莎莉語無倫次說著自己也不懂的話，這些話仔細一聽毫無邏輯可言。

波頓在悠也身旁蹲下，掀開被破壞的眼鏡，見到悠也的長相，他大吃一驚後皺起眉頭。

「隊長……」

「就聽妳的吧。」他有所保留的起身，低聲質問，「明明有很多機會，但不論是哪邊——妳都沒有把握住，妳到底在猶豫什麼⁉」

「抱歉……」

「不需要道歉，該道歉的可能是這個國家。」波頓壓下了她仍舉在胸前的槍頭。「這裡由我們處理，帶他去治療吧。」

「這樣不好吧……？」

他搖晃著腦袋。

「你我都清楚，藍天從不傷害誰，卻成為國家堆疊民怨的對象。到頭來，受到國家保護的卻是惡事做盡的黑道，真是諷刺啊。」

波頓扭了扭手肘，往機艙室的方向移動。「快！我們要確認傷者狀況，至於陽光什麼的，就他媽的隨他去吧——！」

謝謝你……隊長——

莎莉撥動了因汗水浸濕而黏在頰邊的髮絲，然後筋疲力盡的癱坐在地上。

九

悠也睜開眼之前，首先嗅到了濃濃的消毒水味道。這味道他相當熟悉，是醫院獨有的氣味。他張開眼，轉了轉眼珠子確認這是醫院沒錯。

隨後感覺到右腳受到重物壓著，悠也挺起身子，發現莎莉正趴在他的病床邊。

「莎莉。」悠也輕輕出聲後，才發覺她睡得很熟很香甜，彷彿參加了場馬拉松並耗盡儲存三天的能量。

「摁？你醒了啊。」莎莉迷迷糊糊的張開眼，揉了揉紅腫的雙眼。「妳剛才，在哭嗎？」

「啊——!?」這話使莎莉完全醒了過來，她狠狠地朝悠也的左臉揮了一拳。悠也摸摸紅通通的臉頰。「好痛……我應該是病人吧。」

「你受傷的地方是肩膀！要不是我開了槍……就不只是這樣了……」莎莉指點著自己肩膀。並強忍著情緒，眼眶含著淚水。

「我的命是妳撿來的，我只想幫上一些忙……」

「要是你就這樣死了，那我有著空警的身分到底又有什麼用……那我的努力不就顯得很愚蠢嗎！」

「這……」悠也支支吾吾。

「如果你真希望我在玻璃瓶放入什麼，拜託你先把大腦放進來吧——你死了我要怪罪誰啊！要死就死在我允許的時刻吧……我根本不想看你死啊……」

莎莉連珠炮似說完後發出啜泣，她的情緒止不住，淚水順著雙頰潸然淚下，落在了她的雙腿上。

「抱歉，我根本沒想到這麼多……」悠也雙手合十，不斷向她謝罪。「是我太自以為是了。」

「大白癡……！」

莎莉用手蓋住眼睛，也止不住淚水的潰堤。這時，悠也拿出了自己的玻璃瓶。「啵！」的一聲打開瓶口。

「你……你這是要幹嘛。」

莎莉哭到肩膀抽搐不停，悠也靜靜地把瓶子湊過去她的臉頰，將莎莉的淚水接入玻璃瓶中，然後輕輕閉上眼。

「這樣我就知道自己嚮往的天空該是什麼模樣，而不是純靠想像或猜測。」聽聞她收起啜泣，張大哭紅的雙眼，彆扭地縮起身，又掩蓋什麼似地打直背脊。

「你還是很自以為事。」莎莉回到了平時口吻，悠也哈哈地笑出聲來。下一秒他想起什麼嚴肅地說：「那妳接下來該怎麼辦？」
「不當空警也沒關係。」她雙手撐在膝蓋上，眼神堅決無比。「如果代價是失去同伴，我一點也不眷戀。」
「是嗎，太好了呢。」悠也莞爾一笑，「不過妳的上司會這麼饒過妳嗎？」她聳聳肩膀，無所畏懼地說：「大不了到時候請律替我辯護吧，雖然聽說他十有九輸。」
叩叩——
這時有人敲了病房，外頭傳出聲音。「我是伍德・史凱爾，我可以進來嗎？」
「爸爸？」悠也和莎莉對看，確認彼此的眼神後他點點頭。「請進。」門被推開後，莎莉與穿著醫師袍的伍德在門邊擦肩而過。
「謝謝您。」伍德輕輕道謝著。
「哪裡……」莎莉選擇到外頭迴避。「我先失陪了。」
關上門後，伍德幽幽坐到了病床旁邊，父子倆一陣子未見，悠也不曉得該如何開口，自己經歷了什麼。
「我就知道，你終究會踏上這條路。」
「呃，你早就知道——」
「當然！米爾絲加入藍天的時間，比認識我還長很多很多。所以，你會加入藍天也全在我的預想之內。」
伍德的態度很輕鬆。
「你從來沒阻止她去……佔領天空嗎？」

「我沒辦法阻止她，因為她有光癌的基因。」

他言下之意是放棄佔領天空，米爾絲就沒有退路。悠也搖搖頭。「當年你天天往返在醫院、法院。我不覺得你不想阻止她。」

「先別談這些，」伍德抽起嘴角，翹著腿，拿起床頭的八邊型徽章，「我想聽聽你在藍天裡發生了什麼有趣的事，還是認識了什麼朋友。」

悠也搔搔後腦，心想這一切實在不能用有趣說明。但說到人，他對夏印象很深刻，於是由夏說起。

「他是個外表衝動、卻異常替人著想的類型。池則是個天才，他能觀測陽光飛船的位置，但除了這點以外他什麼都不行。至於沉，老是戴著面具看起來很冷漠，卻非常看中人情……」

說著，悠也拿起那枚屬於草的太陽標誌徽章，心裡有些不解。不僅是自己打開了他的媒介，還有草為什麼沒打開媒介？

「這個是——？」伍德訝異道。「這是聯合國准許的陽光研究單位才能有的標誌，我以前曾在書中看過些許資訊。但隨著亞當事件後，聯合國放棄了這條路，於是這類標誌連同亞當事件一起消失在這個世界上。你怎麼會有這個？」

「這是草的媒介。」

「媒介？那是什麼。」

「讓我示範一次吧。」悠也從他父親接過白藍徽章後，叫出了媒介，並從中拿出物品。見到這魔法般的科技，伍德忍不住讚嘆：「真厲害！」

「是呀，不過……」

「怎麼了嗎？」

「開啟媒介需要有一定的條件。」

悠也解釋媒介的道理後，伍德心裡有數地說，「是米爾絲呀。」

「摁。」

「終究還是要說清楚。」他哀嘆低吟著。

莎莉在醫院走廊上徘徊著，忽然間牆上新聞傳出快訊。

今日東環六區發生了藍天搶奪陽光事件，當陽光二號航駛至中心塔時，接應人員發現陽光已全數被掏空，並、並、並且……在機艙室發現空警以及機組人員，約莫十具屍體。

十具屍體？莎莉因震撼而定住。確認自己沒有看錯報導內容後，冷汗瞬間爬滿她的全身。這是什麼情況，她埋著臉往悠也的病房直奔，在病房門外與伍德・史凱爾再次擦肩而過。

「抱、抱歉……」

「沒關係。」

伍德給了她一個溫暖微笑，然後揚長而去。莎莉沒有多想，克制著發顫的手轉開門把。

當她進到病房時，病床四周有著數個穿著黑色西裝的男子。一眼就明白他們來者不善，但是悠也只是呆坐在床上。

「悠也・史凱爾……你為什麼不反抗？」聽到莎莉的聲音，他側過臉，兩行淚潸潸流下。「沒辦法……我沒辦法呼喚媒介……」

第五章（完）

第六章、走往不同的道路

一

「藍天奪走陽光，並殘忍加害空警與機組人員，是為了表達什麼？又或者是國議廳謀殺未遂的延伸呢？教授，您怎麼看？」

主持人把話題拋向身邊來賓，他們每個人都講得口沫橫飛，好比自己身處案發現場一樣。

無聊透頂，身在六區南之一塔空中列車大廳的洛基・弗雷飲盡了販賣機的冰咖啡後，一手壓扁投入垃圾桶，一手提起長板椅上的黑色手提包。

陽光二號的事情當晚傳遍全國，嗜血的媒體、無限延伸的陰謀論、議題的操作，三者加總後新聞變得毫無意義。

「大律師，要不要試著為這起案子辯護看看。」

洛基的背後傳來聲音，不用回頭都知道對方是誰，於是他冷冷回覆：「我沒興趣。」

「為什麼，你不是最愛這種案件了嗎。下午，我可是看到開庭囉。」對方模擬法官的說話語氣。

「本庭宣告，被告——有罪！」

「夠了，麥基爾——」他忍不住回頭制止，這時看到對方手裡也同樣提著手提包後，他改了口：

「鴿。」

霎時成群鴿子飛過他眼前，消散在約莫五樓高的大廳之中。

「這樣叫我很不親切呢，律。」

律收斂起臉上表情，「任務進行中，必須用代號。」

「不過是『運送人』的工作而已，你還是一樣很拘謹呢。來猜猜看正面還是反面。」鴿向上彈了枚硬幣。「我猜正面，因為我永遠那麼正面！」

「空中列車快來了，我沒時間陪你玩。」

說完硬幣落在兩人間，是正面。

「我贏了！這是第九十九次。」鴿自得其樂道。

「是哦，我一點都不在意。」

律聳聳肩，身為律師的他明白法律有漏洞，漏洞坑殺著對法律一無所知的人。然而，鴿是位專業魔術師，踏入他的領域除了輸得徹底以外沒其他可能。

「也是，十多年來你輸掉的官司總額大概都可以買下黃金地段一年的使用權吧。」

律被挖苦後竟然開懷大笑，讓鴿相當納悶。

「還以為你會像從前一樣，用悶糟糟的語氣說：關你屁事。」

「若是以前，我的確會這樣。」律推了推眼鏡，揚起苦澀微笑。「若是以前，我才不會打輸官司。」

「很有說服力，至少我會相信。」

鴿朝他拋出硬幣，律發現兩面都是正面後，心有戚戚焉道：「騙不到我，你很失落吧。」

「有那麼一點，但就因為你很聰明，才有挑戰性。」

鴿與律，是二十年前的高中同學，兩人交情並不算好。律生性嚴謹，鴿則熱情奔放。高中畢業後，他們各自分道揚鑣。

本以為，這輩子不可能再有交集，但兩人卻不約而同在差不多時期加入了藍天。

十二年前，二十五歲上下的律已經是個知名律師。

他戰無不勝，不論民事、刑事他都能力挽狂瀾，除了口條以外他也挑選案件，從來不碰太過逆風的案子。換個說法，他更擅長挑選勝算十足的案件。

不過某天，他接到一件醫療糾紛的案子，需要做一位醫生的辯護律師，原告是死者的丈夫，死者是位重度光癌患者，由於藍天劫運了「生命一號」而不得不及時開刀治療，卻以失敗告終。

藍天是造成死亡的最大變因，國內雖無先例，但就歸屬問題來說相當好判斷。在看過細節之後，律沒猶豫便接下案子。

開庭後發展一如他的想像，官司毫無懸念的壓倒性獲勝。

他卻開心不起來，因為這起案件的過程太過沉悶，原先被告知不必出席的被告，安東尼・穆夏醫生到場出庭。他接受了原告伍德・史凱爾，沉默的視線，以及無法言語的嘆息。

勝訴之後他找上安東尼，問了他為什麼要出席？或許是律的眼眸充滿渴求，安東尼告訴他：「因為我就是藍天成員，這起事件的死者也是。」

「醫生，你在說什麼？」

「藍天從未劫運生命一號，因為我們也是為了讓誰活者而努力佔領天空。」

「這次呢？我完全搞不懂您在說什麼。」

「她知道醫院內目前沒有急需陽光的需求！但藍天有——！當時，藍天有幾位急性光癌的病患，必須在一天內得到陽光治療，所以我們只能賭賭看……」

「所以你答應了，太荒謬了吧？她是你的病人，你這樣等於殺了她不是嗎——？」
「殺人嗎，在我手裡經過不曉得多少次了。」
安東尼愣愣苦笑，左慣用手不斷發抖著。
「史凱爾先生知道這事嗎……？」
「知道，那是他們與我商量過的結果。」

商量，少騙人了，這種鬼話我可不信——

「你說商量過了，那為什麼要開庭！他想爭取賠償嗎？」
不，這不可能。這是場穩輸的官司，任誰來看都是如此。安東尼慢慢張開發抖的左手，「他想向藍天表示，他的不滿。」
「你一點不適合醫生這個職業。」
他對著安東尼訓斥，不禁捫心自問：那我就適合當律師嗎？
「我知道，之後我會離開醫院，遠離一切！你也跟我來吧……？」
「我？」他指著自己。「為什麼？」

因為你看起來很疑惑——

安東尼一眼看穿了他對「正義」的懷疑。

坐上列車後，律一直想著那段過往。也許是超過晚上十一點，冷清得讓人不得不自己獨處。現實中也是如此，車廂內除了他左邊走道一名乘客，其餘都空蕩蕩的。
稍早告訴鴿這段往事後，兩人在大廳上分頭解散。
他們的任務都是運送陽光，兩人有默契地不提及任務內容，接收陽光的事務所也不會對接案人詳細說明，只會指示他們該如何行動，並送到哪間事務所。
他看了眼窗外，列車沿著七區的大氣環切入了八區領空。
距離到達一百公尺處的北環一塔約莫再十到二十分鐘。
這時，前門顯示燈號轉為紅燈，門被打開了。一名男子朝著律的這列座位走近，並對著唯二的乘客說：「不好意思，這裡是我的座位。」
「是嗎？」
「是的，這是我的票。」
他遞出票根後，對方迷迷糊糊站起身，提著行李離開了該車廂。
「把魔術用在日常生活中，與犯罪可是一線之隔。」
「誰叫我還想和你敘敘舊，你可是很難得吐露心聲呢。」鴿脫下魔術師才會戴的高帽，把手提包放在腳邊。「只剩下一點時間就要到站了。」
「說起來，我搞不懂你加入藍天的理由，你不像是對組織有歸屬感的人。否則上次會議——」
「我當然不會出席囉！我的夢想是變出陽光，吸引每個人的目光，所以——」他意味深遠地說：
「正因為我們都是追尋陽光的人，藍天的敵人其實就是藍天！」

「還真是奇怪的想法。」

「才不奇怪。」

不知何時，鴿的手中拿著一副撲克牌。「要是所有人都能得到陽光的話，那變出陽光又有什麼好稀奇？」

律搖搖頭，「這樣的立場聽來很危險。」

「是呀，不過只要還有著藍天身分，不論做什麼都很危險。」

律無法否認。鴿拿出銀色鋼筆於兩人走道間畫出一道透明的電子平台，並從洗過的撲克牌裡抽出六張平放至上方。「還有點時間，來抽鬼牌吧！」

「抽鬼牌。」

「還記得高中時我們也很常在上課偷玩這遊戲吧。」

「是呀，我從沒贏過。」

律嚴謹的瞄了眼台上六張牌，不置可否地抬起眼。

「你同意了！若我贏，你就得來我的魔術秀現場乖乖坐著。」

「那要是你輸了呢？」律說完隨即搖頭作罷。「我並不想要你的什麼，況且……」

我怎麼可能贏，他暗忖著。鴿微微一笑，好像讀到了他的內心話。隨後，他簡單解釋遊戲共有三輪後，由律先抽。

律第一張是方塊八，鴿抽起是梅花八。

「都是八，看來我們緣分未盡。」

「哦？」

律有所意會地進行第二輪，這次抽起的是紅心九，鴿則是黑桃七。

第三輪，律抽中了鬼牌時，列車同時進站。

呿，他不屑的把鬼牌甩在平台上，拎起手提包起身準備往前門移動。

「你又輸了，這是第一百次，身為律師會信守承諾吧？」鴿非常在意這點。

「會，我會！前提是——」他忽然轉向前門，口裡喊道：「你要能安穩活到表演開始前！」

霎時，前後門湧入了穿著黑色成套西裝的人群，他們各個手持槍械朝兩人不斷開槍，鴿與律只能彎下身子以手提箱頂住槍擊。

「果然——！一如我所料，藍天果然很危險啊！哈哈。」鴿如瘋子般大笑。

撲克牌上八的排列形狀如同門，紅色代表前門、黑色則是後門，抽鬼牌是鴿想傳遞訊息的手法。

「但是，前門有十一個人啊——！不是只有九人嗎!?」

律咬牙大喊。

「難道九個人你就搞得定嗎！」

「至少有點心理準備啊！你這兩光魔術師——！」

嘻嘻，鴿又笑了。「誰叫我還沒抽到啊！」

他掀開電子平台上的最後一張牌，是張紅心二。下一秒，他把牌射向前門進出口，濃濃白從牌中央竄出，沒三兩下便遮蔽了車廂內視線。

「煙霧不影響你吧？」

律沒理會他，趕忙從媒介裡戴上科技眼鏡。此時，後門的黑衣人向前逼近。律轉過頭，把自己的手提箱甩向後方人群。

「喂……！你這傢伙，竟為了保命而投降，我看錯你了……！」
「你安靜點！」
律在手提箱飛向人群時，按下了襯衫袖口的鈕扣，手提箱開始向外擴散膨脹，車廂瞬間被撐開而破出大洞，煙霧蔓延引起月台人群的注意，兩人趁勢從中逃脫，並在塔外廣場會合。
「沒想到，你早把真正的手提箱藏到其他地方。」
鴿一臉吃驚，律不以為然。「不是只有你會觀察四周，按你這鬆散的處理方式，要不是我在，你早就死在裡面。」
「是嗎，我可不認為今天會是我的最後演出。」鴿轉身背對他。
「摁？」
律側身瞟視，忽地瞪大眼眶，因為鴿的身體呈現著透明。
「我的最後演出，會選在沒有雲霧的夜晚，這樣才能凸顯出陽光的刺眼——！」鴿往反方向走，手掌心向上一伸，全身連帶手提箱全一起化作鴿子飛上天空中。

難道說，一開始坐在身邊的人才是他本人？

「呿，就會裝模作樣。」
律雙手插入口袋，無奈地仰天長嘆。

啊！可惡——又被戲耍了——！

二

「摘下他們的布袋。」

受吩咐的人一一取下罩住悠也、莎莉的布袋。

「呼——我以為我要死了。」

掙脫後悠也大口呼吸著新鮮空氣，這時長桌對邊傳來笑聲。

「我說過，我不會對良好公民作出不平等待遇吧？」

聽聞此言，莎莉、悠也吃驚地對視一眼，進步派領導人艾德曼就坐在兩人眼前。

「這裡是二區中心塔九百公尺領空，進步派的大本營！」

這時兩人才驚覺他們處在極其華麗的宴客廳內，徽章、媒介被放在眼前伸手可得的距離，身上被綁上金屬色調的鐵繩，動彈不了。

「但想不到，你們兩個竟然都是藍天的人。」

「艾德曼主席！」哈克斯彎下腰，以表決心道：「這次我們不能再讓他們逃走了……！絕不能放過藍天！」

「哈克斯，你對藍天看來恨之入骨哦？」艾德曼微微轉過身，哈克斯咬牙切齒地垂下臉，匆忙說，

「不……！屬下只是擔心！他們影響了進步派的未來，干擾您贏得選戰……！」

「既然我們出發點一樣，你就給我安靜。要何時解決他們，我自有想法。」

「非常抱歉……」

哈克斯維持著彎腰姿態直直退到牆邊。

感到氣氛不妙，悠也試圖掙脫鐵繩。

「別那麼害怕，我的下屬不太會說話，我為他向您道歉。」

「少騙人了！難不成我還要等著你招呼子彈嗎！」

「不會有父親特別送兒子來死的吧？」

艾德曼對他眨了眼，悠也吞吞吐吐道：「你，我不知道，但我爸的話……一定不是。」

那就對了，他拍拍手。

「至少我可是用森里亞出口的高級木椅來招待你們，這種椅子世界上只有三張，除了你們那兩張，最後一張就在我的屁股下。」

「想不到領導人的待客之道，就是高級木椅加上電繩呀？」莎莉盯著鐵繩說道。

「空警真識貨，相信你們偶爾拷問時也會用上吧，電繩不是人力能夠掙脫的。」艾德曼拿起原先擺在桌上的遙控器，似乎是控制電繩的。

「你想拷問我們嗎！」

「抓到藍天可是大事件，畢竟你們最近很活躍，不論是國議廳的槍案，還是昨天傍晚陽光二號的事情——」

「那不是我們做的！是流……也就是——」

莎莉緩緩抬起眼，艾德曼眉頭逐漸緊縮，咬牙說道：「我的兒子，我當然知道！」他把遙控器往桌子一拋，後仰身子時深深吐了口氣。

「哈克斯，讓他們看那個。」

聞言，哈克斯按下玻璃窗上的按鈕，窗戶瞬間成為大型螢幕。螢幕中，金再次出現在媒體之前，回答對陽光二號事件的看法。

這是藍天的公然挑釁，國家絕不會妥協！

因為陽光——是屬於生來自由的每個人！

螢幕關上之後，艾德曼臉上似乎又多了幾條皺紋。

「過幾天就是金的政見發表會，他將會提出參選宣言中的具體政策，所以最近動作特別多啊。你們也很清楚吧？金和流雲合作，自演自導了一齣齣叫好又叫座的戲！讓我們都——」他張開雙手，怒髮衝冠道：「疲於奔命啊——！」

他說的沒錯，金誘使眾人把注意力放在藍天，但事實上流雲才是真正執行的角色，艾德曼不得不對黑市進行掃蕩。

「再這樣下去，你們也不好過吧。」他和藹地輪流看過兩人，宛如黃鼠狼給雞拜年。「不如你們也和我一起，一起邁向更好的未來吧？」

「你只是為了選舉。」悠也不客氣地說，「若不是你，毫不猶豫地將流作為人質！事情也不會發展成——」

噠！噠！噠！

艾德曼面目焦躁地連續彈了數下手指。

「你說對了，你說對了！這就是我為什麼沒解決你們的原因，還有伍德・史凱爾為什麼要幫助我。」

悠也倒吞了口唾沫，頸部滲出微微汗水。伍德接受米爾絲的決定，卻對不阻止她的藍天心懷著恨意。

「你還好嗎？」莎莉叫了他一聲，他只是輕點下頭。

「看來他也很清楚，其實我並非要你們背叛藍天，但是，」

艾德曼留下但書，以及神祕微笑。

「在搶奪陽光之後，陽光二號上的空警、機組人員遭到殺害。這不就順勢將罪嫌推給你們嗎？仔細想想你們做的一切，真的合乎常理嗎？」

他前傾身子雙手壓在桌上，輕聲道：「或許抓了你們的我，反而救了你們一命。」

此時，兩人紛紛想起先前發生的事。

藍天裡有臥底、海命令他們來找上夢、一百瓶陽光、莎莉與悠也的身影被拍下送給了空警，種種不合理要求，都指向同一點。

「這一切都是海的引導……」

莎莉喃喃低語，悠也搖搖頭。

「海很堅決自己的立場，他不同意打開天空。」

「包爾比你們想像中還要狡猾，從他還是我的司機時我就注意到了，他很擅長隱藏自己，並臥底在我底下好多年。拋開你們對他的認知，這樣推論就合理多了吧？想打開天空的極端政治家、陽光盜取集團的首領，不難想像這兩者是同一夥人吧？」

「我不相信。是因為選舉岌岌可危，你才想利用我們吧？」

哼哼哼，艾德曼從容地笑了兩聲。

「相不相信，我無所謂。」他拿起遙控器，按下開關後兩人身上的電繩隨之鬆開。「只是對藍天來說，盲目地打開天空，真的對人類未來有幫助嗎？」

悠也知道他正打算用大道理箝制思考，讓他們不得不往阻止打開天空的道路行走，那條路正是艾德曼想看到的未來。

「你把持著國家權力，也只是想維持三邊城牆的平衡，利用永恆光石製造無限的陽光武器。」

「悠也・史凱爾，你知道的還真多，但我不否認，因為我是真小人。」

艾德曼沿著桌邊，走到兩人面前，聲聲誠懇說：「陽光武器又如何？從過往的世界中，不難發現戰爭是人類不斷循環的黑歷史，我們只不過想讓斯克爾在煙硝四起時擁有反抗能力，這是為了保護國家，及每個人所深愛之人必須做的事呀。」

「深愛之人……？」

莎莉眼神些許動搖。艾德曼加強目光，「是的，等到光石愈加成熟之時，人們都能享有陽光，十一區就能受到解放。」

「他說的不是真的，他只是想把藍天和他的未來綁在一起，光石才沒有那麼理想——」

「但你不就活生生站在我面前嗎？」

她視線悄悄停在了悠也臉上。

「那、那是……」

悠也囁嚅支吾，莎莉嘴唇微開，柔軟了語氣。

「運氣好嗎？這不表示總有嘗試的可能嗎？我失去過心愛之人，我……」莎莉欲言又止，在心中默念著：不想再失去了。

然後，她拿起了桌上屬於她的兩個警徽。

「太好了，總有人能理解我們的用心良苦。」艾德曼張開滿意地笑容，悠也無從選擇，「你要我們確認海是不是間諜？」

「不，那是你們的事，選舉只剩下一個月左右，金壓著我喘不過氣——我很困擾。」

「別拐著彎說話！」

「我希望你們，切斷他的背後勢力，也就是我的兒子，流・艾德曼。」他面向窗外。

「具體而言，該怎麼做？」莎莉問道。

「殺了他。」艾德曼轉過身，眼裡平靜如水，一點情緒起伏都沒有。見到他身為政客最原始的模樣，兩人不由得禁聲。

「下不了手也沒關係，將他帶到二區中心塔，我會處理後續。」

「你、你這傢伙……」

「我都明白，藍天沒勇氣殺人我兒子才會變成那樣。所以……我會親手殺了他，還給社會一個寧靜。」

悠也氣沖沖地收起的徽章。

這時，艾德曼掏出了枚草的綠色徽章，悠也張著嘴，「這是……」

「你從哪裡得到這枚徽章的？」

艾德曼一手把玩道。

「那很重要嗎？」

「不重要，我是有眼光的人。」他將徽章拋向悠也。「收好吧，這是枚珍貴的古董。」

「我以為你會想占為己有。」

「留著這種古董只會倒楣。」他冷冷回道。

「接下來呢，你總該提供我們關於流的線索吧？」悠也轉移話題。艾德曼挑起眉頭，「關於這點，你們早有頭緒不是嗎？」

此時門被推開，一位穿著豔麗的女性踩著優雅步伐走入。艾德曼喊道：「前國家情報人員，伶娜‧夢羅。現在則效力於藍天。代號為，夢。」

夢以眼神與艾德曼交鋒後，不發一語將兩人領出房間。

「難道妳真的是間諜？」悠也忍不住問。

「男孩，這取決於你如何定義間諜二字。」

「但妳出現在這裡，就代表——」

「別誤會，我和艾德曼只是舊事。在情報局認識，僅有利益往來。」莎莉追問：「前國家情報人員，為什麼會在藍天裡？」

「人的立場會隨著時間改變。這樣的人，並不適合待在國家機關。」夢解釋後，並沒有停下話匣子。「先前的一百瓶陽光，已經由運送人員送回十一區了。」

「那不是妳要的嗎——」

「不是。一百瓶陽光是海的要求，這是我和他之間的交易。」

「李納德的事又該怎麼說？」

「只是我的一點私人恩怨，我和他都曾是情報人員，國家間的情報人員只存在勾心鬥角。他讓我澈底被國家所拋棄。」

「所以妳才想看到他失敗的模樣？」莎莉說。

「是吧。」夢停頓半晌，口吻異常堅定：「但這不重要了，與海的交易結束後，我就會離開藍天。」

「離開……藍天？為什麼？」

「為什麼？」她張開豔麗雙眸，像極了帶刺的玫瑰花。「因為我對藍天，不存在感情，只是某種形式的契約，這次回去就為了解除這份契約。」

「是什麼契約！」莎莉與她四目相交，眼光逐漸加強。

「任務機密原則，我無可奉告。」

夢微微沉下眼皮，躲避了問題。

「艾德曼的話，我們真的可以相信嗎？」

「我不知道，他是個政客，除非親眼所見否則不要輕易相信。但是，」夢反思後說道：「若他說的若屬實，你們就更不能回到十一區！」

「妳只是為了告誡我們而來嗎？」

悠也說。夢朝他拋了個媚眼，訕笑道：「基於任務機密原則，我不能向你們解釋一百瓶陽光。但我也會履行說過的承諾，也就是流的下落。」

兩人做出聆聽的表情後，她娓娓道來。

「藍天執行任務時有個習慣，為了任務順利執行，大多數人會選擇與自己較好且了解彼此的成員搭檔。」

「我懂了……！」莎莉恍然大悟。「任務扣除引線人之後必須有三人登上飛船，換句話說，見證嵐死亡並與他交好的的人，除了流還有一人！」

夢以眨眼代替回應。

「但是——任務機密原則還存在啊！」

「也對……」

「任務機密原則——」夢優雅地踩著步伐，站在了玻璃窗前。「其實存在一個破綻。」

「破綻？」

對，夢轉過頭。「身兼任務成敗的人不只是任務的成員，同時也包含著首領。」

「木先生……！」

「是的，十年前木就是藍天的首領，他由於這次失敗退下了首領職位。」

「他不可能不知道……那人是誰。」悠也聽完做出總結，晃了晃眼珠子。「我記得月說過，花住在東環七區。」

「東環七區的舊城區。」夢說出了區域。

「只知道在舊城區嗎……」

莎莉面有難色，舊城區是每個行政區都會有的區域，泛指高度在一百公尺下的建築物。由於創建較早，又做為地基的緣故，舊城區都市更新困難，百年過去後居住人口大幅減少，而被視為遊民、無家者的天堂。

「放心吧，木的家有著斯克爾裡不存在的氣息。」

夢轉身踏出步伐。

「妳不一起來嗎？」悠也凝視著她的背影道。「妳對藍天好像也有點不確定，對吧？」

「我不喜歡那裡的氣味。」夢佇足回頭，又說了一次。「因為那裡，很虛假。」

總之，祝你們好運——夢在口裡默念後，壓抑地往長廊盡頭奔走，刻意揚起高跟鞋的腳步，好讓聲音覆蓋過她心裡的漣漪，讓自己沒有停下腳步的機會。

三

七區今日天氣為雨天，秋天的雨不如夏天來得悶熱，清爽地像隨時一陣風都可以將雨雲吹散。來到東環七區的舊城區，兩人很快明白「虛假」的意思。

該地舊城區一部分建築物被青苔爬滿，裡面綠意盎然，似乎是木特別布置的。從他為三個孩子的取名方式便能理解他對植物情有獨鍾。

「就像是森林之國，森里亞會出現的景色。」

「怪不得夢這麼說，停下來！那裡好像有路。」

無法使用媒介的悠也坐在莎莉空航車的後座。他指著兩棟建築間的通聯道，花草將道路分割得明明白白。

「為什麼會沒辦法打開媒介？」

兩人著陸時，莎莉一面將車收入媒介一面問道。

悠也無可奈何地嘆了聲氣，他曾聽沅解釋媒介開啟的方法。第一是聯想內心的痛苦回憶，第二是痛覺上的感知。

他認為自己無法打開的原因是前者。

「是因為你的母親，米爾絲嗎。」

「摁。」

海曾經告訴悠也，米爾絲主動提出奇襲條款一事。但當時他的內心仍覺得或許有變數，可以得到怪罪的對象。

「但是任務機密原則的存在，海沒有辦法告訴你細節！」

「是呀，不過她並沒有堅守原則。」

她告訴了伍德，因為她認為有責任告訴他。

直到從伍德口中聽說後，悠也才真真正正相信，米爾絲是為了十一區的人們犧牲自己。她作為了劫取生命一號的引線人，在確定任務成功之後才安心進入手術房，至於當時幫她開刀的人，就是離。

悠也才明白，離之所以會告訴他這麼多事，只是出自於當年自身的愧疚。但不論結果如何，米爾絲在開刀前就深信自己完成任務了。

然而，我卻還在想著該把事情怪罪在誰身上——悠也靜靜地說：「這樣就夠了吧。」

「摁，也不錯吧。」

莎莉擺了擺下巴，她不曉得該說些什麼話才稱得上正確。悠也雙手抱著後頸，心情比她預想還要輕鬆。

「雖然失去媒介，但也不算壞事。」

「若是又遇到危險——該怎麼辦！」她拉高音量。

「啊……說的也是，總不能永遠依賴著妳。我想……可能要從頭來過吧。先前為了速成，夏教了我這種方式。又或者是……」悠也從口袋中拿出草的綠色徽章，他盯著徽章慢慢抬頭，自言自語道：「不曉得我能不能再打開草的媒介，就像……當時一樣。」

「當時打開的是草的媒介？」莎莉眨了眨眼，喉嚨漸漸發出聲音。「我從沒聽過可以打開別人的媒介。」

「是呀，這些聽起來有些荒謬，但其實只要感同身受，就能夠做到。」悠也猶豫該不該說出那些事，但比起那些，在成功打開草的媒介後，他更好奇草為何沒打開自己的媒介呢？

不知不覺，兩人走到了一棟屋前，從兩側通聯道下探，這裡高度約莫二十公尺不到，是相當低的位置。悠也敲了敲門，沒有得到回應，於是他握住了門試圖打開。

「喂……這樣不行呀！」

「都這種時候了，不能再等了。」

說時遲，那時快，門忽地就被轉開。開門的人是花，或許是看到莎莉，花難掩高興的抱住她。

「太好了，你們沒事！我聽說你們被捲入危險後，緊張得無法睡覺……」

「咦？」

「難不成是，照片？」

悠也望向莎莉。「花怎麼知道我們出了任務。」

「是，你們的照片被放在網路上，雖然沒拍得很清楚，我認得出來是你們。不過這邊很安全，你們可以放心。」

花告訴他們，木將部分舊城區的建築物、領空使用權全買下了，只要躲在這裡不會有人能進來。

「小花，謝謝妳的好意，但我們是有事找木先生。」

「是流的事吧……」花低落的垂下臉，又突然挺直背脊振作了語氣。「可不可以讓我一起！」

「但是——」

花沒等悠也說完，便逕自說道：「流一心只為了報復，間接造成哥哥他們的死，我真的很不甘心……！」她緊握著拳，憤怒道：「其中一定有問題！」

「小花！」木從屋內喊了一聲，嚴厲地像要制止她再說下去，然後緩緩趨前。「那是一場奇襲任務，是沒有辦法預知到的悲劇。」

聽到這時，悠也猛然想起上次花也說了類似的話。

「但是……」花奮力搖了搖頭，眼眶瞬時溢滿淚水。然後她悶不吭聲地跑上樓，就像是到了叛逆時期後，與家人多少會產生價值觀的衝突。

「木先生，小花好像很執著那並非意外。」

心思更加細膩的莎莉也注意到這點，木黯然神傷地說：「我能夠明白，我難辭其咎呀。」

「為什麼？」莎莉說。

「因為我對嵐的死視而不見，造成了悲劇。我不適合當首領。」

霎那間悠也、莎莉只能平靜以待。

「你們有關於流的事想找我吧？」

兩人頷首，由悠也開了口：「十年前，還有一個成員見到了嵐的死吧？」

「摁，先跟我來吧。」拐杖聲接續傳出。木轉過身，邀請兩人一同穿越長廊，長廊後方是座人造花園。

花園裡有充斥著各式各樣的花朵與高度不高的矮樹，它們枝葉飽滿，程度堪比國家建構的植物園，令兩人嘖嘖稱奇。

「這些花是怎麼照顧的？」悠也發問。

「水、養分、以及——陽光。」木刻意挑起眼，又猛地一笑。「放心吧，所有的陽光都是從拍賣會，又或者是黑市買來的，十二區的陽光我是不會碰的。」

莎莉接回正題，「所以您是因為對自然生態的嚮往才加入藍天的嗎？」

木沉沉地點頭，有些遺憾地說：「據說藍天首領是個終生職，從不會在中途卸任。到明博士加入後，就更加鮮明了。下位繼任者用尋憶丸接收上位者的記憶，如此進行交接。而我是唯一例外，我選擇逃避把責任丟給了海。」

「那您從上位首領腦中看到了什麼？」

「有時候我們自以為是天空，卻可能只是襯托藍天的其中幾片雲朵。」木豪不猶豫地說出這句話時，悠也覺得頭暈目眩，血液似乎全衝上心頭。

「在進行人體實驗時，您有想過這些嗎！」

「人體實驗——？」

莎莉對這字眼產生疑問。而木先是表露訝異，隨後回答。

「有，正因我早意識到我們的渺小，所以我才想盡辦法不被世界左右。我也想打造出個能容納陽光的世界，那是我一生的理想。」

「您已經……比大多數人好過許多了。看看這些花園是如此的美——！」悠也越說越激動。「但草卻仍記得身體被陽光注入時的痛苦！」

木難以置信地呆望著悠也。「這是真的嗎……？」

「吃下光石的我，對草受過的痛苦能感同身受，痛苦使我打開了他的媒介……」悠也拿出草的媒介，他有些猶豫，因為在無陽光輔助的前提下，他完全感受不到成功的可能性。

但為了說服木，他下定決心說出了他最在意的事。

「聽說草在最後關頭時並沒有打開它。」

此話的背面含意是草失去了感知痛苦的方法。木沉痛摀著下巴好一陣子。半晌後，他指著花園深處的後門。

「再帶你們去看一個地方吧。」

門的後方有一條破舊樓梯，順著樓梯一直往下走，最後來到了一間廢棄教堂。

「我曾是個虔誠的基督徒。」他隨口一提後，彈指打開了散布在教堂四處的小燈泡，那些燈泡以陽光製作，照亮了教堂兩側的花朵，以及教堂的全貌。

「這個是……！」

「好巨大。」

悠也、莎莉為眼前景象瞠目結舌。最前方的玻璃牆上，耶穌形象破碎成塊，取而代之是一棵需要五人以上才能環抱住的大樹木。

「我的太太在你們出生前就過世了，約莫三、四十年了吧？」

木一面說一面走向教堂最前方。「然而對我來說，不論過多久都像是昨天。從那時起我開始迷戀樹木的堅韌，羨慕它們擁有與脆弱人類截然不同的生命力。所以我加入了藍天，以為能讓世界開滿了花與木，但教堂裡唯獨這棵大樹枯枝殘葉。」

他抬起頭，看過那些被蟲咬侵蝕過的坑坑疤疤，悶著落寞喉音說，「周遭就算有些陽光，大樹仍無法成長，只能任由外界所影響，這不就像是我們的處境嗎？」

「您是……什麼意思？」

莎莉懷疑一問。木轉過頭，「或許草認知到藍天，是為了讓大樹變得茁壯而不再對陽光感到痛苦……所以才沒能打開媒介。」

真的是這樣嗎？悠也腦中閃現出一張張因草死去而感到悲傷的臉孔。

草把藍天的祕密全放在媒介裡面——

悠也把綠色徽章平舉至眼前，想從中窺視草的內心，卻發現自己繞了一圈卻錯過了關鍵。

在流的身分流出後，悠也以為祕密就是十年前的事件。

但是徽章與流之間到底有什麼關係？若把花的堅持也算進去的話，就能湊成個三角關係。那三個端子分別連接著「草」、「流」、「綠色徽章」。

「不對，不可能只是這樣。」悠也的口中傳出了陣陣堅決。他的聲音明明從眼前傳來，對木而言卻像從心底往上爬。

悠也蓋住耳朵，閉上眼思索，結論便隨之而來。

「若花的堅持沒錯，草的死很可就隱藏在流與這枚徽章之間！」

聽到這份假說，木不得不嚴肅看待。

「草小了流兩歲，他們從小就是無話不談的好朋友。他們倆因徽章而種下了某種果嗎？」

「您對這個徽章有想法嗎？」

悠也伸出握著徽章的手。

「太陽標誌……我知道這東西很危險。」木僅僅瞟了一眼，便說出與伍德、艾德曼相似的話，「總之，先連絡海吧！」

「不行！」

莎莉否決，接著說出目前的處境。

「海可能出賣藍天嗎？」木垂垂老矣的面容看似更加憂愁。

「現階段還說不準，所以我們必須找到流。」莎莉正色道：「否則藍天將會被毀滅。」

宛如噩耗般的宣言傳來，木的眼前突然出現強烈幻覺。大樹支幹、枝葉的生命正逐漸流失，像被巨人的手狠狠擰乾而變形，樹幹的坑洞隨著扭曲而哀嚎四起。

數秒後，他從悲鳴中回過神來。

「我明白了，為了草，我會親自與你們找到那個人……！」木伸手摸摸大樹的坑洞，用安撫的口吻說：「放心吧，不會有事的。」

我不會讓你有事的——我不會讓你白白犧牲的，草。

絕對……不會——

四

晚間八點，地點是西環二區的國家劇場。劇場外早已水洩不通，觀眾們都為了進場觀賞《革命者》這齣經典劇本，儘管這已經是八年來的第五次翻拍。

作為初代電影女主角的奧莉維亞．張秋也受邀觀賞，她因這部電影走紅而受全國關注，更為人讚賞的是她從不為此感到驕傲，從不留戀當年得到的風采，多方嘗試各種不同戲路。

「奧莉維亞。」

「怎麼了嗎？」她看著經紀人小莫面色凝重，「表演還沒開始吧？」

「外頭有人找妳。」

「是誰。」她警覺站起身。

「我不知道，但他說只要交給妳這個，妳就會知道了。」小莫摸不著頭緒的從身後拿出一個玻璃瓶，瓶中放有枯萎的木頭。

奧莉維亞花容失色，小莫支支吾吾：「我該、該讓他離開嗎……」

「等等，讓我想想。」

她走向見得到車流交會的天空，想了一下，嚥了口口水道：「讓他進來。」

「好，我這就讓他們進來。」

他們？她還來不及思考，門便打開了。

木偕同莎莉、悠也三人進到休息室裡。

「妳先出去吧。」

小莫點頭，退出門外。

「好久不見了，秋。」

「請別再這樣叫我了，嶋先生。我已經離開很久了。」秋冷冰冰地說，似乎想刻意拉開距離。她望了望木左右的兩人。「新成員嗎？」

「摁，悠也・史凱爾、莎莉・謝米。」

木簡單介紹後，並告知她這趟是為了得到流的消息。

「流？」她在口中默念一次，不曉得是基於懷念或是疏遠。

隨後她定睛一望，氣勢凌人說：「找他要做什麼？」

「我們想知道他與這個徽章的關係。」

悠也張開了預先握在手裡的綠色徽章，秋的眼眶驟然一震。

「您見過這個吧？」

「不，沒有。」秋故作鎮定地否認。「我不知道這是什麼，還有這又代表著什麼？」

「草、土他們的死因。」

「他們……死了？」秋不可置信的睜大眼睛，漂亮的眼妝將她的驚訝發揮的淋漓盡致。

「摁，就在這個月初。」

木嘆了一口氣。「這與流、還有那枚徽章有關係。」

「是嘛……真是令人遺憾的消息。」秋輕輕闔上眼皮，再次睜開眼時，她難掩惋惜道，「很可惜，我和流早就沒聯絡了。在那次任務失敗後，我們就再也沒見過面……」

「您和流，不是情侶關係嗎？」

這時，沉默許久的莎莉忽然開口，在他們到達之前木事先說出流與秋的關係。

或許是她的表情相當誠懇，秋並沒有把冷漠延伸到莎莉身上。而是輕輕露齒一笑，笑容裡有著年少的苦澀與看破紅塵的釋然。

她來回看了眼悠也與莎莉，接著一身輕的搖搖頭。「那種事一點也不重要了。」

「為什麼？」莎莉問。

「因為一些小事，我們失去了挽回彼此的機會。因為我們太過年輕了，機會才稍縱即逝……」
「現在，還有機會。」
聽悠也這麼說，她笑了。
「如果可以，那也不錯。但……不，沒什麼。」秋欲言又止地閉上嘴巴，她的唇上抹了層淡紅色唇膏，但仍看得到蒼白的血色。
「在妳離開藍天之後，確實發生了很多事，流已經變了。」木面色流露無奈。
「變了？」秋出現了堤防的神情，視線開始游移。「他做了什麼嗎？」
三人面面相覷後，由木負責說出。
「為了替嵐報仇，流犯下了多起案件並嫁禍給藍天，也就是我們。」
「流殺了人？怎麼可能。」
秋錯愕的表情全寫在臉上。
「不僅如此，他正與共享派的金聯手，理由我想妳應該最清楚。」
「他的父親……」
腦裡出現的回憶使秋有些動搖。木輕輕喊了她一聲。「秋，我們都曾在悲傷痛苦時逃避責任，但不論過多久，該面對的還是會來。」
「木，我沒有一時一刻忘記過嵐的死，我相信他也一樣。」
她的表情糾結，木試圖軟化她的內心，再次誠懇問道：「那枚綠色徽章，妳看過吧？」
「沒有，我沒見過。」
秋落寞地望著他，表現出抵死不從的決心。木以失去抑揚頓挫的聲音說，「我很遺憾聽到妳這麼說，十一區是妳永遠的故鄉，妳的包庇可能會讓它面臨火海之中。」

「對我而言，那不是個值得記念的故鄉。」

秋含著苦笑，乾脆搖了頭，低喃道：「迴游只存在於那些只靠本能記憶的動物。而我們都是人，會因為被欺騙、被誤解而感到憤怒。但最後，我們選擇了截然不同的方式。我和流，早就不是同個世界的人了，所以我沒辦法幫助你們。」

「兩個世界呀……」木感同身受，選擇接受秋的婉拒。「恕我們打擾了。」

「不會，嶋先生。」

「等等，秋。」悠也不明所以地說：「就算身處不同世界，你們不也可以遙望彼此嗎？」

木開了口。「悠也，只能遙望彼此，不就是人生中最痛苦的時刻嗎？」

莎莉聽聞，身子顫動了一下。

但是……悠也拚命讓混亂的腦袋保持清醒，卻因腦袋匱乏而組不出任何一句反駁的話。

「謝謝你，悠也。我會記住你的話。」秋向他走近一步，用只有兩人聽得到的耳語說：「願你永遠不會面臨與我相同的困境。」

「看來，秋這邊是行不通了，再見。」

木留下這句話後，落寞離開了劇場外廣場。留下悠也、莎莉在劇場外。

「徽章的祕密，明明就在她身上呀……！」

悠也無奈地握住綠色徽章。莎莉煩悶地看了他一眼。

「但是，這種事你怎麼都沒告訴我？」

莎莉指的是關於草的媒介與人體實驗的事情。

「沉打破了任務機密原則時，等同把命交給了我。」

「所以你覺得，我不敢把自己的命交給你嗎？我們不也一起走過好幾個困境嗎！」

莎莉明知不是那樣，卻忍不住語氣帶著強烈威嚇。

殊不知，聽聞後的悠也並沒有像平時一樣做出退縮的退讓。他反覆思考著莎莉的話，思考著秋到底面臨到什麼困境。

就在此時，天空出現金的投影畫面，他從容不迫地對著鏡頭說話。

我們在十區邊境查獲一批可疑礦石，運送人似乎與藍天有所關連——！

相信很快便能將奪取陽光的藍天消滅殆盡，為我們近日殉職的同志伸張正義！

「是琥珀礦石？不妙了！距離十一區的曝光，已經快要沒時間了……」

在知情人士眼中，那不僅只是十一區的曝光。

同時也是，三邊城牆即將崩塌的前兆。

「莎莉，我想再上去找秋一趟！」

「但是已經沒有時間了——」

「我知道，不過我覺得她想傳達著什麼！」

願你永遠不會面臨與我相同的困境——悠也感覺背部灼燒般發熱，有什麼不好的預兆正在預演著。

當兩人從窗外闖進秋所在的房間裡，秋倒在了一攤血泊之中。

她的瞳孔放大，早已沒了呼吸心跳。但她的手中緊緊握著藥丸，那是唯一能將她所知之事傳遞下去的希望。

五

七區雨勢在過了晚間十點後趨緩不少，取而代之的是空航車的引擎發動，及警鈴聲不斷作響。約莫將近九點時，金再次登上了新聞版面，且透過六區的各個空警局長聯合開了個記者會。

金讓空警對西環十區邊境做出夜襲，並成功攔截到數台載有琥珀色礦石的運送車，然而此記者會的用意不僅是試圖將藍天與十一區昭告天下，同時還指出有數台運送車逃離了空警的捕捉網。這事情很快引發了軒然大波，全國各地的空警緊急出動。

於是，斯克爾陷入了混亂的夜晚，對於藍天而言更是動盪不安的一夜。

因為這無疑是金掃蕩藍天的最佳手段。目標很可能不是什麼脫離追捕的運送車，而是藍天爭奪陽光的命脈——也就是事務所。

「不好意思，有人在嗎。」

鐵門外幾位男子正敲著門，正經道，「我們是國家機構，想要調查府上是否有遇到什麼困難。」

又來了，何婆婆睜著眼從縫隙看出去，那些人一看就不是國家的人，個個凶神惡煞，說是流氓還不為過。

「道環，現在該如何？」她悄悄轉過頭，道環搖了搖頭。「等京回來再說吧，他和七區事務所有聯繫管道，必須先確認其他事務所的狀況。」
儘管道璟說得沒錯確，卻獨漏了最重要的京。何婆婆哀嘆三聲，走到客廳從京留下的物品堆中，找到了道璟口中的聯繫管道。
只是個過時的無線電，我可以理解。
何婆婆心知肚明，事務所之間絕不能有肉眼可見的橋梁，而是像空警、消防等道路一樣，總在需要時構築成一條捷徑。
當她打算開啟無線電時，赫然有人從陰影處抓住她的手。
「阿姨，請別這麼做。」
起初她有些懷疑自己的眼睛，直到確認對方嘴裡咬著根牙籤，她才認定眼前的中年男人。
「你是……迴嗎？」
「別懷疑，會認不得也沒辦法，誰叫我離開前線已經太久了。」迴臉上多了份平靜與老神在在，他指著無線電，「絕對不能打開，對方會反向追蹤到這裡。」
「你的意思是——」
「淪陷了，各區事務所都受到嚴重清算，在七區至少有十處事務所受到攻擊。」迴一臉平靜地坐在餐桌椅上。
「十處，這怎麼可能。」
她認為這數字太過不真實，藍天的事務所絕非常人能擔綱，也因此事務所對於隱匿自身情報相當有心得。
「藍天裡有叛徒，因此有大量資訊外流。」

「礦石運輸車被劫只是幌子？」

「不。」迴一面剔牙一面說，「那也是真的，金打算一口氣消滅我們，在認知到這件事後我第一個想到你們。」

何婆婆哀傷地皺起臉，慢慢仰起頭，「你還放不下京嗎……」

「摁，他是我的夥伴與摯友，我怎麼可能放下。」

「那不是你的錯，你卻用了將近二十年在邊疆工作。已經夠了吧？」

「我會退下前線，和京一點關係都沒有。」迴搖搖手指，正色道：「是因為不敢面對你們夫妻倆。」

「我們倒是很樂意看到你。」何婆婆望了在客廳發呆的道璟，拉回視線激昂說。「若可以，就算不以藍天的身分也好！把這裡也當成自己的家吧——！」

「摁？」

「家呀，真——好呢！」迴向上延伸雙臂，做出伸展，喃喃道，「但也許不行。」

「因為……這裡是京的家，他卻回不了。如果他還在，事情也許就不會這麼糟糕了。」迴說了串她無法理解的話，何婆婆從中感到不對勁。

「這次我是為了任務而來。」

「是什麼任務？」

「任務機密原則，您很清楚吧。」

「你不是大老遠特地來賣關子的吧。」

迴笑了笑，這句話似乎逗樂了他。

「我只是順路來打聲招呼，順便想告知您什麼事。」下一秒，迴又忽地面露正經。「其實京的死亡，不是意外！」
何婆婆倒抽一口氣，心跳加快到難以負荷。
「當時！他偏離了任務軌道——」迴舔濕了嘴唇，語氣變得匆促與不確定。「所以，京受到了制裁——」
碰——！
迴的話還未說完，屋外猛然傳來一聲巨響，兩人一前一後出了門。
何婆婆嚇了一跳，她的店前面停了輛黑色系的礦石運輸車，上頭已經坐了一個人，對方連忙按了三下短喇叭，示意著迴趕緊上車。
「看來我的時間不夠了。」
「為什麼，現在才提起這些！」
何婆婆話中帶著些許不諒解，那些不諒解又出自於她對未來的某種感應。
「因為我始終屬於藍天，不到最後一刻是不會鬆手的。」迴吐掉了嘴裡的牙籤，一聲不響跳上副駕駛座。
「你到底要去哪？」
「執行任務！」迴從窗戶探出頭。「只不過或許得花點時間，兩位老人家請保重囉！東西我留在那裡了。我、我要先走了！」
車輛駛離後，何婆婆回過頭。
發現那枚裝著捲起地圖的玻璃瓶，就在她工作時的攤位桌上取代了京先前擺放的位置。
再一眨眼後，她看到瓶身似乎出現了若有似無的裂縫，隨後她的心跳漸快。

六

他們到底在說什麼？

流與金聯手、目標是為了摧毀藍天——？

在悠也等人離開後，秋不停思索著這個問題。他們口中的流，與自己認識的流是完全的兩個人。但是，那些都不是重點。

流不可能會做出那種事——！

這一切必須倒回十年前的某次任務。秋由於演員的身分不能跟隨流一起出任務。

於是，流湊合了其他成員進行任務。就在任務結束後，秋在明的實驗室外發現了流的科技眼鏡，上頭有些破損，一看就知道是受到了攻擊。流卻從未提及任務過程中受到反擊等等，追問之下，流不得已告訴她。

「我在某個地方失足了，防護罩就是在我摔落時張開。」

「你這麼小心的人也會犯這種錯呀。」

秋挖苦一笑，流臉上卻沒有笑容，這讓她感到奇怪。

流一直是個溫柔的人，他的溫柔建立在相當會設身處地為人著想。沒有台階可下的秋，又在他的口中得到了什麼消息。

「我在那裡，撿到了一個刻有太陽標誌的綠色徽章。」

當時，秋完全不理解太陽標誌帶有什麼意思。或許是流出自上流家庭，他比誰都更明白太陽標誌代表什著不可說的祕密。

同時，也悄悄把這件事埋在自己心底。

這時，秋腦裡的畫面一躍！

記憶裡來到了陽光一號上激烈的對抗，流的科技眼鏡尚未完全恢復，他的防護罩於是首先被擊破。此時，艾德曼認出了流。

下一秒，他利用流的年輕與慈悲挾持了他。

秋的記憶破碎模糊，只能看到似乎是嵐的人站了出來。

嵐丟下手中的武器，雙手高舉，決定以自己代替流成為人質。就在人質交換的過程中，金開出了足以改變歷史的一槍。

砰——！

秋的記憶再次向前跳躍，跳過了無聲黑白的空白片段。她忘了自己在哪，直到流出現他眼前，他背後的天空為建築物所遮蔽。

「秋，妳覺得藍天為什麼……不能反擊？」流說。她眼前的流，表情充滿著悲傷與懷疑。

「不要再想了，事情已經過了。」

「但是秋……太奇怪了！羅．艾德曼怎麼會在那裡？為何那該死的爸爸會出現在這裡！」

「這是巧合吧？」

「不，我想不是。」流的表情變回冷靜，應該說他從未被情緒所支配。「也許是我……發現了不該找到的東西，就是那枚徽章。」

秋搖搖頭。「這不可能吧？」

「我為了撿起那枚徽章，產生了破綻才被挾持。」

「那是兩件事！」

這時，流突然抓住了她的肩膀，凝視著她說：「秋，只剩下這個可能了——！」

「你為什麼要這麼在意徽章，它有什麼意義嗎？」

「不，我不知道。不過我把它交給草了，草一定會找到答案！」

「那你呢，你要去哪裡，你要離開藍天嗎？」

秋一連問了好幾次。

「不……不是。」流左右晃晃腦袋，低喃道：「我不想離開妳。」

忽然，腳步聲從樓梯處爬出，打響了流的生理警報器。

「秋，妳快走！千萬不要回頭。」

秋聽從了他的話，騎乘著空航車逃離了流的視線範圍。

至那天起，我再也沒見過流——

那天到底發生了什麼——又是誰找上了他——？

秋的記憶開始回溯，來到了嵐死亡之前的時間點。流與秋一起，從水果攤事務所的何婆婆手中接過果汁。然後他們來到了一棟廢棄大樓。

電梯損壞過重，兩人只能選擇走樓梯，爬梯的過程中秋隨口一問。

「嵐來了嗎？」

「摁，何婆婆是這麼說的。」

流緊盯著向上爬的樓梯道。

「這次的引線人是誰？」秋隨口一問，流卻毫無回應。

我說——引線人是誰？

秋再次問道，才發現她正在對自己過去的記憶發出疑問。

與此同時，她的心底有了譜。

是引線人找上了流——！

畫面一轉過身，兩人走到鐵梯轉角，視角左右晃動很嚴重。

「好累，我們少說走了二十樓了吧！」

彼時，流朝她伸出了手。

「再加把勁吧！就快到了！」

「謝謝你，流。」

秋伸出了手的同時，看到了流正對著她露出和煦笑容。

下一秒鐘，一道光從鐵門裡竄進她的眼簾。荒廢的重鐵門被流穩健地推開。不論何時，流在她內心都是那麼可靠。

「要是再慢一點，飛船都要抵達中心塔了。」一位男人側著身站在他們眼前，他的側臉被記憶所模糊，就連秋也都忘了長相。

他手拿著罐易開罐咖啡，用大而化之又興奮的語氣朝向天空。

「你們看那裡，那裡有人正在放風箏——！」

啊！我想起來了，那天的引線人是——

「秋，不用再想了。」秋一抬頭，海出現在她眼前。

「那天你和流到底談了什麼。」

「我會把那天說過的話再對妳說一次。」

海筆直舉起了左手，黑色的槍頭劃過燈光下如同一把黑色的利刃。

「為了藍天，妳必須死——！」

砰——！

第六章（完）

第七章、被撕裂的藍天

一

國家將嚴加勘查十區邊境的不法行為。

根據空警總局的報告，昨晚在東環七區發現了逃離十區邊境的運輸車。非法運送礦石的嫌犯十分兇惡，警方迫於無奈不得不開槍制止，因此造成兩名走私犯的當場死亡。

「主席，以上是昨晚的處理方式。」哈克斯戰戰兢兢地報告著昨晚引發的動亂。

「可以了，這麼做就對了。」艾德曼放下手中的紅酒杯，按住了緊繃的太陽穴，「要是留下活口對我們可相當不利。接著，只要派遣人力嚴加看管十一區，不能再犯下任何錯誤！」

「是！」哈克斯走出門外發號施令。

艾德曼轉過椅子，抱頭思考。

經過昨晚金的拋頭露面，共享派的即時民意幾乎上升了十個百分點。進步派安撫民心的同時，為了不讓十一區曝光，不得不多放一份心力。

一想到這些，艾德曼便恨得心癢癢。

他知道金接下來不可能再對礦石下手。昨晚只是聲東擊西的閃電戰，當艾德曼在十一區加強防守時，勢必會露出另一個破綻，卻又不得不防守。
「疲於奔命啊……」
「主席！他們回來了——！」
哈克斯從外頭傳來消息。
「快——讓他們進來！」
艾德曼喜形於色，他萬萬沒想到，自己唯一能仰賴的居然是藍天的小毛頭。然而，莎莉與悠也進入會客室遲遲不發一語。
「有什麼收穫吧……？」艾德曼心急如焚說：「一定有收穫你們才敢回來吧？」
「在那之前，我們想知道徽章的事。」
悠也向前踩了一步，拿出了被艾德曼稱為古董的綠色徽章。
頓時，沉默的風吹向艾德曼。
「您在飛船上，見過這個沒錯吧？」莎莉帶著確信眼神。
「那又怎樣？」
艾德曼睜大雙眼，內心百般不解他們怎麼會知道。
「告訴我們關於徽章的事，作為交換！」
「好呀……！你們真的不明白藍天的處境嗎？」
艾德曼猙獰地緊咬下唇。悠也不畏懼他的威脅道：「那就看我們，還有你誰能撐得更久。」
呿，艾德曼轉過身，妥協似地發出嘆息。
「我不認得徽章，但那個太陽標誌我倒有些了解。四百年前的斯克爾創造出汲取陽光的科技，並向聯合國聯署制定『陽光使用公約』，任何陽光科技的發展都需要透過聯合國才能印上這個標誌，但聯合國早就在一百年前就停止刻上太陽標誌。」

「為什麼？」

「據說四百年前，這個世界上存在著五十一個國家，然而就我們的教育、認知當中卻只有五十個。」艾德曼來回踏步後，正色道：「那個國家被代稱亞當，他們擁有不輸斯克爾的科技水準。不過就在一百年前左右，他們的發展失控了，聯合國認定他們的陽光科技太過危險，於是他們的存在被世界抹殺了！那件事被稱作為『亞當事件』。」

悠也雖從伍德那聽過，但他沒想到竟是如此殘忍，抹殺一個國家聽起來未免太不真實了。

「您並沒有回答我們的問題。」莎莉從他手中搶過徽章，直直拉至艾德曼眼前。「既然您知道亞當事件，那代表您也能知道這個徽章到底代表什麼吧？」

「空警就是空警，相當敏銳呢。」

艾德曼攤開雙手，假裝惋惜地說：「但很可惜，太陽標誌的科技並不歸國家管理。換句話說，他們的層級更高，比起國家的興盛，他們更執著於人類該邁向如何的未來。」

說完，他不忘再補上一句：這就是我所知道的全部了。

「摁，我明白了。」悠也頷首後，正色說道：「流死了，在他人的記憶裡，我們得知海殺了他！」

「什麼……！」

「海利用流的身分，創建了流雲。」莎莉接續道：「他的目的很可能與金一樣，打開天空。」

艾德曼說不出話，他的內心混亂得像颳起陣颱風。

半晌之後，他單手拄著額頭，連續深呼了好幾口氣，按耐著無法壓抑的怒火。

「海，這小子竟然殺了流……？那個曾經只是我的司機的小子，竟然，不——！不僅是他，還有金。我真的受夠了！這群老是在我底下的人竟個個聯合爬上我的頭頂！」

艾德曼掐破了裝有紅酒的玻璃杯，面目猙獰道：「到時，我會帶著你們的屍體向海好好敘舊一下。」

霎時前後門湧入了數十名艾德曼的保鑣。

「又被包圍了。」莎莉哀怨地抱怨，「跟你一起行動總是那麼不幸。」

「還真是抱歉，而且現在的我還沒辦法使用媒介，真是雪上加霜唉……」

「早該鍛鍊好再來的吧……！」莎莉低語說。

「要是有時間我也想，總之這次先靠妳。」

「夠了，誰准你們鬥嘴！」

艾德曼大聲呼道。「不用客氣，殺了他們！」

霎時，子彈從四面八方而來，莎莉遲疑了半秒才戴上科技眼鏡，並讓子彈全數打在防護罩上。

「太驚險了吧……！」

「抱、抱歉……因為人數比想像中還多。」莎莉心不在焉地說。

怎麼了嗎，悠也想關心但現況卻不允許，因為沒有科技眼鏡保護的他哪都去不了，只能躲在桌底。

忽然，會客室四周傳出慘叫聲。

悠也從桌底下的縫隙發現保鑣們正一一倒下，而且迅速極快。當他一站起身，艾德曼的脖子上已被架上了一把短刀，持著短刀的人是愛。

被刀壓著喉嚨，使愛德曼一句話都吐不出來。

「亞里沙——！」站在艾德曼身後的哈克斯叫了她的名字。「放下武器吧……」愛瞧了他一眼，接著對艾德曼投以惡狠狠的視線。

「不，妳不能殺了他——！我求求妳，我願意替主席成為人質——！」

「摁——？」

聽聞，愛收了手，往哈克斯大腿射出短刀。哈克斯露出疼痛表情，雙腿卻沒有一絲一毫彎曲。

「看來你不如我想像中的毫無進步。」

愛冷冷地把艾德曼推了回去。

「我沒有收到殺害艾德曼的命令，我想我也不可能收到。」

愛默默走向莎莉等人身旁，似乎又變回平時的那個她，溫柔地說：「來吧，我們回去吧。」

二

離開了艾德曼的地盤後，他們乘坐了往下的空中列車。車廂內卻一人都沒有，幾人還來不及發出訝異，默便從車廂的彼端緩緩走出。

「默！」

「好像好一陣子沒見到你們了。」他摘下帽子，微微苦笑。「沒想到才沒幾天，世界卻彷彿瀕臨失序。看見你們的表情後，我大概也猜想到了，海與金聯手了吧。」

「摁……不僅如此，流早就死了。流雲的形象是海精心維持的！」

悠也說完，默狼狽地笑了。

「礦石運輸車被空警攔查、事務所一一淪陷，這種事一看就知道只有他辦得到。」默把手伸入前額，用早知如此的語氣說：「井只會和海說話，我早該發覺有問題呀……！」

「但是他們的目的到底是什麼？」

莎莉問，這問題傷透眾人腦筋。「金是為了選舉必須吸收民粹的力量，這點幾乎無庸置疑。那海呢？他與金合作的好處是什麼？」

默回想起與金的相遇，金出現在當時的陽光一號上並射殺了嵐。

真的只是巧合嗎？倘若不是，那「打開天空」從頭到尾都是海的意思。

「打開天空……他是為了打開天空──！」悠也對這說法搖了頭。「那他大可以順著金的名義，而不是把金的政策歸類為危險行為。」

「這是為了騙過秤。」

木的聲音出現，隨後立體影像倒映在座椅上，剛才的對話他似乎全然聽見。「以秤的決心，絕對會誓死干擾。況且以默的推論而言，這的確是任誰都無法想像到的劇本。」

木的話中有話，默眉頭不自覺皺緊。

「那還不能確定。」

「海的家裡世世代代都在製作風箏，鋼筋水泥佔據的天空對他們而言儼然成了籠中鳥。犧牲十一區換來這座天空，或許就是他的想法也說不定。因為他是天生的引線人，」木哀愁一聲。「諷刺的是，他卻在引線上點燃了火。」

「木先生！這點我們會再確定，所以請您別再說了──！」

默使力撐起眼眶，至今他還無法接受海是間諜的可能。

「我明白了，稍早你的要求已經完成了。我會盡可能替你們禱告。」
「您呢？要去哪裡嗎？」
莎莉凝望著他。木摸了摸滿頭白髮，低聲道：「花不見了，在昨天與你們見面之後，花就不見了。」能看出木盡可能的不去責怪誰，不過剩下的唯一女兒離家出走，他失去了平時的理智，連再見都沒有說出口，便淡出了眾人眼前。
「木失去了兩個兒子，已經仁至義盡了。」
「那接下來，我們該怎麼辦？」
悠也來回看著默與愛。愛搭話，「列車很快就要停站了。」
「我們要去哪？」
「四區中心塔周遭，兩天後在四區的中心塔九百公尺領空，也就是國會廳，將會有金的政見發表。」默下定決心道：「我們要綁架他，從他口中逼問出真相。」
「就憑我們？」莎莉一面搖頭一面驚嘆道：「就連空警追捕藍天，都可能會派出四到五個人，這次目標是總統參選人，你覺得四個人就辦得到？」
「正確來說，是七個人。」
默轉向後方，沉、池、月三人不知何時就定位了。
「原來如此。」悠也張著嘴點頭。
「畢竟我們四個加雨可是一起完成了一百瓶陽光的全部奪取紀錄。」池滿臉神氣地說：「如果藍天不在了，這個紀錄一點用都沒有。」
「池，原來你是為了這點嗎？」月無奈地嘆口氣，靜靜地握起拳頭。「我可能什麼事都辦不到。正因如此，用這樣的方式打開天空後看到的月亮應該一點都不美吧。」

「那你呢，沉。」默說道。

戴著褐色老鼠面具的沉點頭。「在藍天我學會不反擊，但偶爾也該學習適當的反擊。」默的臉上浮現了些信心。「絕對能成功的！」

時間來到政見發表會當日，默陪同金待在四區中心塔的休息室。

「終於到了這一天，我開始有些緊張了，迪克。」

「我也一樣，緊張到流了手汗。」默把心中不安壓在心底，盡可能保持正常地說。「也許清靜一下，能夠幫助待會的演說。」

說的也是，金對著保鑣領頭人擺了擺下顎。「先出去吧。」待十位保鑣出門後，反倒是金鬆了一口氣。「這種壓抑的日子還真不容易。」

「我以為你早就很習慣了。」

「被你逼得不習慣也不行呀。」金拿出手巾擦拭了臉頰汗水。

「想打開天空，也是因為我的緣故嗎？」

默脫口而出後難掩後悔，他快速地垂下臉。「不，我不應該對你說這些話。」

此時一艘陽光飛船從遠處而來。

依稀能看到船身寫著「陽光零號」。金興奮地指著飛船，「國家為了陽光飛船設立零、一、二、三號。但零號唯獨只在四區航行，這是為什麼呢？」

他露出求知若渴的表情。默面無表情地解釋。

「零號是國家最初的陽光飛船，作為始祖若受到襲擊，將會使國民對國家的信任大打折扣。久而久之，國家有意無意的讓零號只在四區航行，目的是減少它受到攻擊，簡單來說就是國家的遮羞布。」

「遮羞布呀，我認同這句話。其實我曾聽過，」金轉過頭，正色說，「聽說藍天在遇到零號時，就必須撤退，以保足雙方的面子。」

「這怎麼可能？」

默苦笑搖頭，暗忖著從來沒聽過時，他的心臟漏了一拍。「是誰告訴你的？」

「迪克，我想表達的不是這些。」

金口中說著別在意，背著默望著零號進入了中心塔後，他再次打開話匣子。「我想說，這種複雜的政治關係在未來就不需要了。等我打開天空後，陽光就會被眾人所享用，這也是我回報你的方式。」

明明你不是這麼想的吧——？

明明你早知道我的身分吧？但我為什麼又動搖了呢……？

默恍神之餘，眼角掃到了兩側玻璃處，是悠也與莎莉，他們正按照計畫進行著綁架任務！他把指甲嵌入了皮肉中，痛覺讓他回了魂，並同時打開了媒介。

現在就是最好的時間點——！

於陽光飛船會經過的最高區域設立的國會廳，是斯克爾最具代表性的政治場所。

默估計金的目前民調看來，當選已近在咫尺。

這一天絕對會是場盛宴，國家事務官高層、貴族，與國外大使都勢必會出席，目的就是為了見證偉大的時刻來臨。不管是支持也好，反對也罷，秉持著「打開天空」一說的金已有足以載入史冊的影響力。

這天金的所有流程默都瞭若指掌，他委託木買下了中心塔四周建築物的使用權，特別用不同名字、不同使用截止時間、租下不同樓層等等，就為了避開維安體系追查。

聽聞，池納悶地舉手發問：「為什麼要這麼麻煩。」

默告訴眾人，國家各個機構在礦石運輸車事件後，便認定了金會是下一屆總統，換句話說這天的維安會是總統規格。

「我們不能等到他進到會場。」

默把銀色鋼筆橫擺在桌上，上頭浮現出四區中心塔周遭的影像。默點了上方一處道：「九百五十公尺領空是金的休息室，金會特地走出長達五十公尺的通聯道，再搭乘電梯下降五十公尺。」

「最後再走過通聯道直達國會廳？這也繞太遠了吧？」悠也納悶地盯著中心塔說：「只要直搭電梯向下，不就到達了嗎？」

「是為了進場的位置吧？」

莎莉指著金可能會入場的入口，那裡是第三號口。在五個入口的國會廳，第三個入口意味著最中間的位置。默點點頭。

「沒錯，對受眾人擁戴的他而言，這是能最大化他的氣場的方式，也是媒體能多加捕捉畫面的時機點！」

「所以，我們該在他走出通聯道時出手嗎？」

沉道出重點，默沒有正面回答，只說，「我會在休息室支開保鑣，我們只需要抓緊這個機會！」

不過，就在莎莉等人準備破門之時，白霧從兩側覆蓋而來，隨著中心塔往外的風向，白霧如同一層雪散佈在中心塔四周的建築物頂端。

這時，金錯愕地回過頭。「有人來了嗎？」

「是……是藍天！」

默從沒想過這句話會從自己口中說出來是多麼詼諧與非現實。但他的確卻想過這個畫面，海絕不會坐視不管，任他們做出危險舉動。默暗自禱告著。

麻煩你們了，一定要阻止藍天！

三

愛從天台往外探出頭，煙霧正在慢慢消散。「我們並沒有設置白霧吧？」

「摁，沒有。妳都沒有在聽嗎？」沉冷冷回覆。

「默只是要我擋住藍天呀。」

沉頷首，思忖著人就在這陣煙後。

必須沉著冷靜，不論是誰都不能鬆懈。當煙霧散去後，眼前的人使沉猶豫了，他思考自己能不能毫無保留的擊倒對方，就算對方是他多年來的合作夥伴。

「是夏啊，如果你有所顧慮，夏就交由我來吧。」愛興致勃勃說，夏撇了頭繃著臉說，「我一點都不想跟妳打。」

此時，夢從夏的後方走來。

「讓我來當妳的對手吧，這樣更公平。」

「夢姐姐呀——我可沒有您來得優雅哦。」愛解開了馬尾，挑釁道：「但我可以配合您，不論是要賞巴掌還是拉扯頭髮都沒關係哦。」

「身為黨派高階人員的大小姐卻為了光癌患者加入藍天。在這裡，妳足以稱得上我第二討厭的人。」夢咬著髮圈，俐落地綁起馬尾。

「不論任何面向都是——！」

「但願這一仗後，妳會把我擺在第一位。」

愛迅速掏出短刀衝向了夢，夢流利的閃過她的揮刀，拉開了距離並從媒介裡拿出麻痺手槍。兩人的戰爭化為「遠」、「近」的二分法。

愛不斷猛攻時，夢則拉開距離。雙方都很清楚，藍天彼此的戰鬥僅在一瞬之間。關鍵點在誰先受到傷害，麻痺武器會使人無法感知痛覺，而無法開啟媒介。在媒介遭到封印的瞬間，勝負就會出爐。

同時另外一頭的天台上，沉與夏誰都沒有先動手。

「老實說，我並不想與你交手。」

「那你又為什麼要站在我眼前，你該清楚干擾這場會議得不到什麼。」

「礦石運輸車被搶、事務所淪陷，這些你都忽略了嗎？」

聽到事務所淪陷，夏垂下臉。全身爬滿雞皮疙瘩，表情宛如被戳中傷口。

「怎麼……可能忽略——！」

「那你，真的以為是巧合嗎？」沉朝他平舉拳頭，似乎在說：如果是，就太可惜了。

夏舉棋不定的搖了頭。

「你們不過在加速藍天的衰敗。」

「總比眼睜睜看著十一區消失還好。」

「那些我一點都不在意了，若是藍天消失了，你知道會如何吧？」

「我知道，冬現在正受到保護，是藍天與城系的合作條款，藍天消失了，庇護傘也將不在。」

「沒錯，只要冬能受到保護！怎樣我都管不了！」

夏埋頭往沉的方向衝去，並在途中朝他丟出短刀。

沉沒躲掉，或者說刻意沒躲掉。刀鋒劃過了面具留下痕跡，霎時夏意識到沉沒有戴上科技眼鏡，他停下腳步，不滿道。

「你這是在小看我嗎……？因為我在藍天一直都不如你，是嗎？」

「不是，我從沒覺得你不如我。」

「那又是為什麼，快戴上眼鏡！你不是做好覺悟了嘛！」

他沉默了，這段沉默使夏的思緒也亂了調。

你根本沒有覺悟嗎，他一面在口中念著、一面收起武器，走到沉面前，朝肚子狠狠揍了一拳。沉勉強接住後站得更直，絲毫沒還手的打算。

「挨打小子……！不還手我到底要怎麼知道你的決心！」

夏猛烈朝他出拳，內心渴望著沉能夠反擊，擊沉他內心的猶豫不決。

最後沉捱不住夏的拳頭，呈現大字形倒在地上。夏沒放過他，拎起他的衣領，向後延伸拳頭時他注意到沉的白色面具一直在發顫。

面具後的沉正在哭嗎？夏難掩震驚伸出手，愣愣取下沉的面具。這似乎打開了沉的開關，他放聲大哭，無助眼色直擊了夏的心頭。

夏沒想過，總是沉穩的他，竟是這番懦弱模樣。

也因他的懦弱，夏意識到沉並不是自願變得安靜、寡言。

他克服過世界對他的不友善，才走到這一遭。

他比我還要勇敢，面對未知卻願意走向更艱苦的道路——

「我……我以為我做好反擊的打算，」在一陣啜泣後，沉抽咽地說：「但你並不是我的敵人啊……！」

傾客間天空下起大雨，沖淡了夏一頭腦熱。

他無地自容的鬆開手。「這場雨來得太遲了……我到底在幹嘛……」夏搖搖晃晃地離開，不斷低喃著：「對不起」。

四

當白霧漸散時，以中心塔為基準的四塊區域，防禦性生成了各種天氣。

分別是颳風、下雨、打雷、冰雹。默從沒見過這種景象，強烈視覺衝擊無疑成為天空分裂的證據，其背後的寓意令他感到又苦又酸，倒是金仍自在安逸。

「藍天可貴之處，就在於他有各種面貌。有些時候藍天令人怡然自若、有時又像暴風一樣充斥狂暴戾氣，但你知道我更害怕什麼嗎，默？」

儘管默知道彼此是心照不宣，但金叫了這名字是如此平靜，讓他感到毛骨悚然。

休息室門被打開，首先進來的是莎莉與悠也，他們舉起雙手，後方有人正用槍抵著他們的背部。隨後進來約莫有十個黑衣人，但默認不得他們。

「這些人……」

「不是先前的保鑣。」金破道了他的疑慮。「這可不像你，竟毫無戒備的從容行事。」

「這些人到底是誰？」

默以為自己已經支開了保鑣，在周遭也沒看見這群人的出現。

回推至此，默心中有了底。

「回到剛才的問題，比起藍天的陰晴難定，我更怕沒有形狀的流雲。」

「是海……可惡！」

「給我閉嘴。」流雲的黑衣人用槍托敲了悠也的後腦勺。

「你和海到底是從哪開始搭上線的？」

「政治家與黑社會總是只相隔一線，這不是你教我的嗎？」他沒正面回應。

「夠了！」默無可奈何地喊著：「你在向我炫耀，多年來我是怎麼被你們玩弄在股掌之間的嗎！」

「我會有此成長全都拜你所賜，謝謝你告訴我陽光是這麼美好的物品。」

金理了理衣袖，轉往門口前進。

「金主席，請問這些人該如何處理？」保鑣領頭說。

「讓他們在這裡看著我的政見發表會，看完之後，」金停下腳步，想了想後道：「就讓他們離開。」

「離開？」

「沒錯，就是離開。」

說完，金走出向下電梯的通聯道，身前身後各跟著四名保鑣。

一如預想，已有不少新聞公司的空航車守候在外。

在即將進入電梯前，金特地向空中攝影機揮手致意。對他來說，接下來只要從三號出入口的水晶大橋走入國會廳，不需要說出政見，這場選舉就幾乎篤定勝利。

他懷著激昂、興奮心情踏上大道。

走過一半，終點近在眼前時，金又忍不住整理了領帶。一抬頭，彼端走來了一名少女。這時他發現自己的心跳比以往來得更快。

「不要動！」保鑣喝斥逼退，即便是一個少女他們也毫不客氣。

「讓她過來吧。」

金揮手制止後，那名少女穿過前方四位保鑣，默默停在了金的眼前，這一幕像是重播。

「您是嶋先生的女兒？」

花輕點下頭，凝視著他，渴求問道：「你認得我嗎……？」

金的視線頓時渙散，花的話讓他腦袋混亂，卻說不出是哪不對勁。

「當然，我們曾見上一面，我當然記得。」

他用再平常不過的口吻結束與尋常民眾的對話。

但是在他說完後，花的臉上流露顯而易見的失落，像在說：「不，你忘了。」

金對這表情深有同感，於是捉摸腦中回憶，卻想不起來是在哪時見過彼此。

就好比人們三歲之前的記憶全儲藏在大腦海馬區一樣。

金曾在書上看過，據說人類在過了三歲之後，隨著時間變化，記憶最終慢慢淡化為模糊的存在。對他而言，現在就像是這種狀況。

他越是用力回想，籠罩記憶之上的黑幕越是猖狂。最終大腦閃過一片黑白，像過熱後自動關機的電腦，金痛苦無力地彎下腰來。

「妳……為什麼要這麼問？」

「因為——」花游移不決微開嘴唇。

嗶嗶嗶——！嗶嗶嗶——！

突然間，急促聲音從金的前後方傳出，八名保鑣面面相覷，發現擾人聲音來自他們身上的通訊裝置。很快地，聲音助長為急躁不安的噪音。

前方保鑣手中的通訊裝置紛紛閃發光線，如煙火引線燒盡般傳出巨大不尋常的「嘶——」聲，下一秒陽光伴隨著爆炸傳出。

是陽光炸彈，金下意識以肉身保護花不受爆炸影響。

接著一連傳出三次的磅礴巨響，水晶大橋前方的道路被炸成斷崖，大道開始傾斜。這時身後的四名保鑣紛紛理解到自己身上被裝上了炸彈。

保鑣頭領看了驚魂未定卻將那名少女抱在胸懷的金，伸長了手呼喊道：「主席！快趴——」

砰——！他的話未落，便如鞭炮般炸裂。

水晶大橋九十度翻轉朝下，橋身搖搖晃晃隨時都可能會墜落，金一手緊抓著花、一手死死握著護欄。大橋四周由於受陽光炸彈波及而黑煙四起，別說救護船及時趕到，就連記者的空航車都難以進入。

我就到此結束了嗎——

金感覺到血液不斷從額間滑落，瞬間分泌過量的腎上腺素讓他喉乾缺氧，痛苦的幾乎快要昏倒。

忽然間，他注意到橋上站了一名少年，他逆著黑煙向金伸出雙手，大喊著：「快！先把花交給我，——！」

儘管精神渙散，金仍保持著小心謹慎。

「她是你的誰……女朋友嗎？」

「管這麼多幹嘛——！她是我……」少年的臉逐漸浮現在金的眼前，他的眼神迷惘，優柔寡斷道：「應該是我……很重要的人吧？」

「我知道了……！」

金姑且相信，或說沒有辦法了。但就在努力把女孩拉起時，他注意到少年背後忽地走出名黑衣保鑣，他的步伐前不著跟後不著地，全身血流如注，雙眼窟窿因陽光炸彈而發著紅色的泡。因為看不見，他被少年的聲音所吸引。

「為什麼——為什麼要利用我們……！該死的人是金啊！」

「快點——！橋已經快撐不住了！」

少年並沒有發現，甚懷疑金在蘑菇著什麼。

這時那如同喪屍的男人確定了方向，朝少年張開了雙臂。

嗶嗶嗶——！

「小心——！」

金的呼喊聲被燃燒的引線聲所蓋過，爆炸隨後跟上，四散噴飛的水晶塊如綻放的煙花一樣衝上雲霄。

五

水晶大橋突如其來的發生連環爆炸，巨響與濃濃黑煙讓愛與夢不得不注目遠方。這一瞬間，愛意識到設置炸彈並非夢所預料。她的表情相當凝重。

此時愛從通訊系統裡得到了資訊，默告訴他已經將金劫走，但從金受傷的狀況看來並不尋常。

「流雲想把金炸死？」

愛才對著那頭呼道，夢頓時花容失色。

「摁，總之可以撤退了。」默說。

「好的。」

她收起武器，發現夢的眼神變得銳利。

「你們的任務成功了呀？」

「摁，沒有再打下去的必要了。」

「但我有！」

夢捨棄了手中的槍，以兩把短刀作為武器，打算轉守為攻。愛一面閃避一面拉開距離，想逃脫的意圖一目瞭然。

不行，絕對不能讓她逃跑——！

夢以凌人氣勢將愛限縮在天台一角，使愛只剩下接戰的選擇。

「妳為什麼要這麼拚命，是想殺了我嗎？對我來說，能死在這好像也不錯，」愛再次拔出短刀，沉醉在死亡邊際的模樣散發著危險，她低吟著：「死在這裡的話，默就會更愛我了吧？」

「這就是我討厭妳的理由，妳情願為了別人而死，也不願為自己而活。」夢捏緊短刀的握環，「而我——加入藍天的理由，始終是為了我自己！」

夢持著雙刀向前揮舞，動作卻滿是不和諧，兩把刀如同不在一條弦上而絆住了彼此。反觀，愛輕巧的利用兩把刀刃，在劃出俐落線條的同時擊飛了她手中的其中一把刀。

「妳的動作充滿猶豫，為了自己反倒扭捏？」

「別再說教了，大小姐——！」

夢改以雙手持著一把短刀，她的攻擊變得奔放，過大的揮舞卻顯得粗糙，每次進攻都顯露了些破綻，愛理所當沒放過進攻時機。

在一點一滴的累積下，夢的科技眼鏡所釋放的防護罩慢慢不成原形。最終刀刃劃過了夢白皙透嫩的側臉，她錯愕地後退兩步。

「結束了，夢。」

緊接在愛預告般宣言後，夢頰邊麻痺感隨之擴散，從脊隨傳遞到四肢末梢神經。夢的嘴角流出濃濃血液，似乎是她刻意咬傷，目的是以疼痛抑制痛覺，爭取到兩秒鐘左右的時間。夢從背後抽出一把形狀截然不同的短刀，二話不說插入了左手臂，鮮血再次滾滾流出。

「還沒……」

她搖晃起身，因麻痺之故，口中話也不成句子，眼神更是不得集中。諸多不利都呈現在夢身上，她仍蹣跚向前。

愛慢步向前拔出了她左臂上的短刀時，她注意到傷口受到燃燒灼傷，一眼認出這並非是一般的傷口。夢的毅力觸碰了愛的內心，她收起了武器，嘆了口氣。

「收回前言，看來妳和我一樣，也為了誰而努力吧……？」

「住口……」夢難掩痛苦，跪姿著地。「被妳這麼說，我寧可妳殺了我。」

「很可惜。」愛側過臉迎接黑煙散去後的清風，溫柔地說：「我收到的消息是撤退。」

金從昏睡中醒來時，他發現自己在一個很安靜的陰暗房內。

身為政治人物的他已經很久沒有這種耳根清靜的時刻。不過一回想昏倒前發生的事，他坐立難安爬起身子。

「金，你醒來了呀？」

默打開室內電燈，窗外是一片灰暗，似乎進入了夜晚。

「迪克，我的手腳怎還能自由活動。」金刻意在他眼前擺動著手腕，諷刺道，「你不想再操控我了嗎？」

「輔佐你的十年來，我都是為了藍天。」默直挺著背脊。

「那你不該打從心底支持我嗎？我和藍天站在了同一條線上。」

金站起身走到洗手台前，面對鏡子，他看了自己被染上灰色、血色的白色西裝。摸了摸額頭，傷口受到包紮，仔細一看毛孔上仍有淡些的血跡。

「我是真心想打開天空——」

「金，我不會再受到你的影響了，你為了虛假理想破壞了三邊城牆的和諧！」默搖了搖頭。「如今你卻受到了海，也就是流雲的背叛，沒必要再堅持他的理想了！」

「背叛？這一點都不重要，只要我還活著他就不會得逞。我們只是各取所需，如果我被炸死了，下一個繼承我理念的人就算躺著也能當選吧？」

「海是冒著這種風險嗎？」默疑問。

「我不知道。」金正大光明的搖頭，隨後沉下了臉，「但因為我活著的緣故，又犧牲了藍天的人吧？」

那個男孩，金記不得他的長相，卻對他的眼神記憶猶新。

「他還活著。」

「這怎麼可能——」金一臉吃驚。

「信不信由你，我們藍天的科技比起國家並不在話下。」

「那名女孩呢？」

金匆忙追問，好似才想起花的臉龐。

「他們目前很安全，若你還有點良知的話，先幫我個忙。」默把外殼破損的手機交給他。那是金的手機。「告訴其他幕僚你現在很安全，並沒被什麼人威脅。」

「看來新聞媒體正報導著我被藍天綁架吧？」金看了一眼，抬起頭微笑說，「然而現在聽來就是威脅。」

「閉嘴！照做就對了！」
默不改臉色地說。金按照了默的指令撥出電話，電話在一聲響起內被接起。默用眼神示意他按下擴音。
「主席……！您還好嗎——！您在哪裡，有必要派人去保護您嗎？」
「陳主任。放心吧，有人協助了我，我只是受了點輕傷。但人目前很好，比任何時刻都來得更好。」金看準藍天不可能拿他怎樣，於是故意拉高音量。
「我會靠我的雙手堂堂正正走進我的辦公室。」
「太好了……今天的事件太過突然，國家儼然大亂。」
「發新聞稿告訴大家，我很快就會回到螢幕前——」
「主席！還有件事要向您報告……！」
陳主任打斷了他的話，聲音瑟瑟發抖，「……約莫兩個小時前我們接獲了消息。森里亞駐我國大使，李納德・林先生，即將搭乘今晚的私人飛機返回森里亞！」
頓時，金定住了。
電話那頭幕僚仍繼續報告。「由於今日水晶大橋爆炸事件，林大使對我國的現況感到失落，於是發布辭退陽光大使的消息！」
金的腦袋有什麼一閃而過。
「我知道了——我會立刻返回——！」說完，他掛上電話。
「金，你能不能回去，不由你決定。」
「你不能阻止我！」他吼著。

「你還不清楚自己的——」

「處境！你想這麼說嗎？你難道沒發現嗎？」金瞪大了雙眼，義正嚴詞說道：「最糟糕的事才要上演，海意圖將我炸死的背後意義，就是為了逼李納德．林撤出斯克爾啊！」

默的腦袋變得遲鈍，他完全不懂金到底在說什麼。

這時金抓住他的肩膀，以警告意味的口吻說：「身為陽光大使的林，若在這種敏感時機下出了問題，斯克爾將會迎來最黑暗的一晚。」

默終於聽懂了他的話。

「為了安撫國際，國家會發動『那個』……」他心灰意冷道，「海是為了『那個』嗎……？」

「藍天的存在意義，不就是最好不存在嗎？」他語重心長的捶了捶默的胸口：「我們都落入了陷阱，藍天將隨著十一區一同迎來毀滅。」

六

西環四區的八百公尺領空外環處，有座僅提供尊貴人士的私人機場。李納德坐在外側的候機室外側小憩片刻，從剛才為止他接受了斯克爾高級官員、媒體記者的疲勞轟炸，手機與通訊裝置也湧入來自國家、人民、商業政要等超過千百則通知。

無疑是要他回頭，留在斯克爾這個國家。

一想起那些訊息他的嘴角不由得仰起微笑。笑著自己這可笑的一生，為了守護祖國而留在他國超過二十年，這些日子將在今日畫上句點。

還是有點感傷呀，李納德往外走了幾步，朝大氣環外的天空仰起頭，灰色地帶不時有幾台民用客機駛入，晚間飛機的燈光閃爍著比平時更花俏的五顏六色，除了防止他人誤闖，另外就是用更強烈的心情表達歸鄉之情吧？至少他是這麼想的。

會有人來迎接我嗎——？

飛機漸漸飛入視野中，並以肉眼可見的程度減緩速度，目的是數百公尺下方的民用機場。

飛機慢慢下沉，在李納德眼裡就像消失在地平線一樣。閃爍的五顏六色消失後，他的視野回歸一片平靜，只有清涼的惆悵隨著孤獨夜風傳來。他嘆了一口氣。

怎麼會有人迎接我呢？作為國家大使的宿命，我不是早就知道了嗎——

他打算再回去坐一下。

一回頭，剛才的座位被一名女性占據了。他走近向著對方輕聲道。

「夢，妳來了呀。」

「摁，碰巧趕上送你一程的機會。」

夢翹著腿，點了根菸。

「我的班機其實早就到了。」李納德望向遠方，一台黑色子彈形狀的軍機早已等候多時。

「那你在等什麼，等待誰來手刃叛徒嗎？」

「叛徒？妳的哪隻眼睛看到了叛徒呢？」

「看到未來的那隻眼睛。」

夢面不改色說。李納德愜意一笑朝她走近，瞧了眼她左臂上的包紮，白色繃帶滲出鮮紅色的血。

「妳受傷了？看來傷得不輕。」

夢默不作聲。他知趣地換了個話題：「我知道，是我的緣故讓妳丟失了國家的工作。妳對於接下來的結局也不會有意見吧？」

「離開國家，加入藍天，全是我的個人因素。」夢優雅起身，吸紅了菸頭。「只是，我想不到你竟然被海利用得這麼澈底。」

「多年來周旋、遊走於各種男人的妳應該明白，方法是達成目的的手段，只要能成功就不需要講究方法。我的身分讓我別無選擇——」

「偽善——！你還要裝清高到什麼時候！直到你失去了所有價值嗎？」

夢非常看不慣，他老是站得直挺挺的模樣。

「我知道，我都知道。」李納德皺起了臉，侃侃而談，「我們費盡一切做出貢獻，最終只是鋪墊某人滿足自我的道路。」

夢冷冷一笑，「所以，你是抱著歸國會有人盛大歡迎的期待才站在這裡嗎？」

「不是。」李納德爽快地搖頭，從座椅下方拿出一個紙袋。交到夢手裡，自嘲般地說：「盲從的人，思考什麼都是多餘的。」

「這是？」夢想探入紙袋口時，李納德壓住了紙袋。

「這是通往我所期待天空的捷徑，那裡會迎來和平。」

「哼，都到這種地步，還在乎天空會如何嗎？」

「當然，這是我多年來對斯克爾還有……」李納德遲疑片刻，支吾其辭，「還有這世界，能做的貢獻了。」

「把未來交給我，你可能會很失望。」

夢不以為然道。

「關於這片天空的未來，我一點都不在乎。」她吸了口手中的菸，向天空緩緩吹去，接著把染上口紅的菸隨手一丟，望向了他。

「因為，我們都不可能活到幾百年之後。」

李納德聳肩附和，「但妳會做到的，我相信妳依舊會讓我感到很有成就感。」

「認識你，倒是我一生最挫敗的一次。」

「在他國，我習慣把這當作是讚美。」

夢眨了眨眼，從身後也拿出了個紙袋。

「謹記，這也是我最後一次對你的讚美。」

「送機還帶來了伴手禮呀。」他一臉吃驚地說。

「是呀。」

「還真貼心，我猜應該不是甜食吧？」

「放心吧，這會是你在那邊能夠用上的東西，你的飛機似乎要起飛了。」

「看來，也是時候了。」

李納德往飛機方向踏出步伐。

「李納德，再見了。」

夢平靜地喊了一聲，李納德微微側過身，低吟著：

再見，伶娜。

坐上飛機後，機艙僅有他一人，機內播放著他少年時期喜愛的弦樂演奏。餐車自動送上了他在森里亞最懷念的麵包。

還真貼心，他拿起麵包，嗅了嗅後他搖了搖頭。人類真是奇怪的生物，明明是這麼懷念故鄉，卻在離開斯克爾時又反倒懷念起當地的種種一切。

這樣的最後一餐，稱不上完美——

他放下了麵包，微微起身觀察了窗外，見到飛機已航行到大氣環邊界，他又沉沉地坐了回去。

時間就快到了，迎接我的死亡會是什麼形式呢？他暗忖過自動駕駛的機長室或許有人，這樣的話大腦可能還在，李納德拿出預先藏在身上的斷生片。

我可不想被讀取任何記憶，只有這個辦法了——

然而，在準備吞下的瞬間腦海裡閃過了夢的身影，他慢慢的放下了手。

我果然還是辦不到——

與此同時，他的周遭不知何時燃起了熊熊烈火。

是這種方式呀，真是太好了——

他懈下戒心拋下了斷生片。輕靠在溫熱的椅背上，平靜地看著火焰吞噬眼前萬物。

這時李納德想起了夢的紙袋。他彎下腰把紙袋放在腿上，伸手取出物品，是夢的玻璃瓶，裡面放著代表她過去的國家情報人員徽章。

謝謝妳，伶娜——

李納德把玻璃瓶抱在懷裡，任啪滋作響的火舌焰覆蓋過他的全身，滲入軀體，也絕不放手。

沒過多久，觸動人心的弦樂隨著火紅外觀的飛機，如煙花綻放於天空的另一端，並落在距離十一區近在咫尺的海平面上。

在觀賞完這場煙火大會之後，坐在首領室的海靜靜推倒了屬於秤的玻璃瓶。

「秤，感謝您對藍天的犧牲。」

玻璃碎成大小相同的碎塊，海有所警覺的走到玻璃塊前，他發現三葉草國徽隨著玻璃破滅而化成沙子。

原來這是假的嗎？無所謂，藍天再也不需要你了——

海走出首領室，關上了門。

七

全國為了採訪李納德・林返國而聚集西環四區的記者，不約而同在晚間十點左右捕捉到李納德・林的飛機燃燒後的墜海畫面。影像一傳出，引起軒然大波。

稍早還在討論道格拉斯・金於國會廳受到爆炸案的政論節目，為了收視率及第一手消息而紛紛延長加映，就怕錯過更為勁爆的消息。

晚間十一點前，國家打撈起墜海機身，李納德・林已屍骨無存，推斷應該落入海底。機身經檢驗確定起火原因並不自然。

國際大使死於火燒機，再加上共享派主席金多次遭受襲擊，時機點過於敏感，陰謀論的說法甚囂塵上。

森林之國森里亞得知消息，立刻聯合數個國家召開國際會議。指責道：

「斯克爾放縱藍天三百年，最終換來他們對總統參選人凶惡且殘暴的行為！引起了國際上的不安。」

會議上各國字字譴責藍天，實際上則是把種種恐怖攻擊歸咎於抱持著「打開天空」極端主義的共享派領袖道格拉斯・金，並對於現任執政黨進步派做最嚴厲的施壓。

先前發生在國內的恐怖襲擊，聯合國都歸類於金的極端言論咎由自取。但在李納德・林死於有計畫的謀殺之下，聯合國不得不親上火線。

「對於稍早斯克爾邊境發生的意外，我們深感遺憾並嚴厲譴責恐怖主義。現在，我們正與斯克爾國家執政黨做商討，必定會在數個小時內給予世界一個滿意的答案。」

聯合國試圖以官腔回覆壓抑世界各國，乃至於關注該事件的所有人類的怒火。這做法恰巧引來了反效果，因為斯克爾是陽光科技的發明國。

日新月異的網路上，很快出現了各種懷疑與猜測。

網友們三句不離「為何斯克爾會引起動亂」、「藍天到底是個怎麼樣的組織」。通過各界專家的討論統合種種因素，言論與風向漸漸導向了斯克爾是由於「陽光」而引起內亂。

這說法對他們相當不利，因為那可能會迫使聯合國出兵，進而導致國家失去主權的可能性。如此壓力如隕石般壓斷了國家執政黨一隻胳膊。

他們被迫做出抉擇，是門戶大開，抑或對內清算，不論是哪個後果都難以想像。

「我們只剩下一條路了。」

艾德曼精疲力竭道，他臉上唯一泛紅的只剩下桌上反射的紅酒，以及雙眼的血絲。「我已經通知總統了，只能發動扼殺行動，用摧毀十一區換來聯合國對我們的信任！」

「主席——這樣真的……好嗎？」

哈克斯神思恍惚地說。

「沒什麼好考慮了，他們一個個都爬到了我的頭上……」艾德曼心如枯槁。

「但、一旦按下按鈕……這代表我們認輸了呀！」

扼殺行動是聯合國賦予世界五十國執政黨的鎮壓權力，即有權力出派國家軍隊，對懷有極端主義分子進行殲滅性的屠殺。

近百年內幾乎沒有國家使用。發動扼殺行動換來的不僅是死傷，同時也會使國家、政黨淌入泥沼之中而失去聲望，因而被戲稱為「自殺行動」。

「如果金無法按下按鈕，選戰還有得打。不過，」艾德曼輕晃了晃腦袋，淡淡道：「無所謂了，按下也罷。」

「不行！」哈克斯拍了他的桌子，這是頭一遭他對上司做出的劇烈反應，艾德曼的吃驚全寫在臉上。

「主席——您必須保持冷靜！冷靜領導我們走向未來，我就是這麼想才會效忠於您啊！」

哼哼，聞言艾德曼嘆息道，「哈克斯，你還年輕呀。」

「就是因為年輕，您才是我學習的榜樣啊——」

「不是這樣，你沒結婚也沒有孩子，所以你不懂我的心情。」艾德曼起身，轉向玻璃窗外。「就算我對他再怎麼嚴苛……那終究還是我的孩子啊。」

「但您是要成為總統的人……」

「如果當時早早把金解決就不會有那些事了。但無所謂，被掐著脖子過一輩子太辛苦了。」

霎時電視牆上跳出影像，總統阿德拉現身發表消息。

「各位國民大家好，很不幸必須在此與大家見面。根據國家情報中心調查，從飛機墜海的西方位置不遠處發現了藍天的巢穴。為紀念我們深愛的好友、聯繫兩國並維護陽光安全多年的大使，李納德‧林先生，我們會對藍天行駛最嚴厲的懲罰，我們將發動扼殺行動。」

影像消失後，艾德曼走到桌前，掀開了玻璃製的誤觸裝置，並輕輕按下按鈕。「我會替進步派的未來開出一條康莊大道，用我的失敗毀滅十一區、礦場來遮擋國家機密。」

「主席……」

「接下來我就不是主席了，未來就交給年輕人了。」

說完，艾德曼毫不留戀走出屬於他的辦公室，望著他的背影離去後，哈克斯失意地靠在窗邊。

另一方面，六區中心塔九百五十公尺領空，金在眾目睽睽下走入共享派大廳。

金快步向前邁進，由於輿論的壓力，金的腦裡對扼殺行動別無選擇。

按了，十一區將會在一夜之間真真切切化為都市傳說；若不按，則代表與國外勢力站對邊，同時與民意現況背道而馳。

進入主席室前後，幕僚紛紛湧上前來。

「金主席——！您還好嗎！」

「我沒事，非常好——！」

金神色凝重，擦拭了嘴角的血跡，然後用力拍下同意的按鈕，連同誤觸裝置一同打碎。

扼殺行動啊！已經……無法回頭了。

八

在兩大黨派領導人按下同意鈕後，總統阿德拉於深夜十二點鐘敲響扼殺行動的鐘聲。扼殺行動發布後，天空出現了一環又一環的紫色道路。斯克爾各區交通受到嚴格管制，民用空航民不得進出外，公車、空中列車等交通工具也受到干擾而癱瘓。

數十萬大軍乘著飛船順著環型道路下爬，數量龐大宛如一條巨龍。巨龍周遭發散著陽光混合著紫色，攀爬在黑夜裡的軍隊增添了令人膽寒的氣息。

「軍隊所到之處，天空將遭到撕裂。」

新聞以一言以蔽之地文字作為標題，人民紛紛上街抗議國家毫無人性的行為，然而這一切僅出自於人民擔心藍天就在自己身邊。斯克爾人民對扼殺行動的了解全來自八年前的「革命者」，軍隊所到之處僅僅剩下荒蕪。

扼殺行動存在著寧可錯殺、不願放過，怵目驚心的想像讓民心慌慌。

為此國家派遣國安人員支配了各區域空警局，空警局人員傾囊而出，對行人及可疑人士進行高強度的管制，若情況危急允許使用更激烈的手段。

到達七區的夢，見到警力倍增，只好躲在巷口內喘息，然而仍被空警看到。

「小姐，妳還好嗎？」

「我沒事……！」

「但妳的手正在流血。」

空警指著她的左臂，血液沿著指尖滴滴落下。「應該要送醫院，這傷口相當不尋常。」這時，有人從巷口外喊了聲。「讓我來包紮吧，我家就在前方。」

空警向後退了半步，夢與對方對到眼。

「您是——？」

「我只是前方一個水果攤的老闆娘，恰巧懂些包紮。」

空警將夢送到水果攤後便離去。何婆婆將她帶入屋內，利用醫療用陽光治癒傷口。

「妳不問我為什麼會受這種傷口嗎？」

「夢，會在這遇到妳並不是巧合吧？」

何婆婆僅僅這麼說。

「是，我要找道璟・何。」

聽聞，何婆婆忽然皺起一張臉，用氣音說著：太遲了。

「太遲了？」

何婆婆從櫃子裡拿出了迴寄放於此的玻璃瓶。「我先生死了，在看過這個之後。」

說著她像為了展示而鬆開手，玻璃瓶應聲碎裂。

忽地，十一區醫院外的光線又暗了一些。

「又……少了一盞——！」

藍天真的要完了嗎？離拿起擺在掛衣架上的醫師袍，亦步亦趨走出診間走廊。

醫院擠進了不少人民，在礦石運輸車遭攔查之後，國家加派人力固守，並用暴力試圖約束十一區的人民，誓死保護礦石，以至於他們身上受到大大小小的傷口。

為了能夠順利越過人群，離套上了醫師服。來到醫院外，海正與數名成員交代事項。見到離倉皇而來，他解散了人群。

離劈頭就說：「海，軍隊要來了吧？」

「摁，十一區快撐不住了。」

「十一區要撐不住了……？」

離驚訝地退了半步。

「讓人們躲到地下室，躲得越深越好！」

「那礦場的人呢……他們沒得到消息吧？」

離望向遠方，自從那天起工人被迫全天守候在礦場，由國家派來的人員看管，但扼殺行動發布至今，礦場卻毫無動靜，除十一區外國家甚至放棄了自己的人。

「別再傷腦筋了。」海扶著他的肩膀說，「趕緊去疏散其他人吧！」

「你放棄了他們嗎？就像事務所的人們。」

「離，我只是在做拯救多數人的事！」海義正嚴詞。離推開他，別無選擇的大聲嘶吼。

「放棄他們就能拯救更多人嗎，這種蠢事我做多了——！」

「承認吧，醫生也不可能拯救任何人。」他小聲低語。

此時紫色道路已經籠罩在十一區周遭，一艘艘飛船停在十一區邊境形成了高牆。

「就算如此，我還是要阻止！」

「隨便你吧，別死就好。」海淡淡說完，往反方向走去。

「你要去哪？」

「我是藍天的首領，我不打算坐以待斃。」

語畢，海慢步消失在眼前。

此時軍隊滿布四方，軍人如蝗蟲過境般降落於四周。離跑到礦場外側的護欄，國家急著消滅對他們的不利證據，礦場裡首先湧入了軍人。

他們手拿著泛著黃光的長槍，對礦場工人進行無差別開槍，掃過一群又一群來不及逃脫的人們。

隨著槍聲無情綻放，哀號聲遍布滿地。

帶有燃燒特性的陽光武器使礦場像是焦熱地獄。見到礦場成為血肉模糊的修羅場，外側工人紛紛拋下工具棄守礦場。

十一區若消失了……那我該如何彌補自己的過錯——？

「快點遠離礦場——！醫院、本部都還有地下空間，快，快點——！快……點啊……？」離握住護欄，對著還來得及逃出的人大喊指揮，期望著可以再多救一些人。

頓時他的餘光看到了井。井沒有逃，甚至站在礦石蒐集區之前，手拿著鐵鏟。他受到軍人們的警戒，一瞬間數十隻槍頭指向了他。

井，你在幹麻——！離抓著欄杆，卻不敢朝著中央再發出一丁點聲音。儘管距離遙遠，離卻第一次體會到井到底在想什麼。

來不及逃脫的工人全聚集到井身後，這是第一次他受人景仰，卻也可能是最後一次。

「為什麼——！我明明已經遵守了規矩！為什麼還要制裁我——！為什麼不能讓我選擇安穩的死去！我早就已經沒救了——！」

井大吼一聲，高舉手中鐵鏟，如發狂鬥牛似衝上武裝齊全的軍人面前。

他的行動帶起了眾人不怕死的氣勢，毫無退路的人舉起了手邊僅有的物品衝向軍隊。

砰砰砰——！

槍聲驟然如煙火綻放，井的五官、四肢一絲一寸都被無數槍孔貫穿。他就如同張因著火燃燒而萎縮得不成人形的白紙。

眾人才意識到井之所以第一時間沒有死，是因為軍隊沒想到他們敢反抗。離再也不忍看下去，他恍惚轉過頭，任呼喊聲與槍聲在身後四起。

怎麼會這樣？他哭得一把鼻涕一把淚，心靈受到強烈衝擊。

那個總說自己沒救了的井，竟然選擇反抗？而總對他們說「沒事的，很快就會好了」的我，為什麼沒勇氣告訴他們：你們早已沒救了呢——？

到頭來十一區，只是我為了彌補過錯的遮羞布啊——！

我到底憑什麼說自己是為了藍天的廣闊天空而活呢——？

「時機到了，博士。」

「我聞到了血的味道。」明好整以暇地坐在搖椅上。「你受傷了嗎？」

「比起大家，只是小傷口。」海把扎上碎玻璃的手放在身後，另一手遞出了深黑色礦石。「這是井特地為我留下的。」

明接過手，有所意會地抬起頭。「你下定決心了嗎？今後的天空可能會變得更暗哦？」

「是、是呀……」

海糾結的避過視線，即便對方是雙眼失明的明。

「你好像很落寞。」

「博士，您不也一樣嗎？」海露出苦笑說，「我們都在做著孤獨不被理解的事。」

「海，我們不同。」

明雙手撐起身，摸了摸往上爬的階梯扶手。「你只會讓我罪孽更加深重。」

「但您從來沒有阻止我的打算。」海跟上腳步。

明沒有否認，只是嘆了口氣。

「儘管失去雙眼，但我仍舊好奇。即便答案或許早就在我心中也說不定。而我就是沒辦法說服自己，那就是永恆光石的答案。」

很快地，兩人一前一後走到實驗室盡頭，天台上放置著巨大機器，分別有兩個容物槽，分別是材料槽、反應槽。材料槽中已放上了約莫一百瓶陽光。

只要將黑色礦石放入反應槽，就能進行光爆反應。

如此一來，距離佔領天空又更靠近一步了吧——？海抬起頭輕聲道：對吧？

九

半夜一點鐘，軍隊大舉進攻，對手無寸鐵的十一區人民展開大屠殺，扼殺行動已然成定局。

悠也等人從藍天本部傳送門回到十一區，當他們站到本部大門時，一眼就看到巴洛克三角口的殘破不堪。三角口中央的鐘樓燈光已寥寥無幾。

「這裡真的還是十一區嗎……？」悠也不敢置信。

「是吧。」

濃濃血腥味撲鼻而來，默面有難色，他示意眾人壓下身子。

「小心，軍人還在外頭！」

「我可以自己走。」池掙脫了沉的攙扶。「我真的沒事！」

「別逞強了，你可是近距離接受了爆炸啊！」月指責道，「要不是我及時趕到，你可能早就沒命了。」

「因為有科技眼鏡，所以我有把握。況且……我無法棄花於不顧。」池默默低下臉，嚥了口唾沫說，「花真的……沒事吧？」

「放心，花已經回到家了。」愛說。

太好了，池才安然鬆下眼皮，下一刻又猛地睜開。

「你們看——！外、外面的天空……！」

不只有池警覺，外頭肆無忌憚的軍人也被突如其來的景象所震懾。

本該什麼都沒有的十一區天空，迅速被一片巨大純黑烏雲所壟罩，烏雲將他們所乘的紫色道路所覆蓋。道路受到嚴重干擾而消失，斷了他們的退路。

與此同時，天空下起一場黑色大雨——

悠也震驚地張開雙眸，雨的盡頭就在不言中。

「光爆反應，就是海的最終目的嗎？一百瓶陽光是為了用在這裡嗎？」

莎莉眼角一抽，不曉得是想起過去還是什麼，她推開了大門直盯著足以吞噬十一區的黑色雨雲。

忽然，傾盆大雨漸漸停止。

糟糕，默抓緊門沿往外大喊，「快點進來——！」

莎莉沒聽懂，恍神般重複著：「進來……為什麼？」

「因為——」

默還來不及開口，一陣強風從遠處掃進城內，如一把巨斧掃破了城市裡所有建築物的玻璃。接著是一陣光從風來之處醞釀著，不過幾秒鐘光源快速向外蔓延——！

「莎莉——！」悠也逆著風往外伸出手，莎莉被他的聲音所喚醒，回頭伸手的瞬間，陽光覆蓋過她的能見範圍及知覺。

但就在五感盡失之中，她隱約感覺到手心被牢牢握住。

隨後她被死力的拖入廳內，下一秒光爆產生出磅礴巨響。

磅——！

強烈陽光腐蝕過十一區整個範圍，規模如同一個核彈一樣。

不同的是，光爆反應並不會奪取非物體的生命。

「好險有衣裝。」月坐在地上喘著氣。由於藍天衣裝的緣故，並沒有受到太大不適。

沉拍了拍身上的灰塵站起身，走出大門。

「不過他們就沒有這麼幸運了。」

外頭天空由於光爆殘留而呈現如同白天般的詭異黑夜。

十一區的人民並沒有衣裝，僅有陽光武器的軍隊也同樣沒有抵禦陽光的裝備。被光爆延燒過的人們在地上不停翻滾摩擦，彷彿身上全著了火，哀號聲隨之四起。

一個軍人往池的腳邊伸出手。

「救救我……」

他的身體、四肢正在冒著煙，過高的體溫讓身上軍服侵蝕出好幾個洞口，七孔不斷冒著濃濃鮮血，黑色頭髮在轉瞬之間化為乾柴般的銀灰色。

悠也說，「那是……急性光癌？」

下一秒，軍人搏出全身最大力氣，拿起了腰際的長槍，抵住自己的下巴，毫不猶豫的扣下板機。

比起光爆反應帶來的痛苦，他寧可選擇死亡。或許這是解脫的方法，大多數軍人見狀拿起槍枝，一一了斷了自己的性命，這場景震驚了他們。

「快走吧。」

默低聲說。

「十一區的大家都——」

「我們幫不了他們。」沉冷冷打斷了月。

「我們太殘忍了……」月不停搓揉著手臂上的雞皮疙瘩。

「不如我們幫忙了斷他們吧——」
「愛，不要。藍天是不會殺人的……」
「光爆反應，就是個不確定的答案。」悠也揣著默的衣領。「你還要堅持藍天不會殺人的狗屁道理嗎！」
說完，悠也內心並沒有好過。他知道自己只是透過這種行為企圖把責任拋開，而忽略這個人間煉獄是他們全部人親手造成的。
「這到底都為了什麼？」
莎莉沉默許久後喉嚨終於發出聲音，街上成群蠕動的人們，隨著時間過去已有部分人完全不會動。這讓她回想起發現悠也的那天，內心的恐懼讓她的雙手和聲音不斷發抖。
「面臨風險，也要製作光石的理由是什麼？」
默搖搖頭，輕輕把悠也的手放下。
「只要見到海，就會知道了吧。」
很快，他們來到了實驗室盡頭。海正悠悠站在上頭眺望著遠方。他回頭，彷彿什麼都沒發生地說，「你們回來了呀。」
「海你欺騙了我們，犧牲了十一區，就為了光石。」
「默，你會懂我的吧。」
「不，我完全不懂，光爆反應的不穩定性，是不值得冒險的啊——」
「你錯了。」

海從機器的產出端拿出了超越手掌大小的刺眼光石，「井偷偷幫助我，提煉了琥珀礦石。這顆石頭突破了博士所說的光石大小，這並非是預期以外的結果，而是事前料想到的。」

悠也納悶搖頭。「什麼……？」

明的聲音從後方傳出。

「最初的實驗，我調整過礦石數、陽光數量，但最後得到的結果是那些不完全正確。身為能量載體的礦石太多只會造成不穩定，陽光量可以讓它散發更強大能量，但關鍵的是身為科學家的我完全搞錯了順序。」他慢步走上樓梯。「光石的成形的確仰賴前兩項因素。但若談到突破大小的條件，只是足夠的陽光量並不能讓它趨近完美。要讓光石趨近完美的條件必須歸納於反應之後，接觸過光爆的生物數量！」

莎莉推測，「也就是……人類？」

「是的，從人類身上汲取的能量，就是永恆光石的答案。」

「到頭來還是人類……」悠也失望道。

「正因如此，我策劃國家發動扼殺行動，用數十萬的軍人以及他們手中的陽光武器，全部化作為光石的養分。」

「那十一區的人民呢，不可能全部倖免吧？」

「他們有部分人早就沒救了。」

「這樣是錯的吧！」

明別無選擇道：「身為科學家……用實驗證明錯誤也是必經之路。」

「錯誤？」海不以為意地搖搖頭。「光石將會治癒光癌，解放下一個十一區……！」

「海，我很感謝你滿足了我的好奇心。但或許是我看不見，」明語重心長地說，「我的嗅覺更加靈敏，滿地傳出橫屍的血腥味……同樣證明了光石的代價太重了。」

「博士。」海把光石舉到眼前，面無表情說。「我沒有這種先見之明，而我……也沒想過代價會如何。」

說完海突然倒下，他雙眼漸漸失明，五感正在快速退化。

「你這傢伙！竟連衣裝都沒穿上，就這麼想陪葬嗎——！」默發覺他仍穿著那件破爛襯衫。

「哼哼哈哈，光石可以讓你多活很久，可對我來說……活著早就沒有意義了。」說完，海吐了一大口血，髮色趨近銀灰色。

「我知道，我的生命正在流逝。」

海輕蹙眉頭，腦海裡浮出好多名字。

京、流、草、土、秋、迴、枰、井——

「我犧牲了很多同伴，雙手沾滿他們的鮮血，還要假裝若無其事的摔破他們的玻璃瓶……！」

海的眼眶溢出無從抉擇的淚水，他奮力捉住默的衣領。

「已經夠了，帶著光石去製造他／她所期待的未來吧……！」

「給我負責任點！你是首領啊，海……？把話給我說清楚……我、我拜託你了。」默奮力搖晃著他的軀體，海憑藉著最後一絲力氣，把襯衫口袋裡裝滿沙子的小玻璃瓶拿了出來。壓下軟木塞放大時，玻璃罐滾落他的手心，啪啦一聲碎成數塊。

瓶內沙子向周遭四散後，兩個銀製半圓物在玻璃碎片中飛舞、滾動，最後交疊落在了海放大的瞳孔前。他最後眨了一眼，如同按下快門般，腦袋閃過了過去的畫面。

回憶裡，海光著腳走在海灘，浪潮不時襲上他捲起褲管的小腿肚。

海——

女性的聲音從遠處傳來，海跌跌撞撞仰起臉，畫面停在女子的背部。

「你叫我嗎？」海若無其事地說：「怎麼了嗎。」

今天的你看起來有什麼心事——

女子踩在更深處的浪潮交界處，海水淹過她裙擺邊的膝蓋。她面向沒有大氣環覆蓋的灰暗天空道：

應該說你總是悶悶不樂——

「那也沒辦法，妳能理解我吧，克萊兒。」

我當然可以——

前提是你該習慣忘記我的名字，用我的新名字——

克萊兒雙手揹在後背，往外做出伸展時回眸一笑，畫面停在了她俏皮揚起笑容的瞬間。

「我……還沒有很習慣，但我會習慣的。」

海抓抓後腦勺，視線羞赧落在粗糙的右手掌心上。

他將手和緩伸入口袋，慢慢抬起臉，輕聲呼道：

「嵐……」

第七章（完）

第八章、給妳的約定

一

嵐開心笑了，笑容卻沒有持續太久。海注意後，欲言又止收回口袋裡的手。

「海，你還記得我們的相遇嗎？」

這次換海笑了，他滔滔開啟話匣子，掩蓋內心的緊張。

「哈哈，我怎麼可能忘得了，那是這世界上絕無僅有的相遇方式。」

海與嵐的第一次相遇，在西環五區的文化公園裡。

兩條風箏線糾纏在一起的景象，是他從沒想過的畫面，更遑論這個景象改變了他的一生。

當時糾結的風箏越纏越緊，落在兩人中間的草坪上。嵐比海早先一步反應過來，她解著線，直到海茫然走近。

「你也喜歡放風箏嗎？」

「說不上喜歡，我家就是做風箏的，算是日落產業吧。」海不以為意聳聳肩，反問，「妳呢？」

嵐沒有立刻回應，忙著手邊解著線。

她的手很巧，也很仔細觀察風箏有無受損。「妳家也是做風箏的嗎？說來聽聽，也許我聽過妳家的店名，因為這產業人很少——」

「我嘛，不是。」
她抬起頭，初夢乍醒般張大漂亮眼睛，眼神散發光芒，「我只是覺得天空很美，但一直抬頭的話，大家恐怕會覺得我是怪人。」
「啊？這年頭會放風箏的人就已經是怪人了。」海語帶吐槽。
「所以你也是怪人嗎？」嵐把屬於他的風箏遞到他眼前。
「我剛不就說了嗎？」
海接過手，摺疊的風箏與銀線被收得整整齊齊。「我家是做風箏的，我得確保品質。」
「現在的風箏，大多是買來蒐藏吧？」
「啊……是呀。」
現在沒什麼人會放風箏了，放上天空的品質好壞不比外型漂亮來得重要。他心頭悶著這句話，覺得由自己口中說出這句話顯得特別落寞。
「我自己當然也對放風箏很有興趣。」他覺得這麼說更好。
「但這是我第一次在這碰到你。」
嵐一語道破。
「呃……」海搔搔後腦，難辭其咎說：「我很少到公園放風箏，有時候覺得麻煩……就隨便找棟大樓的天台。」
「那是違法行為，而且很危險。」嵐圓滾滾的眼珠子變得很正經。
海支支吾吾，「只要觀察非實體道路的路線轉換，就可以避開車流……讓風箏穿過建築物與道路。」
「你辦得到？」

「要說維修、改善風箏的品質我可能很難保證。但放風箏這件事，我可是從小放到大，這對我一點都不難。」

「哇嗚——！」

她誇張地張大嘴巴嚇到了海。「怎、怎麼了嗎？」

嵐朝他遞出了邀請的手勢，用藏不住的興奮道：「你要不要加入藍天？」

「藍、藍天？」

「是的！」她點頭如搗蒜。「你一定會是個稱職的引線人。」

「啊……？」

嵐的雙親都是藍天成員，而她體內基因似乎也受到影響，從小就嚮往著天空。海怎麼也沒想到，自己會在這種情況下加入藍天，轉眼就超過了十年。

他們因風箏遇見彼此，也改變了彼此——

「怎麼……突然問起這些？」

海舔了舔嘴唇，海風把他的臉部皮膚吹得很乾。

「我不曉得邀請你加入藍天是不是好事，這陣子你看起來不怎麼快樂。首領是不是又麻煩你什麼事？」

啪——！

突如其來的潮花拍濕了海的下半身。

海陷入幾秒沉默，顧左右而言他轉移話題：「當時，妳沒想過就這麼告訴別人自己的身分很危險嗎？」

「比起危險，我更想知道風箏究竟能飛到多高。」

對嵐而言，海的出現使她對天空的廣闊充滿了無限想像與期待。

「妳還是一樣抱有遠大理想，也許妳能取代木成為下個首領——」

「海——！」

嵐突然打斷了他的話，留心一問。

「你不覺得像我這種總是抬頭的人，並不適合帶領藍天嗎？」

為何不適合，海的話就含在嘴裡，卻怎麼都說不出去。嵐輕撥了飄至側臉的髮絲，像是為了聽清楚海浪拍打聲。

「專注著天空就會不小心忽略什麼。」

海否定道。「妳比誰都還關心十一區，還有光癌患者的病痛……！不然不會邀請我加入，也不會嚮往著……佔領天空的美夢。」

她搖搖頭，眼神略轉哀傷。

「這十年間儘管我們的風箏靠得很近，卻不再糾纏了。你知道為什麼嗎？」

「是因為——」

「因為你關心著所有人，你再也不是總仰起脖子的引線人。」嵐在他開口時搶道，「你刻意與我保持著距離，就怕風箏線勾著了彼此。而我——」

嵐刻意拉高語調、拉高下巴的仰角，卻止不住沮喪。

「我只覺得廣闊無際的天空，就是藍天的答案。」

海攤開手掌，強顏歡笑，「明亮的天空，的確是藍天追尋的方向。」

妳又何必糾結於此呢，這句話不知為何留在海的心底。

「那颳風下雨、打雷呢？它們也該是天空的模樣，不是嗎？」嵐反過來質問，「『藍天』在我們眼裡是多麼理想卻又偏離了現實。」

現實二字勾起了海糾結的眉頭。

「我想你就是背負著某種我未察覺的現實，才顧此失彼吧？」

那是因為妳的出現，因為我想守護妳——！

海握住拳頭，內心話離出口卻越來越遙遠。

「是從京的死亡開始的嗎？」

嵐的雙眼貫穿了海的內心，他驚慌地吞了口口水。

「那是個意外……是身為引線人最不該犯的錯。」

「你臉上看來不是這麼說的，你還……顧慮著什麼吧？你是為了藍天而努力的吧？」

「嵐。」他喊住對方後，從口袋裡拔出手，用制止的手勢與口吻。

「時間快到了，有什麼話等任務結束後再說吧。」

「摁，」她悶吭一聲後與海擦肩而過。「我不會為難你，但若出了什麼意外，回頭見時……記得要告訴我天空的答案。」

「天空的答案……」

「你會答應我的吧。」

說完，她踏往岸上，沒有給海商量餘地。空虛與不安隨著浪潮拍入海的心臟，他站在原地沉思數秒，終於忍不住回過頭，以異常警戒的口吻說：

「嵐，千萬別太靠近……流。」

「為什麼——？」

嵐回首，眼裡閃爍著疑問。

沒有，不存在為什麼。海深深記得當時的自己這麼說。畫面稍縱即逝後，出現在海眼前的是胸腔中彈，白藍色衣裝被鮮血染紅一大半的嵐的屍體。

「要是我再小心一點，嵐就不會死……！」

流懊悔地跪在一旁，淚水沒有停過。

不對，不是你的錯——

一定是我……是我說了這樣的話，嵐才會為保護他而死……！

海從口袋裡拿出原先要準備求婚用的戒指，仔細地套在她的左手無名指。

回頭見時……記得要告訴我天空的答案——

天空的答案能彌補失去妳的空虛嗎？

嵐……妳說的對。

我早就不是個優秀的引線人了——

海再次抬頭，任務前那俱飄揚在遠處高空的風箏。

它的線斷了——風箏巧妙地穿過了縱橫交錯的交通與大樓，飛向肉眼再也看不到的高空裡。

二

框啷——！

光石滾落樓梯下方，將所有人從海的生前回憶中喚醒。

回憶中感受到海不得不殺害同伴的矛盾心情。這一切是當時首領，木給他的指示，一切都是為了「天空的答案」也就是所有人眼前的永恆光石。

悠也撿起了原先該是完整的銀戒指。

或許是戒圍的緣故，裝入玻璃瓶時海不得不將它一分為二。不過看在眾人眼中，更像是他破釜沉舟的決心。

是對於光石的決心嗎——？

答案顯然是否定的，回憶裡海從未指明。應說正因記憶裡的畫面全都是嵐的身影，所有人不約而同認為光石是他回應與嵐的約定。

「京和流發現木的祕密而不得不死？」沉點出了盲點。「為什麼我們這些人，就沒有如同秋一樣被海殺害？」

「徽章……是草的徽章！」悠也驚呼。

秋的記憶裡，流斬釘截鐵告訴她，擁有太陽標誌的徽章，有他不該知道的事情。

「但木看到徽章後，並沒有反應……」

「不，他有。」莎莉彎下腰撿起光石起身後凝視著悠也，冷冷說：「他帶我們去看了那顆乾枯的大樹。」

「啊——！」

這時，悠也意識到她的意思。

木對於大樹成長有著強烈渴望，只要有光石那顆枯木就能快速成長。

「太陽標誌的徽章——那可能是某種被禁止的陽光技術！」明驚呼一聲。

「總之我們必須與木確認，他到底盤算著什麼，現在我們手裡有著籌碼。」默說。

「讓我去吧。」

莎莉堅決的握緊光石，暖暖餘溫流淌過她的全身。

「不行。」默朝著莎莉伸出手，「這次不會再讓妳帶走光石了。」

「不，要不是海偽造了流的身分——！當年我也不需要偷走光石，所以我要親自問過木！為了大樹的成長犧牲小樹苗，究竟有什麼意義！」

莎莉手裡的光石感知到她的情緒轉換而閃爍不定，然後光石的鋒芒逐漸加大，直到醞釀至臨界點，光芒向四周延伸，造成一起小型爆炸。

爆炸規模不大仍將機器炸得體無完膚，天台也被一分為二。

「光石為什麼會爆炸！」池在爆炸後的煙霧裡大喊，明受爆炸波及跌坐在地。

「是能量，光石能量太過不穩定……現階段最好遠離它！」

這話沒有讓莎莉退縮，悠也跳過縫隙從煙霧中找到她，她正按著自己流血的左手臂，她的手臂由於爆炸而流著血。

「放開吧……」

「為什麼……」

因為妳會受傷呀。悠也很想這麼說，但他很清楚，莎莉並不是問這個。

「就因為嵐嗎？就因為嵐嚮往的天空比較珍貴，就可以犧牲我們……這樣太沒道理了吧！」她眼眶泛紅，無法諒解的哭訴著。

「難道我們的天空就不重要嗎？」

「當然重要！」悠也左右游移著目光，「否則我也……不會加入藍天。」

「在我的玻璃瓶放入什麼，」莎莉失落抬起眼。「只是出於愧疚……吧？」

她小心翼翼確認，表情如受傷的動物。

「不……」悠也吞吐語塞，他確認般將手伸入懷中握住了藍白色徽章。

那瞬間他明白米爾絲那句「去感受天空吧」的用意。

「我只是也想讓妳看看，這世界上還有許多漂亮的天空存在，所以永遠不要放棄。」

「真的……嗎？」

莎莉軟化了眼神，似乎被悠也的話所打動。

「當然。」

「但是……」下秒她又架起了武裝。「在我與木對質前，我不會把它交給誰。」

她扯開左手臂上的布料，以傷口疼痛呼喚出媒介，呼喚出空航車。悠也露出怵目驚心的神情，想起她曾在開啟媒介時產生遲疑。

「你真的很遲鈍。」

莎莉面露苦笑，這是第一次，她向悠也展開笑容。

「曾經，我把『救了你』視為內心的最大痛苦。」莎莉一面說一面跨上空航車。「我以為……這是我最好的辦法。應該說——必須要說服著自己痛恨你，我才能快速使用媒介找到流雲。但沒想到你卻出現在我眼前，讓我慢慢動搖了。」

「這是妳總是對我板著一張臉的原因囉？」

悠也莫名覺得好笑，嘴角卻怎麼都提不起來。

「摁，只有這樣我才能壓抑著自己。」莎莉愧歉垂下眼，隨後愁眉低吟道：「可現在……我已無法再繼續欺騙自己，我一點都不恨你。」

看著她默默發動空航車。悠也說：「妳還會回來吧。」

「我答應你，我一定會回來。所以你也要答應我——」

「摁？」

他偏著頭望向對方，莎莉報以和煦笑容。

「在我回來後，你要帶我去看那片最美麗的天空。」

「就這麼約定了。」

悠也伸出拳頭作為誓約，莎莉滿足低喃著：我很期待哦。

隨後空航車在煙霧散開後，駛離了他的視線範圍。

「她還是走了啊。」

默有些不諒解的看往遠方。悠也保證道：「她會回來的。」

「我不覺得這是好辦法。」

「沉，你想太多了。」池吐槽後抬起臉，「現在也只能相信她會帶著光石回來。」

「我不是不相信她。」沉側著腦袋，有所不解說：「國議廳未遂事件時，海一直待在裡面。」他突破盲點後，愛呢喃低語道：「是夢。」

「夢？」

愛面朝著默說。「夢在阻擋我的時候，使用了陽光武器。我記得——」

她的目光悄悄放到悠也臉上。

「陽光武器，你們曾遇過兩次吧？」

第一次是悠也獨自闖入飛船，第二次是莎莉在警局局長室與她碰個正著。愛又接續道：「算上第三次國議廳事件，是夢所為的機會自然就很高了。」

「契約……？她曾說她與海有契約關係！」

「如果要找夢的話，她去了東環七區。」

突然，夏從破爛的石階探出頭來，似乎早在那等候多時。

池喊聲：「這是真的嗎？」

夏別開雙眼，「對你們產生誤解後，我對自己有些失望……所以想去水果攤事務所一趟，但在我進去之前，我看到夢從裡面走出來。」

「為什麼會去那裡？」月疑問。

「我覺得她，似乎是為了守候誰才與我們站在對立面。」愛說。

她的話一落，默直覺反應道：「是秤……！因為金遇襲的關係，秤不得不犧牲自己換取海的計畫成功，進而製造出光石。」

他咬牙思考，內心閃過一個想法。既然夢會出現在東環七區，那代表她的目標很可能是木。

同時，她很可能會為了替秤報仇。

「這下不好了！夢和雨很可能會在木那邊相遇！」

花會有危險，池坐立難安低喃著。月發現他的焦慮，原想伸手安撫，池卻先一步開口：「月，我沒事──我們也必須過去一趟！」

「我贊同。」愛附和後，默便回絕。「愛，妳和我與博士留在這裡！」

「可是……？」

「十一區還需要有人，況且我很好奇契約到底是什麼？或許我們得到本部一趟。」默回過頭，對著其他幾人說：「那邊就交給你們，阻止夢並且保護光石！」

「好，我們出發吧。」沉說完，瞄了悠也一眼。「你還好嗎？」

「不，沒什麼。」

悠也還有些地方想不通。若海與夢的契約就是完成指定任務。局長室的事件、國議廳的襲擊，背後都有企圖誤導的意圖。

那第一次呢？他想不透夢出現在飛船上是為了什麼，是為了達到契約中的一百瓶陽光？這不可能，每個媒介只能配戴一個手提箱，那到底會是什麼？他現在無暇思考。

在悠也等人離開後，海的襯衫裡傳出震動，是他用來查看任務的銀色鋼筆。默撿起後按下接通。

「喂……？」

熟悉聲音從對邊傳出。「默，是你嗎？」

「金……！」

「那邊還好嗎？我找了你很久。」

「少假惺惺了，你按下扼殺行動的按鈕，毀滅藍天、十一區對你根本不痛不癢！少演戲了……！」

「不是，那並不是演戲。」

金的語氣相當嚴謹，默試著整理情緒，再次開口。

「找我要幹嘛？我已經不再是你的手下了吧？」

「我從來不認為你是我的手下，你是拉拔我成長至今的人，是我的同伴——」

「閉嘴！我不會再上當了！」

「真的。」金的語氣堅毅，情緒如潮水般湧出，一如他站在萬人面前演講般。「一開始我對政治一點都不懂。但是……在你認真栽培我的過程中，我發現——你注定會是我的同伴。」

默不理解金到底在說什麼，發楞地重複思考他說過的隻字片語。「你到底在說什麼鬼話，這一切都是海十年前操弄的結果！」

「我和海的直接聯繫，是在兩年前左右，也就是我成為共享派主席之前。」

「不可能……」

「果然很難說服你吧……」金苦笑後，恢復原先鎮定，「我在藍天首領室等你，我想和你討論一件事。」電話掛斷之前，默隱約聽到金說了兩個字。

亞當——？

三

一小時前，巨大光爆照亮了斯克爾傳說中的十一區。光爆殘留使斯克爾六區以下的天空呈現光亮狀態照亮著黑夜，殘留物尚且需要好幾個鐘頭才能消退。

也因此，光爆現象被各家媒體雜誌的空拍機器捕捉到。十一區的存在得到證實、國家軍人濫殺開槍的影片也被捕捉，新聞上不斷重複放送著令人民不安的訊息。進步派魁儡總統阿德拉絲毫無法面對人民的疑問。

此時，金主動出面解釋。

「我們的國家，隱藏了長達三百年的歷史——！光癌在三百年前就存在了，所謂的光爆現象其實就是光癌的來源。三百年前，國家不論在進步派、共享派執政時，一律將光癌患者流放至十一區，並成為兩派之間的默契——！那場發生在西南方的光爆，就是國家使用陽光武器的證據——而我認為比起使用武器，陽光更應該交由人民全權決定該如何使用——！」

金接受大批媒體採訪，他把進步派製造陽光武器的事情公諸於世，光爆現象只是國家極力隱藏的劣跡。他的影像被各大新聞不斷投影在大樓與空行道上。

「一看到能砲打執政黨的機會，那傢伙就隻字不提藍天呢。」夏不屑一顧地說。

「只要不說，民眾就會自然把進步派與藍天混為一談。」沉回應夏。「走吧，我們還得趕時間。」

「不愧是效率派的代表呀。」夏朝他挑了挑眉，兩人間心結似乎煙消雲散。

悠也沒辦法順利使用媒介，為了不拖累大家。在到達東環七區後，他提議兵分三路，分別是月與池、沉與夏、以及他自己一組。

悠也依靠衣裝在大樓之間攀爬，也因此發現在大樓間快速移動的人。

「是夢，我看到她了！」

悠也透過通訊大喊。夢俐落跳躍各種大樓，高度越來越高，超過了一般交通工具航行範圍的六百五十公尺領空。

她發現了什麼嗎？悠也跟在她的身後，隨著她跳上大樓，發現她頭直直望著天空，遠處有台空航車，是藍天的車，車體散發著微微亮光。

在被照亮的黑夜之中是多麼明顯，那人是莎莉。

夢立刻意識到，那是犧牲秤換來的光石。她像隻貓一樣悄無聲息靠近。並射出手中的麻痺短刀，毫無偏移的射進了空航車的渦輪，干擾了電力運作。

「啊……！」莎莉叫了一聲，立刻跳下車，車落在廣闊天台上撞破了玻璃。她知道後有追兵而來。

「女孩，把光石交出來。那是林用命換來的——！」

「這點我辦不到，不只是他，還有許多人命……」

夢抽出短刀，往早已受傷的莎莉劃下數刀，她的雙腿都各自被劃上一痕。麻痺短刀的效果非常好，瞬間封鎖了她使用媒介的可能性。但她仍緊緊抱住光石，夢甩著刀慢慢向她走近。

倏地，佇足輕聲道：「男孩，你也在呀。」

「別碰她。」

悠也站在她的身後，雙手拿著玻璃碎片，亦步亦趨的向她走近。夢從容轉過身，嘲諷道：「你還真有勇氣，拿著那種東西指著我，這與藍天的武器不同，可能會致命的哦。」

「妳很清楚人會因什麼而死……妳和海的契約就是為了他的理念殺人吧？」

夢定住了，顯然被說中了。

悠也又重複道：「我說對了吧？」

「告訴你們也無妨，我和海的契約是制裁者。」

「制裁者？」

莎莉不解抬起頭。夢雙手一攤。「藍天裡，每位首領都有個負責做骯髒事的制裁者。負責制裁違反規定之人，直到完成了契約承諾之物。」

夢望了眼莎莉懷中的光石，「海也一樣，他是木的制裁者，他們的約定就是光石。」

「從一見到我們開始，全都是妳和海的自導自演嗎？」

「不，我不知道流早就死了，必須殺害飛船機師與空警也在我預期之外。可是……會簽下契約的人都有不可抗的因素。海是為了保護嵐，而我則自以為能挽救那個男人。」

夢落寞一笑，又朝悠也接近兩步。

「別過來——！我有問題。」

「說吧，男孩。」

「我們，曾在飛船上見面吧？」

夢的臉色突然變得暗沉，似乎垂下了臉。悠也趁勝追擊，「明明存在一百瓶陽光的契約，妳卻一瓶都沒拿，這是為什麼？」

「男孩，問這個要做些什麼？」
夢毫無顧忌地抓住了悠也手中的玻璃片，絲毫不在乎被割傷的手。
「出於……好奇！」
悠也吃力地握住玻璃，他沒想到夢的力氣這麼大，用力一甩便將悠也甩開。
「有時候還是不要這麼好奇來得好，還有你根本沒有殺人的覺悟。」
悠也無法否認，又問道：「林希望妳用光石幫他報仇嗎？」
嘖，夢咋舌一聲。悠也的問題很犀利，他追問：「拿走光石又能改變什麼──」
悠也被她的銳利雙眼所震懾。
「都還沒結束──！我要找上木，帶著這顆光石！」
「我也有同樣想法。」莎莉的雙腿麻痹漸漸消退，她吃力站起身，雙手仍緊抱住光石。「所以，我們一起過去吧？」
夢面露遲疑，數秒後才應聲：「不，你們不懂那顆光石有多危險。」
眼見沒辦法，悠也再次舉起玻璃碎片。
「那妳就試著說服我們看看！」
「木的目的不單單是得到光石。」
夢舉起雙手，擺出低姿態，慢慢張開嘴巴。「還有──」忽然間他們所處的天台被燈光照亮，周遭被數十台空警空航車所圍住。
夢壓低身子，同時壓低了嗓子。
「看來，艾德曼還沒放棄最後一絲希望！」

隨後空警的槍聲大作，他們只能四處竄逃，但過亮的天空讓他們的逃脫顯得廉價。直到一陣白霧突然瀰漫了天空後，才躲進室內逃避了空警的追捕。

「這裡看起來很安全。」

沉向窗外一探，空警似乎已經逃往反方向。夢撫著左手臂綁住的傷口，發現莎莉並不在這。「女孩呢？她去哪了！」

「可能是煙霧散布時，往反方向逃走了。」夏推測。

夢掃視了在場幾人，背部竄起一絲涼意。

「快點，快點找到她——！」

「剛才的話還沒說完。」悠也連忙追問，「木的目的除了光石還有什麼！妳又怎麼會知道。」

沉與夏聽聞後，眼光同時轉向夢。

「林在臨死前把他的媒介給了我，裡面有著關於亞當事件的訊息。」

「亞當事件，是那個傳說中的……」夏問。

「沒錯，這正是木的目的，也是京和流被制裁的原因。」

悠也不自覺握住那枚屬於草的媒介。

「亞當這個國家，到底做了什麼？」

夢用極度不諒解的口吻道：

「他們，想取代神啊。」

四

默等人回到本部，通往首領室的路途中，除了穿著藍天衣裝的人以外，還有許多軍人的屍體。這並沒有超出默的想像，畢竟藍天的存在一直是國家默許的結果。

首領室兩側木製架因動盪不安而接連倒下，大多數玻璃瓶都摔得粉碎，裝著不同物品的玻璃瓶使地板雜亂得令人心寒。

「終於來了呀，這裡比想像中還要舒適，如果少了屍臭味的話。」

眼前是金，他從海的椅子轉過身。一見到他，愛側身劃過左腿，卻踢了個空氣。

「可惡，原來只是是投影！」

金笑了笑，正色道：「光石呢？」

「不在我們這，至少目前不在。」默無奈地推推眼鏡。「現在已經派人去追尋。」

「被奪走了？」

金眼神有些焦慮。

「不是，但你難道以為我會把光石交給你？這可不是你找上我的目的吧！」

「亞當與光石無關，但和陽光發展有關。」

「陽光發展……」

聽到敏感字眼，明大大吸了口氣。

默則雙臂交叉，以眼神要他快說。

「你還有楊格博士應該都知道，亞當違反了聯合國對陽光使用公約，因此遭到了滅國。」

「你打開天空的宣言，也早引來了國際關注！」

默對著他指指點點，金反問：「但你不也被我說服了嗎？總想早一點享受陽光的你內心油然而生出愧疚。」

「夠了……別說了。」

「戳中人心弱點的論述才能引起共鳴，這都是你教我的。」金身有同感摸著胸口，「海也利用了我內心的弱點，操控了我。」

「殺害藍天的愧疚嗎，這全都怪你……！」

「不，我想說的不是這個。扣下板機全都是人質交換時的意外。」

金苦惱道，當時他聽到流口中喃喃低語著：絕對不要吞下那個，否則妳會忘記一切。

「或許是不希望她忘記什麼，在那女人準備吞下什麼的瞬間，我下意識開了槍。」

「結果卻誤射了胸口。」明摸了摸下巴。「嵐的死，只是意外──？」

「不完全如此。」他搖搖頭。「那次事件讓我站在這裡，所以我倒認為那是人為操弄的結果。」

「這兩句話毫無因果關係。」愛吐槽。

「我承認。但看到這個也許你們就會更相信，不！是絕對會相信我，因為──」金從西裝口袋掏出了小玻璃瓶。「我就是靠這個和海搭上線的。」

「藍天的信物！」默一臉驚訝。

「玻璃瓶果然是身為藍天的證據呀。」金的話意味深遠。明耳朵一動，點出了疑點。「聽起來你好像質疑自己身為藍天成員的身分？」

「是呀……大概是在幾年前我才意識到這件隨我成長的玻璃瓶真正的意義。海告訴我，藍天會把自己最渴望的事物放進玻璃瓶。」

金按下了軟木塞，玻璃瓶放大，裡面放著一個沙漏。

「在我內心希望能反轉時間，回到開槍的前一秒鐘。」

他愧疚道，彷彿認為這片橫屍遍野，是那顆子彈所造成的蝴蝶效應。

默思考半晌開了口，「我記得你的父母並不是藍天成員。」

「摁，我生長在一個再單純不過的家庭。玻璃瓶是父母為了慶祝我出生而送的禮物。換句話說，我一出生就是藍天成員，至今恰巧四十二年。」

啊？明驚呼一聲。「藍天裡有一名代號為『始』的人，我沒記錯的話，始的燈泡就是鐘塔上最大的其中一顆。」

愛探出頭鐘塔殘破不堪，但三顆最大的燈泡仍屹立不搖。

「你到底是什麼人？」

默難以理解地看著金。

「關於接下來的話題，必須回到亞當事件。」

海曾告訴金關於亞當事件的內幕。

在聽過「亞當事件」的政界商要而言，普遍認為亞當是五百年前世界分裂後第一個國家，才用人類起源的「亞當」為代稱。

「聯合國從沒證實過這種臆測，但那其實是錯誤的猜測。」金嚴肅地說，「實際上，亞當的暗喻指的是『創造人類』，他們用陽光科技製造人類——！」

「聯合國，不可能會同意這項技術發展。」明挺起背脊，直言道：「尤其在早已發生過機器人革命的世界裡，更不可能。」

「人類與機器人不能相提並論。」

這並非是金的本意，而是聯合國的立場。

利用人類細胞與陽光製作出人類，起初聯合國甚至資助了他們的研究。

殊不知過程中卻發生了意外，他們發現製造出的人類有非常渺小的機率會出現基因突變，他們體內構造與一般人類不同，擁有更敏銳的五官感知能力。

聯合國擔心這群人類若順利繁衍，將會毀滅世界。

他們比一般人來得特別，「優越感」使他們缺乏同理心、情感等情緒，甚至將人類視為螻蟻般的存在。考量各種潛在危險後，聯合國封鎖了這個實驗，最後甚至採取最嚴厲的手段——滅國。

「突變的變數，已經到了封鎖實驗也無法阻止的地步？」

明分析後直切重點。

「是的，至少海是這麼告訴我的。」

他強調了最後一句，吸引默的關注。

「等等，難道你是利用亞當科技製造出來的人類？」明追問。

「那不完全是我想表達的重點。」

金沒否認，從椅子上站起身繞出長桌。

「那重點到底是什麼？」

默有些著急。

「有一點特別令人在意。」金從容不迫地從深思中抬起眼。「事實上，聯合國在亞當科技下設置障礙，讓異性細胞只能製造出異性人類。」

「拜託，金——！那根本不重要吧！」

「不，這很重要。」

他神色鎮定，凝視對方，「如果我是被製造出來的人，這對我來說就非常重要。」默被逼得禁聲，金又侃侃問起：「你記得我第一次碰觸到真正陽光時的樣子嗎？」

「就像看到了聖誕禮物的少年一樣。」

他笑了，因為默的形容很貼切。

「碰觸到陽光後我的確看到了什麼，那是從小不時會在我腦中閃過的畫面——！」金手指按壓著太陽穴。「直到最近，我想我知道聯合國設置障礙的用意。」

「摁？」

「亞當科技製造出異性或許有千百種不同面孔，但同性——只會有一種面容——！」

「這是你的推測？」

「不對，我看到了！」

在那裡，他看到了一個女孩。

那女孩正用看著同類的眼光凝視著自己。就在那瞬間，他的腦袋混亂不定，那感覺熟悉又陌生，每年的五月他總會依稀想起那女人的臉龐。

但真正讓他定調的是那名少年，他冒死也要拯救對方的決心就是答案。

五

半夜三點四十分，追到東環七區六百五十公尺的上空後，月與池放棄用空航車進行追蹤，剛才他們從遠處觀望到成群空警。

也因改用跑的，夜空中變得安靜，只有空中列車與零星的小型運送船不時經過天空。

「很靠近了吧？」月說，「關於木的位置。」

「應該吧，不過雨也好、夢也好，他們為什麼會執著找上木呢，把光石藏起來不會更好嗎？」

池向身後的月問道。

「對他們來說，那顆光石像是場騙局吧？」月猜測道，「為了光石，他們都失去了重要的人。」

「重要的人。」

池舔了舔唇，似乎能夠理解，然後反問，「月，妳的人生中也有重要的人嗎？」

「摁……？」

面對池正經一問，月有些意外。池從剛才就變得有些不同，是從為了救花而不顧一切衝上水晶大道？還是光爆發生後？她無從區別。

「妳聽到了嗎？」

池又催促道，月才回過神來。「我想……是家人、朋友。」

「就這樣嗎——？」

「藍天的夥伴，池你對我來說也是重要的人，儘管我不曉得你是怎麼看待我。」

「為什麼這麼說？」

「因為我從來……不知道你的名字。」

「月，那是因為妳從沒在觀測上贏過我哦。」池的回答從容卻像在逃避。月只能回以苦澀笑容。

「說的也是，我們約好了。贏過你才會告訴我答案。」

沒錯，池跳下十公尺高度左右的天台，天台四個角都有用來吸收空汙的長方體長柱。然後停下腳步。

「怎麼了嗎？」

池盯著前方，天空受到的光爆汙染，隨時間漸漸消散。

「我覺得雨不會走這邊。」

池回過頭，輕輕仰起下巴。「因為前方的天空，即將有空警經過。」

月抬起頭，朝夜空瞇起雙眼。

「空警……？」

「是呀，所以她可能是往左或右。來吧，我們再來比賽一次——是左還是右！」

池伸出兩隻拳頭，讓月挑選方向。

「我看不到……」

月觀察不到屬於空警的藍色道路。池側身指向了左側前方的遠方說：「那裡，就在那裡，約莫一分鐘後就會到我們的正前方。」

事實就如池所說，沒過多久空警的藍色道路就蔓延至月的視線範圍。望著池自信從容的側臉，月的內心忽然氾起一陣失落。她喃喃低語：看來我果真看不到了……

「畢竟沒有百發百中。」

「不是，我看不到的是……」月失落無比的垂下語尾，「是你的名字。」
「65％與35％之間，總有不重疊的時候——」
「池！」
月叫住了他，渴望般凝視他的側臉。
「你說謊了吧？」
忽地一陣強風從兩人側翼吹來，建築物上剝落的鐵板敲擊牆面，在空蕩的高空中發出的「硿巄巄」的寂寞聲響。
池的側臉肌肉繃緊，堆起了微笑，「有嗎？這是數學上的問題吧。」
「不是數學問題，是你想或不想的問題。」月說，「只要你想，沒有看不到的路線吧？」
「月，妳把我想得太厲害了吧。」池朝她攤出雙手，嘴角卻收斂了不少。「若我真的那麼厲害，那或許我能知道直通『月亮』的道路哦。」
「只要天空還沒打開，就不可能找到月亮。」月冷冷地指著他印上微光的左臉。「月亮之所以會發亮，是因為太陽身處地球背後，照亮著它……」
池抬起眉頭，朝左一望。
長柱後方的莎莉往外微微傾斜了光石，光線打在了池的臉上。
「雨，為什麼？」
「這是我想問的問題。」
「我、我……」被反問後，池有些慌張地說：「只是想要光石！求求妳，分我一點也好——！」
月不知所措的往前踏了一步。

「你還好嗎，這不是平常的你……？」

「我的玻璃瓶裡，就缺一點陽光。」池匆匆掏出玻璃瓶，像是為了告訴月還是自己。

儘管如此月仍感到不安，她覺得池正在變化。

那到底是什麼感覺？月捏緊了手心，回想了自己所認識的池。總是抬頭追尋不知何物的池，從來沒表達過這麼強烈的慾望。

「只要一點陽光就好了嗎？」

莎莉開口突破了寧靜。池的表情產生變化，顯然連他都不知道這個問題的答案。越是深入思考，池的腦袋就愈發疼痛。

他慢慢靠近莎莉，喃喃低語著：我真的很需要它。然後他伸出了手。與此同時，後方的沉與夏相中了破綻從兩側進攻，卻都撲了個空。

「好快……！」

沉話剛落，棕色面具便從中裂成兩半。

「沉！」夏伸手，發現自己手上多了道傷痕。

池發出道貌岸然的笑容。「這樣就不能使用媒介了吧。」

夏仔細一瞧雙手都被麻痺短刀劃傷，劃開沉面具的是他用來雕刻的小刀。

一瞬間就想到了這麼多事嗎？他真的是我認識的池嗎，夏不自覺這麼想。

這時，想趁亂逃脫的莎莉也被察覺，池精確的把短刀射中了她的小腿，使她倒在地上。池慢步彎腰準備撿起光石。

手無寸鐵的沉看準時機，往他視野死角衝了上去。

但失去面具沉心態受到影響，起步時不比以往，瓶裡鈴鐺微微搖晃，發出了人類耳朵不可能觀察到的聲響，聽在池的耳畔間卻宛如巨大的噪音。

「鈴鐺聲，好吵。」

他閉起眼側過身，與沉擦肩而過的同時一把抓住了他的後頸，一甩把沉摔往一旁建築物牆上，頓時牆壁炸開了像被炸彈炸過的大洞。

科技眼鏡防護罩如同虛設般破滅，沉受到嚴重傷害而吐了好大一口血。

「我的力氣也……太大了吧！」

池拿起麻痺短刀往自己身上刺去，短刀瞬間彎成兩半，如同刺向鋼鐵般鐵壁，他驚愕低語：「怪不得被炸過的我還能安然無事。」

見到這個畫面。夏深知眼前的人已不是池了。

雙手麻痺的夏趁著池沉溺在自己的世界時，朝後腦掃了一腿卻被池不慌不忙的接下，池順著夏踢來的角度一推，夏被推了十公尺遠，就在即將落出天台時，池抓住了他，就像在玩弄無法反擊的小動物一樣。

池補上一腳，地板以夏的背脊為中心裂出大洞。科技眼鏡超出負荷。

從他們出現到倒地短短數十秒不到，一旁的莎莉和月完全無法對池的動作做出任何反應。

月無法置信，毫無防備朝池走近。

「月……不要靠近他！」

莎莉按著被刺傷的小腿，在地上拖行。然而，這聲呼喊並沒有傳達到她耳裡。

「池……你到底怎麼了——！」

聽到月的呼喚，他鬆開了手裡的光石。表情反覆不定，情緒起伏跌宕，他像做壞事被抓到的孩子坐在地板上，緊緊抱著頭。

「我只是……很想要陽光！」

「他們是我們的同伴。」

池視線掃過一眼，嘴角抽動低喃重複道：我不知道。

「你不記得了嗎？」月說。他逃避似地直搖頭。

「我記不得了，但我覺得只要得到陽光，就能想起來……」月清楚他口中的想起來，並非是剛才自己的所做所為。

「你忘了什麼，可以……告訴我嗎？」

月緩緩向前，作勢撿起光石。

「不，不要動它……！」池大喊一聲斥退了她。

拿起雕刻刀不由分說地朝著光石鑿去。像毫無靈魂的人一樣，雙眼無神的望著慢慢被鑿出裂隙的光石，最終光石被刻做圓形。

他滿意地將半顆晶瑩剔透的光石高舉過頭，不知為何，光石不如一開始一樣四散著刺眼鋒芒，反而飽和的像顆寶石。

池的手臂下降至眼前，他瞇起單眼透過光石凝視著月。「月亮因陽光而發亮，現在的妳就像是月亮。追尋的事物就在眼前，為什麼就是想不起來呢？」

「池，你到底忘了什麼？」

聽聞，他的表情變得哀傷。「我忘了我是誰，但我除了是池以外，好像什麼也不是。」

摁？月困惑地抬起頭。

「月，妳說的沒錯，我的眼裡能看到並預測所有路線的去向，我對妳說了謊。」

「果然……」她輕嘆一聲後，挺起胸往池的臉揮上一拳。「你從來不當我是朋友！才會一直把我耍著玩吧……！」

挨了拳頭的池微微退了一步，這一拳很輕，輕到他無法理解。

月雙行淚下，紅著眼眶，霎那間他才意識到這一拳的重量多沉。

「不、不是。」他急促搖頭。「我不是故意說謊的……！」

那是為什麼——

即使月沒有開口，池從她神情中見到了這疑問。

「因為……」

他的大腦一空，表情變得痛苦。「我從來沒有名字。」

他拿起玻璃瓶，望著雕刻上刻意避開的地點。「我是在那被人找到的，不知為何我好像現在才想到——！」

「那裡是街道……？在一個池子旁？」

一直以來池也是這麼想的，不過這時他腦中浮出了一個很深的池子——「我是從池子裡被挑選出來的，所以我才用『池』作為我的名字。」

挑選？月順著他的話問道：「池子裡還有什麼……嗎？」

「我……不知道。」

月的問題讓他思緒一片混雜，他捏著眉心思索，血塊似乎塞住了大腦血管而無法想通。「我覺得只要吞下光石……就能得到什麼答案。」

說完他毫不猶豫拿起光石，手掌卻被天外飛來的短刀射穿。

悠也與夢及時趕到。

「啊……？」池詫異喊了一聲，血液沿著掌心流到手臂。

流血了……！好燙、好燙！

我流血了……？我竟然流血了……啊——！

濃濃流出的血液真實到無法欺騙自己，他嗅到了陽光混合著血液的鐵銹味。

六

「為什麼我流血了……？」

池的傷口處正在灼熱燃燒，他拔出掌心的短刀，短刀尖端塗抹上了淡黃色的油體，散發出光芒。

「這些是陽光武器，最適合用來對抗陽光科技下產出的怪物。」

夢甩了甩手中的短刀，其餘四根手指頭各掛上兩把刀。

月站了出來，「池才不是怪物！」

「妳還看不清事實嗎！池的觀測能力準得可怕。因為接觸光爆，他的本能覺醒，早就超出一般人類範圍！要是再讓他吃下光石，就不是我們幾個死在這那麼簡單！聯合國說不定會向我們出兵！」

「他只是想知道自己是誰——！」

「月！」池喊了一聲，折斷了劃傷他的短刀。「等我吃下光石，再來告訴妳池子裡有什麼！」

「我不可能讓你獨吞。」夢持著短刀，對池進行一連串猛攻。夢的身手矯捷，加上忌憚於陽光武器的威力，池動作變得猶豫。

不知不覺，悠也鑽到了莎莉的旁邊。

「還好嗎？」

「還可以。」她放鬆地點了頭，臉部有些蒼白。

「妳流了很多血。」悠也一面說著、一面撕下了手臂上的布料替她包紮小腿。碰觸到傷口，莎莉悶著臉忍著痛。

「看來……你似乎知道了什麼。」

「這些待會再說吧，必須先制止他奪走光石。」悠也微微起身時，被莎莉拉了一下。

「怎麼了嗎。」

「池的動作要比剛才來得緩慢。」

「是因為陽光武器？」

「我也不知道……感覺上並不是這麼單純。」莎莉低頭思索。「他好像在顧慮著什麼。」

然而夢也注意到池的異常，池似乎很在意悠也的位置。

於是夢刻意站到三人形成一直線的位置，她的攻擊漸漸奏效。

「果然，你很在意陽光對吧？」

「悠也的身體裡散發著大量陽光，讓我忍不住就想多看他一眼。」

池侃侃而談，一點都不畏懼這個弱點被抓著打。

下一秒鐘，他索性閉上雙眼。

「夢，妳的身體失去了很多能量欸。」池戲謔道。

「男孩，你太小看我了！」

夢刻意做出一連串攻擊試圖虛張聲勢，卻不得其道而行。

「我什麼都看得見，不論是生理或是肉體的傷害，都會影響到妳的行動。」

儘管夢不願承認，她的攻擊漸漸失效，時間拉長體力消耗巨量，動作也不如一開始敏捷。直到夢手持的短刀被踢掉一把後，持平局面漸漸倒向了池。

夢單膝跪地喘著氣，白霧此時溢滿天台。

「別白費功夫了，悠也。我說了我看得到一切。」

池張開眼伸手便掐住了夢的脖子，確認了她手中還握有七把刀、地上則有一把被他踢掉的。

他用力掐緊時，夢卻笑了。

此時煙霧外飛入把短刀，劃過了池的腹部，疼痛燃燒使他鬆開了手。頓時他理解了，煙霧是為了分散他的注意力，悠也趁機調包了地板上沾有陽光武器的短刀。

池撿起劃過自身的短刀，往遠方一射。

「剩有八把的機會，你們要好好把握。」

「呿，反應真快。」

夢趁煙霧消散欲與他拉開了距離。

然而，池知道被她拉開距離太過麻煩。於是出奇不易的從散開的煙霧後方踢了她的後腦勺一腳。即使夢在被踢到時有所防備，但沒有科技眼鏡保護的她仍受到重傷。腦震盪使夢的精神恍惚而難以站起身。

見到夢不成戰力時，池自信地說。

「是我贏了。少了夢你們根本沒有勝算，悠也沒有和人打架的經驗吧。」

「呿。」

可惡，怎能讓你這小鬼看扁——！

悠也隨手撿起一把，便往池的身上丟，卻被輕鬆閃過了。「我不可能被你打到的，因為我眼裡最嚮往的就是陽光。」

說完他忽然面露痛苦，伸手一摸，陽光短刀射中了他的腰間，就在他毫無察覺之際。

這怎麼可能？池一回頭，莎莉搖晃站起身，手中握著剩餘六把陽光短刀。

「好歹我也是空警，射準對我還不成問題！」

池痛苦的拔出短刀，衝往莎莉的正面，卻被悠也抱住後腿而寸步難行。「你不是說，你絕不會漏看我嗎……！」

「可惡！放開我，悠也！」

池心急如焚的甩著腳，卻怎麼也甩不開。

這時，莎莉注意到池的表情失去從容。

是因為剛才受到陽光短刀的攻擊，讓他失去了理性才被悠也所牽制嗎？莎莉試探性地握住三把刀柄，刻意在他的死角接連射出。

三把短刀巧妙地擦過池的身體各處。

「真可惜，只剩下三次機會了。」池掙脫後發出促狹笑容，似乎在掩蓋什麼。

「才不可惜。」

比起完全沒命中，莎莉從中得出一個結論。

池很注意自己，卻又因某些因素而來不及完全閃避。

找出原因並善加利用，這就是勝負的關鍵。莎莉捏緊了短刀上的臂環，確認剩下三把短刀都還在。

這是雙方已知的資訊，剩下的每次機會都會非常重要。

但是，利用他的盲點打中了又能如何？

我們並沒有抱著殺了他的打算呀？

莎莉的視線忽然掃到遠方，然後猶豫地丟出短刀。或許是速度太慢，池遲疑地閃身接住，發現還有一把，他閃過身將手中的短刀射向遠方。

「只剩一次機會。」

也太輕易了吧！悠也的焦急寫在臉上，但莎莉面不改色地搖搖頭。

此時他發現了莎莉的暗示。第二把短刀正插在毀壞的鐵柱，下方正是光石所在之處，他馬上明白莎莉要他拿著光石離開。

莎莉認為善用池的注意力放在自己身上，帶走光石就是最好的辦法。

因為就算射中了池，也不代表能牽制他的行為。

然而，悠也無法做出這種行為。

他猶豫很久，直到池發現了他的意圖。

「悠也，你遲疑了。」池沒有走向悠也，反倒往莎莉的方向起步。「你不可能丟下雨不管。」

「我知道了！」

那瞬間，悠也意識到後續可能的發展。既不可能逃掉，就只能面對了。

「我願意讓步。」

池停在莎莉三公尺之前，悠也用那把陽光短刀把光石一分為二，把半顆裝入了自己的玻璃瓶。

「你拿走一半，而我們拿走另一半。」

「等我吞下一半後，你們才能拿走另一半。」池這麼說著，勾起食指示意他把光石丟過來。

「你是白癡嗎——！」

莎莉怒罵道，悠也垂下臉點了點頭。

「對啊，沒有夢我們根本沒有勝算！我根本無法威脅他，還有妳根本一點準度都沒有——」

說著，悠也把手中半顆光石拋到池的手中，並把裝有另外半顆的玻璃瓶滾到他的左腳邊。

「空警果然也只會打不會動的標靶——！」

他特別強調著「**標靶**」二字。這時，莎莉發現悠也的左眼疤痕漸漸冒出了鮮血。

頓時她意會到了什麼而睜大雙眼。

「還可以鬥嘴，我就說你們倆其實感情不錯呢。」池彎下腰準備撿起裝有光石的玻璃瓶時，赫然發現右腳邊也多了個玻璃瓶。

「這是——！」

說時遲那時快，兩瓶玻璃瓶迅速膨脹，將池側身夾在了縫隙之中，完全動彈不得。

完了，池內心閃過這絲念頭時，雙眼直看到莎莉對他做出射出物品的姿勢。莎莉射出短刀，目標是他拿著光石的手。

這樣就不會落空了吧？

殊不知在短刀即將飛到之前，月從側邊竄出伸手擋住了短刀的飛行軌道。

「怎麼會——！」

「月……！為什麼？」

月忍著嚴重灼燒帶來的疼痛，笑著說：「只有你……不會在我說想看到月亮時嘲笑我，你是我第一個朋友。」

擴散巾的時間超過之後，兩個玻璃瓶縮小為一般大小。池掙脫了束縛，順勢吞下了光石。

霎時全身被一陣陽光包覆後，他腦中被塞入很多與他無關的事物，如跑馬燈一樣第一視角跑過。他看到了一個女嬰的出生、慢慢成長成人、結婚，經過人生的各種階段。

最後停在了一台空航汽車，無預警地朝他記憶中的視線左上方衝撞而來。

目擊這場意外的路人，紛紛發出尖叫聲。

記憶裡的視線開始模糊，從空航汽車的擋風玻璃倒映中是一個中年女人，她的面容五官像極了花。

這是池唯一能聯想到花的時刻。因為下一秒，鮮血便爬滿她的臉部，很快她失去了人類該有的生氣。

不要……就這樣嗎？不會就停在這邊吧……！

池心急地拿起裝有光石的玻璃瓶，就能知道後續。
「池，夠了。」
夠了……？他遲疑的側過臉。「我就快看到她了，怎麼可以就這樣停下腳步——！」
悠也冷冷喊道：「她不在了。」
聽聞池愣了一秒，難掩失落垂下臉。
沉思了一會兒才說：「其實在見到花的第一眼，我就有這感覺了。」
池撿起了他的玻璃瓶，走近了數公尺，像是為了能夠完整掃視悠也的全身。
「悠也，我真的很羨慕你。」
「是嗎……？」
「摁，『母親』的形象在你心中是如此深刻。」池想保持雲淡風輕，話裡卻滿是遺憾：「對我來說，卻淡薄像層霧，我只想見她一面。」
悠也用打醒他的口吻放聲說：「但花——就只是花呀！」
「你說的對，我也許沒有遺憾了。」
看著他失落的眼神，悠也明白草在最後沒有打開媒介的理由。
在誤觸陽光後，他也從記憶中看到了心心盼念的母親身影，所以再也沒有痛苦了。但就是因為那段回憶，才顯得更加遺憾吧？悠也逕自做出解釋。
「就這樣吧。」池朝他露出淡淡苦笑，轉過身朝著月說，「就算我對妳撒了謊，妳還願意當我的朋友嗎？」
「當然願意！」

月沒有思考就回應。

「太好了，那樣我就滿足了。」

他滿足地張開微笑。月也揚起笑臉，後知後覺理解到他話中有話，月收起嘴角以疑問替代。

「這樣，就夠了嗎？」

「摁，是呀，接下來就交給你們了。」

池把自己的玻璃瓶滾向他們，表情正經得反常，「『池子』的地點就在我的玻璃瓶上！」

「池，你怎麼了？」悠也察覺到不對勁。

「先別管這些，我有話要告訴你……！」

池湊近他的身邊給出耳語，悠也臉色驟變。

「我也希望是我看錯了，但是——」池遺憾地搖了頭。

「等等——你再……看清楚一點！」

「不，不能了！」池有所感知地摸著胸口，嚴肅看著他：「這是我能給你的最後一點忠告。」

瞬間一股能量通過他的全身，由底竄上喉頭。

池痛苦地摀住嘴，想擋住什麼從口而出，他的頭部隨著擠壓而嚴重變了形。

池……悠也驚慌到話都說不出口，他的雙腳發麻動彈不得。

只能依稀聽到他低語著：「快跑，悠也——！」

忽然陽光從池體內爆發，黃光一閃而過後發生爆炸，天台由於爆炸面臨凹陷，天空頓時只剩下一陣粉塵。

「池——！」

月聲嘶力竭的呼喊，天空中落下一片未雕刻過的玻璃塊——掠過了花火與月的淚眼之間。

七

爸爸，我在池子裡，看到了好多小孩——

這段話突如其來傳進道環・何的耳裡時，他正在讀著今日的電子晚報。

「今天的路線，並沒有水上遊樂園或水族館。」

他不以為意的對著自己的兒子仁京・何。京平淡反駁：「不是那種地方。」

「摁？」

道環點了點電子報的右上角「漸淡」的按鈕後，眼前的京帶著正經又些許不安的神情。讓他想起第一次在引線人的敘述中製作路線的青澀時期。

「不安、緊張都會影響情緒，身為才執行任務一年的菜鳥，走錯路線也在所難免。」

京聽完，思考半晌後，沉沉點了頭。

「摁，下次我會注意。」

之後，道環再也沒聽他提起那件事。反倒京很積極的出任東環七區的任務。卻某次任務途中意外身亡了。他的屍體被同伴運回，死因是從高處摔落，他並沒有戴上科技眼鏡。

看到京的遺體，道環悲痛萬分，京在他眼裡是個謹慎至極的人，為什麼會發生起意外？他想起了京曾說過的話，並研究了京的任務路線。

京任務的路線不一，接受任務的事務所也不相同，不過那些路線不約而同地環繞在某一個點上。

那個地點就是池潛意識裡刻意避開的——「池子」。

水果攤事務所的任務路線不單是對京的懷念，同時也是為了避開危險——道璟在見到了迴留下的地圖後，選擇吃下了尋憶丸後自殺，為了就是讓他腦中刻意阻隔的訊息能傳遞出去。

在得到這般資訊後，月難掩悲傷。

「池不過是想見到自己的母親！他是無辜的……」

「是，我承認。製造出基因突變的池，木才是罪魁禍首。」夢說。

月拿著池留下的玻璃瓶碎片，內心僅剩下空虛。

「那他為什麼會死……？」

「我想是光石能量不穩定的因故。」夢看往悠也道：「從池吃下光石後開始運作，和男孩體內的光石產生了強烈排斥反應，最終引發爆炸。」

悠也好像沒聽到這番話，他滿腦子都是池最後的話。

莎莉體內的能量少到他難以察覺——

「莎莉，妳……還好嗎？」

悠也跪坐在她的身邊，莎莉的臉色變得更加蒼白，就連那頭紅髮都漸漸失去了色澤，她的呼吸漸弱，看上去相當虛弱。

見狀，月吃驚地摀住嘴。「不、不會吧——！這是……」

「不可能，這不可能！」悠也奮力想阻止她說出口中的話。

「男孩，你必須接受事實。」

夢拍了拍他的肩膀，小心翼翼撿起了莎莉的玻璃瓶。她的瓶身出現了嚴重裂痕，好像只要一陣強風就能吹垮般令人絕望。

「這是光癌，以發病速度來看」夢無奈嘆道：「這是最嚴重的急性光癌！」

悠也茫然轉過頭，臉上充滿了無助。「我到底該怎麼辦？」夢沒有給予實質建議，從而撿起了放有剩餘光石的玻璃瓶。「池已經用他的生命告訴你答案了。」

「啊……！」

悠也不禁倒抽了口氣，腦袋閃過一陣暈眩，刻意模糊了什麼。夢望了眼四周的杯盤狼藉以及手裡的光石後，悲愴從中而來。

「我還是要去找木一趟。」

「為什麼，池已經不在了。」月低落道。

「我要證明他的做法是錯誤的！」

「妳要，怎麼做……？」月游移不決說，「秤也不在了啊……」

「是呀。」夢失落地眨了眨眼，鼓起精神說道：「但是還有人有選擇的機會。」

頓時悠也定住了，沉思了一會。

「若我無法證明他是錯的呢……？」

「我不知道，但我會在那裡等你，直到天亮之前——！」她深吸了口氣，腦中思索了任何轉圜的可能性。最後卻只能遺憾別過雙眼。

「你還有一點時間。」

悠也突然覺得身體變得好沉重，就像被判處了死刑一樣。更正確地說，他更像是即將進行處刑的劊子手。

莎莉，妳自己就沒辦法做出選擇嗎……？

悠也怯懦捲曲起身子，直到額頭輕輕碰觸地面。他恍然大悟的抬起頭，體悟到自己的怯弱從何而來。

不是這樣的，莎莉一定會做出選擇，我再清楚不過了——

只能遙望彼此，不就是人生最痛苦的時刻嗎？——

八

老舊教堂木門被推開時發出了「咿咿呀呀——！」的摩擦聲。清晨逐漸明亮的天空還在這時，悄悄散落在破碎玻璃窗前的大樹前，打在了站姿端直的木的背上。

「悠也・史凱爾，你來了呀。」他轉過身，擺出平時那副正氣凜然的姿態。「我已經知道現況了，來吧。做出你的決定。」

悠也不發一語，平靜地將背上的莎莉輕靠在最後排的教堂椅背上。

坐在最前排的夢焦急站起身，低吟道：「男孩呀……」

悠也看了她一眼，輕輕點頭後走到大樹之前，抬頭看著那原該枯枝殘葉的大樹，現在勻潤地煥然一新，叢林茂密為它帶來蓬勃生氣。

「你看到呀，這美妙的模樣——」木拄著拐杖與他並肩其軀，指著樹根旁玻璃瓶裡的光石。

「是它帶來了生命，就像是魔法——！」

悠也搖了搖頭，周遭的花草樹木表皮乾涸至失去光澤，寸草不生的景象，宛如失去了生機。他想起木得知草、土在任務中身亡時，木只在乎他們有沒有吞下斷生片。

「這樣真的值得嗎？」

他轉過臉，質問道：「是什麼讓你這麼冷血？」

木眼鏡後的眼眶逐漸發紅，但任誰都看得出他並不是為了自己的作為感到後悔。

「茉莉死後，我聽聞亞當他們能取代神，能夠造出一模一樣的人類。」

他脫下眼鏡，娓娓述說：「為了再見到離世的妻子，要犧牲多少我都無所謂。但事實是只犧牲我是不夠的。」

木向大樹走近，樹幹光澤將他蒼老皺紋反映的澈底。

「我的時間不夠了，直到花長到茉莉離去的年紀時，我可能已經年齡破百了——但是……以現在人類的年齡極限，只是任由命運決定一切總有天不從人願的時刻！我可能會再次錯過與她相見的機會！所以我……需要藍天製造光石呀。你一定會懂我的吧，悠也？」

我真的懂嗎……？悠也遲疑地睜大雙眼，呆滯望著地面。

木的話，如同針一樣紮入他的心頭。

「木，給我住口！」這時夢掏出了短刀，擺出隨時能殺了他的姿態，就為了制止木繼續用言語迷惑悠也的決定。

「夢，我說錯了嗎？換作是妳也會做與我相同的事情吧？只不過，」木以別無選擇的哀傷口吻說，「秤粉身碎骨了，他的細胞一點都不剩了。」

「我、我從沒這麼想過！」

夢的聲音變得遲疑，老謀深算的木並沒放棄機會。

他一手攙著拐杖、一手推了推眼鏡。

「那為什麼，妳堅持要讓他做決定？」

「是因為——」

「人類是偽善的。把難題丟給別人，並不能顯示自己多高尚。」木見縫插針，轉向悠也，「別人是因為別無選擇，但你還有機會呀。」

「你想怎麼做……？」悠也明知故問。

「喂……」夢想插嘴卻毫無餘力。事實就如木所言，悠也正面臨著兩邊為難的選擇，是只有當事人才能明白的斷捨離。

「你還很年輕，再製造一個莎莉・謝米也不成問題！」木瞇起雙眼，試圖迷惑他的腦袋。

「但那會有很多人被困在那裡吧？」悠也踏了踏舊教堂的石頭地，這裡就是玻璃瓶上的空白處，「池子」。

「為了製造花，才誕生了草、土、池，才……死了這麼多同伴。」

「這種意外不會再發生了。」木揚起嘴角正色道：「若不是京碰巧在這裡見到了那群孩子，聽到了我與海的對話，海也不用殺了他。」

「你們的對話，有重要到非得殺了他？」

「很抱歉，當然有，」木冷言冷語道，「當時我正要以嵐的生命為條件，讓海必須當我的制裁者。」

可是，悠也微微側過視線。「嵐還是死了。」

「那是意外，卻收到了不錯的結果。」

他面不改色品嘗著嵐死後帶給他的利益。

「製造光石需要大量陽光，所以我需要權力，所以我利用了自身人脈安插了金，他是我第一個試驗品，以現況來說金稱得上是傑作呀！」

試驗品……悠也在口中覆誦，卻怎麼也無法將它連結到人身上。

「在你眼裡，他們不算是人類只是作品嗎？」

面對他失去方向般的眼神，木欣喜若狂地說：「明明來自同樣細胞，他們的人生卻各有不同發展，這不就是生命成長之所以讓人興奮的原因嗎？」

「我們真的可以這樣做嗎？」悠也雙眼聚焦在玻璃上破碎的耶穌形象，不自主發出低語：「人類並不是神呀？」

「神早就不在了，現在我們才是神。」木翹首以待的伸出手，「來吧——讓我們替她重獲新生吧。」

悠也垂下眼遲遲沒有回應，他又喊了一聲。

「你還在猶豫嗎？」

此時，悠也抬起堅定眼神，伸出手，「不，我已經沒有猶豫了。」

在兩手交會的瞬間彎下了腰撿起了樹根旁的玻璃瓶。

「其實我，早就做好了決定。」

「啊？」他又驚又恐，結巴道，「但、但你心中仍還存有疑慮……！」

「我只是替你感到可悲。」他心如死灰地說：「就算神不在了，我也不認同你這種人會是我們的神。」

「哈哈——哈哈……哈啊……」

聽聞木放聲大笑。詭異笑聲伴隨著他醜陋歪斜的嘴臉。

「真是夠了，你是為了否定我這些年的努力，才說出這種冠冕堂皇的話吧？」

悠也無視他灼熱的眼光，平靜搖了頭，「不是。」

木惱羞成怒，指著他大吼著：「你真的知道這個選擇的後果嗎！」

「當然。」他微微縮緊眉頭，以對自己喊話的氣音道：我比誰都清楚。

然後他轉身向後，不發一語的踏出腳步。

「讓她吃下光石，你們就再也無法相見啊——？」

木緊握住眼鏡，手裡因破碎鏡片劃傷而流出血。朝著悠也的後腦，疾言厲色地扯開喉嚨：「為什麼你能接受在往後餘生只能遙望彼此？那是人生中最痛苦的時候不是嗎——！」

「你是不是誤會了什麼。」悠也以深呼吸掩蓋肩膀的劇烈起伏，若無其事說。「我和莎莉・謝米才不是那種關係。」

「男孩你……」

夢朝他走了幾步，卻被悠也空洞瞳孔裡散發的怯懦所制止，只能試著伸手彌補距離，試著安撫那脆弱受傷的靈魂。

「沒事的……」悠也在口中念著一面揹起了莎莉，接著雲淡風輕回過頭，落寞一笑說：「如果還能遙望著彼此，就代表我們還在同一片天空下吧？」

夢沒有回應，悠也也不為了得到回應。

這句話，更像是他給自己的安慰。

接著他頭也不回的走向反方向，推開了教堂的木門。此刻，那棵大樹如同灰姑娘故事的馬車一樣，在光石漸行漸遠後，它正以魔法般的速度枯朽著枝葉樹幹。

盡頭是它原本的模樣——

不……等等啊！

木朝著他遠去的背影伸長了手，腳步踉蹌絆到拐杖後重重摔了一跤。

「悠也……算我求你了，拜託你不要帶走它……！」木的聲音從強硬變得軟弱，他聲嘶力竭發出哭喊，面部表情由於過度使力而扭曲變形。

「不要帶走光石……那是我的……！是我的生命啊……！」他費盡老命抬起臉，最後只看到那倒映陽光的門縫越來越小，最後一點都不剩。

這時，他感覺有人走到了眼前。沒有眼鏡的緣故，只能依稀看出模糊的臉龐

「茉莉，是妳吧……？」

木趕緊撿起眼鏡，諷刺的是鏡片已經裂得不像話。

「為什麼……我就是見不到妳！」他的精神早已分崩離析，以為眼前茉莉的幻影不過只是幻覺。他不斷哭喊著：「我是這麼想妳，這四十多年來都是如此啊……！」

「父親。」

少女的聲音傳出後，木猶如迴光返照，看清楚眼前的人並不是茉莉。

「花——」

「父親，我想我可能……並不是茉莉。」花憋著情緒，淚水潺潺流出。「茉莉的記憶一直在我腦海裡——她好痛苦……我卻什麼都做不了，因為我是花呀……！」

這時，木恍然大悟。

亞當科技禁止複製同性人類的理由，不僅僅是外貌相同引起的恐慌。可怕的是那會在擁有不同靈魂的人類中，塞入相同的記憶。更可悲的是被複製的對象，大多擁有的只是痛苦回憶。

木狼狽起身，扶著眩暈的腦袋，搖晃走往大樹。

「是我的錯！是爸爸不好呀……！」

木吶喊著，歇斯底里的吶喊著。

此時側門衝出了一位男人朝著木慢步靠近。他滿身充滿燒燙傷痕跡，繃帶纏住了整張臉，卻藏不住激昂憤慨的情緒。

「嶋……嶋先生……」他大口大口喘息著，雙手握緊了把染血的手術刀。

「離……你是離……呃——」

木話語未落，血跡便從他的七孔流出。

木無力傾倒在他的肩上，離咬牙嘶喊著。

「我是這麼相信你……我一直這麼相信你——！但你為了自己的私慾，說基因研究是為了拯救更多的光癌病人！你讓我濺滿了鮮血……是你，毀了我——！」

離拔出深入他腹部的手術刀，再次向木的身體深深推入——一次又一次！

「我……我……」

隨著木的每次使力，他的嘴裡就如同噴泉，不斷冒出濃密鮮血。

這一切來得太快，沒有人能夠反應過來。花驚慌失措的癱坐在地。夢將她抱在懷裡，不斷安撫著：

「沒事的……！沒事的……！」

啪——！啪——！啪——！

一時之間，舊教堂內迴響著刀插入肉體的規律聲響，以及離口中憤恨難平的喊著：你毀了我……你毀了我……！

直到木倒在地上的身體再也流不出鮮紅色的血、直到離的雙手如同木的身體開始變形，再也握不住手術刀時，他才默默站起身，如同靈魂被抽乾般，他發愣地抬頭看著微微發亮的上空。

天空在他眼卻是一片血紅色。

他走出教堂，口中仍不斷重複呢喃著：

是你毀了我……是你的錯……一切都是你的錯……！

九

清晨五點半，光爆汙染被大氣還逐漸稀釋，天空回歸到一片寧靜。

邁入早晨的天空既有著夜晚的深沉，同時又具備白晝的活力。不同於黃昏以嘈雜漸入平靜，清晨從一開始就是靜默無聲，且帶有陣陣涼意。

「哈啾……！」莎莉先是打了陣哆嗦後才慢慢睜開眼。

「妳醒了呀，會冷嗎。」

她搖了搖頭，才發現自己正靠在悠也肩上。儘管如此，悠也仍把覆蓋在兩人身上的毛毯往她的身上送了過去，自己的左肩則露在外面。

莎莉從毯子伸出右手，揉揉眼睛，矇矓開了口。

「這裡是……哪裡？」

「七區的九百七十公尺領空。」

悠也說，她不明所以地問：「為什麼要來這裡，事情都——」

「都解決了。」悠也連忙接話，「因為我答應了妳，要去看美麗的天空。」

他指向前方，一覽無遺的視野沒受到太多建築物所阻擋，天空因而相對清淨。「因為時間的關係，我暫時只能找到這個角度，能看到不被拘束的天空。」

「時間……」

莎莉注意到了重點。

悠也微微點頭，短暫沉思後說道：「是呀，就是時間。」莎莉抬頭望向大氣環下方映照著自己的模樣，她的一頭紅髮已經褪色，臉色也失去了光澤。

「是光癌啊，我快要不行了嗎？」

「沒這種事！只要用陽光治療，時間過了妳一定會好起來！」悠也堅定的仰起臉，又淡然地說：

「只是我，想先完成和妳的約定。」

「你就這麼不願欠我人情嗎。」

她用玩笑語氣說，悠也為難地莞爾一笑，轉移焦點說：「下次還是能一起眺望不同的天空。所以……所以……」

「所以什麼……？」

莎莉側過臉。悠也靜靜吸了口氣，凝視著她。

「所以最美麗的天空也許不存在，只要妳在，哪裡就是最美的天空。」

是嗎，莎莉羞赧垂下眼，將頭髮撥到耳後，輕輕「欸」了一聲。

「聽起來，這是你不願履行約定的說法哦。」悠也被她的挖苦逼出笑來，只好垂下眼不情願地說：「只要不履行，約定就會一直存在吧？」

「摁……？」

「不，我是說——！」他匆忙改口，語帶盼望說：「無論如何，約定都不會消逝吧？」

「我不曉得。」莎莉看來有些難過，似乎意識到身體狀況並不樂觀。悠也握住了她冰冷的手，「別擔心，妳一定會沒事的。」

「真的嗎？」

他用力的點頭，將莎莉內心的憂慮一併吹散。莎莉再次安詳地靠在他的肩膀上，又發出「欸」的一聲。

這次聲音聽起來，要比剛才更加微弱。

「悠也。」

「摁？」

莎莉的聲音變得很小，字句卻很清晰，「你不會欺騙我吧？」

「不、不會……！」

悠也盡可能用開朗聲音說，期待她不會看到自己雙眼裡的閃爍。

莎莉與他凝望著同一片天空，停滯了好一會兒，她聲色跌宕。

「那，你能再給我一個約定嗎？」

「好，妳想要什麼約定？」

「別離開我。」

「當然……沒問題。」悠也朝著莎莉輕聲耳語：「我們會一直在同一片天空。」

莎莉開心地笑了，唇齒間有著藏不住的滿足。她使力睜開眼，看著身邊的人、眼前的景、聽著寂靜卻美好的微風吹徐聲。

為的是將她視為人生最幸福的一刻用力記在心裡。

這樣我好像也足夠了呢——

莎莉的視線略略模糊，她感覺到所有的感官都在倒退，最後感覺到發冷的身子被牢牢抱緊，一陣暖意流淌過全身，伴隨著耳邊傳來一句再溫柔不過的低喃。

辛苦妳了，快睡吧，莎莉——

十

當莎莉再次醒來時，是早晨的微光照醒了她。毯子還保持在兩人的形狀，身邊的人卻消失了。

悠也，你去哪了？

她在心裡默念著，以為他只是稍微離開。

下一秒鐘，莎莉突然心頭一凜。

她緩緩攤開手掌，不知何時，她的手裡握住了悠也的藍白色徽章，屬於自己的玻璃瓶也消失了。頓時她身體變得無力，有股沉重的壓力讓她連眼皮都睜不開。

哀傷、酸澀、憤怒於心上百感交集。莎莉忍不住放聲大哭。

最終你……還是奪走了我的天空——

十一

早晨六點鐘，斯克爾各區領空處不約而同響起救護飛船的鈴聲。在金於國民眼中揭露了斯克爾的醜陋瘡疤後，進步派已經潰不成軍。

在金的強力主導下，全國各地的醫療單位向著僅存在於都市傳說的十一區一湧而入。

光爆反應死傷嚴重，初步判斷約有六成軍人喪命、十一區也損失了三至四成居民，死亡人數在十五萬上下，受傷人數則超過二十萬餘人。

默與金坐鎮藍天本部一同指揮雙方人馬協助後續急救。

這時，月與夢不約而同從各地捎來訊息。

「我知道了。」

默掛斷影像後，沉重的吐了一口氣，淡淡說道：「一切都結束了。」

「他叫做池對嗎？」金緬懷般地閉上雙眼，「也許我們對他們有所誤解。」

「聯合國把基因突變的人類危險性無限放大，殊不知呀——」明忍不住長嘆，低聲沉吟：「他和平常人沒有不同，只是想知道自己到底是誰，你也是如此吧？」

明對著金的方向說。

金不置可否低下頭。

「只要打開天空，就能找到方向，不論是我還是患有光癌的所有人。」

說到這他忍不住發出嘆息，縱然「打開天空」一說是政治操作上的假議題，某種程度上金也深信那是未來天空該有的模樣。

「陽光既帶來希望，卻又伴隨著深深危險。」

明感嘆地說。金無地自容的皺起眉頭。

「我會好好思考，並無限期減緩打開天空的政策。」

「這不就是政策跳票嗎！進步派勢力在扼殺行動後式微，所以你就打算輕輕放下嗎？」

默緩頰道：「博士，他並不是——」

「真以為這樣做，就夠了嗎！」明大喊一聲，嚇得兩人驚慌失措。「陽光發展，不可能走回頭路，也沒可能回頭……」明摸到了窗邊，鐘樓上最亮的三道光只剩下兩盞。

「三百年來，我們犧牲了太多太多人了……」

「我知道了。」金點點頭，拍拍胸口說，「待會我想將會有場記者會，到時我必定會轉達人民，藍天抱著多麼偉大的理想。」

「不，我想博士不是這個意思。」默推了推眼鏡。

金側首尋思，「摁？」

「藍天的前人認為，在解放天空之前必須佔領天空，可我們追求的明明就是陽光，追根究柢更不可能佔領整座天空，那為何卻用『天空』取代了『陽光』呢？」明發出疑問。

「是因為『陽光』這個字眼太過敏感？」

金說完，明沒點頭亦沒搖頭。

「藍天追逐著朝陽升起的瞬間，即便此刻伸手觸及不到。總有一天我們仍會像現在一樣，因為光石而陷入輪迴的悲劇。但若是抬頭把手伸到空中就會發現，」

說著，明向外伸出了手，感受總會吹向十一區的海風。

「天空寬闊的不像話，我們又怎麼會用處理一屋子的事來比擬天空呢？」

金捻了捻下巴，思索後問道：「博士，那您希望怎麼做？」

「從結果看來我們是囚禁天空的共犯，並不是什麼革命軍。在成功佔領天空之前，必須勇於承擔失敗！」明朝金的方向挪抬下頷。

「你該做的事，就是把製造光石的我，帶到記者會上，以一個通緝犯的身分。」

默匆忙搖頭，「您會被判死刑的！」

「死刑又怎樣。」明乾脆地挑起眉頭，「讓我一死了之，我還好過一些——！」

「等等博士，您的言下之意是藍天還會存在？」

聞言，明轉向默做出面面相覷的神態，像在說「這不是當然的嗎？」

「藍天已經遭受如此打擊，真的還要——」

「問題並不在那，金。」明和緩地打斷他的發言。「跨越將近半個世紀的光爆反應所製造出的光石，其實就是這個世界的縮影。」

用人命練成的永恆光石裡，住著一個個渴望陽光的靈魂。

它勾引、利用著人類的貪念引發混亂藉以占有陽光。

也因此燦爛耀眼的光石之間，無法接受彼此的存在。不論對彼此有多麼深厚的情感，同樣發著光的「他／她」，除了永遠看不到彼此的選項以外，就只剩下兩敗俱傷。

藍天終究只能選擇前者，比起早就擁有天空的世界，藍天存在的本質更加靠近光石，以人血堆疊、充滿著情緒變化、以及高度不穩定性。

「所以藍天只能用自己的方式佔領天空。」

「博士，我不是想否定您。但就這個說法，難道您——」金雙手抱胸，誠心發問，「已經看到了未來天空的解答？」

明彎起嘴角，輕輕搖了搖頭。「關於未來的事，我一概還沒想到。但若硬要我說『人類該如何展望未來的天空』的話，我想應先回首過去。」
「摁？這是為什麼？」
默也忍不住參與了這場看似無解的辯論。
殊不知明僅用了一句話便了解這場辯論。
「因為呀——」

早在人們決定是否佔領天空之前，就已經失去了天空——

第八章（完）

終章、佔領天空

西元三〇三四年，十二月三十一日。

對於斯克爾全國人民，這天是個重要的日子。

共享派領導人道格拉斯・金於前一晚總統大選中擊敗了四十歲上下的進步派年輕領袖貝爾・哈克斯，順利連任斯克爾的總統職位。

道格拉斯・金在當選後發布特赦，目的是讓過去受害的政治犯能夠重返社會。

其中，人們最為關注的便是六十六歲的前通緝犯科學家「克拉倫斯・楊格」。

四年前那場扼殺行動過後，他從陰影中走了出來，並將「光癌」、「永恆光石」等故事一同揭露在陽光底下。

他自願進到牢裡，經過幾度輾轉判決。

法院判定克拉倫斯・楊格必須至國家科學中心服刑，種類為「終身監禁」。

時至今日，他仍被無數人民視為勇敢的吹哨者，有大批大批的死忠支持者在國家科學中心外等待他被釋放。並一路跟隨他，直到他所坐的飛船進入了六區中心塔的國議廳。

為了迎接他的到來，共享派安排了一場盛大的宴會，當克拉倫斯・楊格踏入廳內時，現場響起此起彼落的掌聲與歡呼聲。

月跟著拍手，眼神卻四處猶疑著。

直到看到穿著西裝的夏與沉匆忙跑進，她才稍微放心下來。

「還以為你們趕不上了。」

「誰叫警力支援太過快速了……！累死我了，累死我了。」夏向上伸展了雙手，關節發出喀喀聲。他口中振振有辭。

「我們可是有一陣子沒經過高強度的活動呀！」

四年前的事件過後，金接受了明的意見，將「十一區」與「藍天」的存在變得模糊。時為進步派執政的最後一個月，進步派在事件過後失去聲量，金的當選已在眼前。

金找上進步派試圖合作讓傷害減損為最低，進步派在艾德曼下台後，急須踩住煞車於是選擇讓金統籌後續重建。

他以大量的國家資源、媒體聲量，改寫了人民對兩者的認知。

過程中進步派與共享派達成了共識，他們將扼殺行動導向「流雲」與艾德曼政權於光石、陽光武器之間發生的矛盾，雖然事實也正是如此。

「藍天」在他的力挽狂瀾之下再次回歸為傳說中的組織。「十一區」由於光爆反應、扼殺行動之下已經面目全非，再次成為斯克爾人茶餘飯後的都市傳說。

三邊城牆失去了最重要的一環（礦石），兩派為此感到棘手，但並非是在於礦石，而是擔憂失去秩序的黑市，以及因國家協助而移居各地的十一區人民恐怕誕生新的社會問題。

前者是金必須與進步派合作的理由，只有兩派一起掌握黑市，才能抑制流雲的擴張。至於後者金則巧妙的化解。

國家與藍天以串通的方式事前告知飛船經過地點，神不知鬼不覺把陽光運送到有光癌需求的人們身上。過程中，或許會有警衛的阻饒，但令他們感到最棘手的無非是緊咬不放的空警。

「你不過只是把陽光瓶放入手提箱吧。」沉忍不住吐槽他。「哪裡會累啊。」
「沒必要這麼直接吧！」
「你們來了呀。」此時，默與愛從側邊走近。
「首領也來了呀。」夏說。
「我還是很不習慣被這麼叫。」默看著手中高腳杯裡的紅酒，淡淡地說：「就算已經四年了。」
「對了——就要開始了吧，」沉來回直盯著默與愛的眼睛，又正經說了一次。「演說。」
他的樣子讓兩人有些感到好笑而揚起嘴角，夏與月倒是直接捧腹大笑。
「幹嘛，哪裡好笑。」
夏抱著肚子推了推他的肩膀，直說：「沒事——只是覺得很不習慣。」
愛點頭如搗蒜答腔道：「我記得沉一開始不戴面具，可是完全不敢盯著人看呢。」
「不只如此，他還會縮在角落一直發抖。」夏誇張地模仿了他畏畏縮縮的樣子。
聽到這月腦袋一閃靈光，伸長了食指，
「這麼說我也有印象——！」
「怎麼連妳也跟著起鬨……！」
「我哪有。」
「明明就有。」沉難為情的捏緊眉頭。
眾人看到他的臉色不禁大笑起來。默靜靜看著他們，露出欣慰笑容。
「默你幹嘛，這樣的笑容很詭異呢。」被夏揶揄的默笑了，然後他用總結般的口氣說：「四年來大家都成長了不少，歷經過悲歡離合然後勇敢的活到現在。」

「沒辦法。」

沉又回歸以往的沉著，「畢竟藍天的目標是——」

「佔領天空呀。」

默感嘆地揚起下巴，發現金正站在國議廳的二樓遠處，他拿著高腳杯向空氣進行乾杯。

默伸手回敬以後，似乎想起了什麼而轉向眾人。

「悠也他……」

默的表情帶有些微凝重。

「大概就是那樣吧……」夏低落道。「他已經下定決心了。」

眾人的歡笑聲漸漸消失了。

對那兩人而言，這一天真的等了好久——

此時，國議廳外頭四周發射了慶祝的煙火，由於高度問題並不需要考慮交通。煙火從中心塔向外發送長達數分鐘，劈哩啪啦的聲音傳遍了整個斯克爾六區。

「是煙火——！妳看到了嗎，莎莉。」悠也朝著中心塔的方向指去，輕聲低吟：「作為最後一次，這片天空還算很美，對吧？」

莎莉擦拭了淚水，目光從玻璃瓶上挪開。

「你真的不再執著於佔領天空了嗎？」

「我說話算話——」

「少騙人了，自以為事的傢伙！」莎莉怨聲載道後，微彎下腰又哭又笑的捧著腹部。

「是呀，過了四年，我還是這麼自以為事。」

悠也難為情地笑了，然後歉疚道：「抱歉，妳等了很久吧？」

「是非常的久！」

她的雙頰微微鼓起，又淡漠地呼了口氣，「久到……煙火都快要結束了呢。」

悠也拉起臉，發現莎莉正在觀賞著煙火。

她的側臉非常柔和，就像是即將進入夢鄉前的沉靜。

「莎莉……」

「剛才，你問過我怕不怕死吧？」莎莉忽地轉過正臉，長久的盼望使她的眼眸變得更加深邃。

「摁。」

悠也沉沉點了頭。

「我一點都不怕死——」莎莉解開了馬尾，讓風吹過她的一頭紅髮。

然後她慢慢張開嘴唇，向著悠也露齒一笑，「那——你呢？」

「不怕。」悠也平靜地搖了搖頭，又重複一次道：「一點也不怕。」接著，他用只有兩人聽得到的聲音說：「在離開妳的當下，我就知道我一輩子都無法佔領天空。」

因為妳就是我的天空呀——

吭——！莎莉把代表「悠也」的藍白色徽章投入了裂痕滿滿的玻璃瓶。將玻璃瓶安放在腳邊後，莎莉單腳一蹬往他的方向全力跳了出去。

被撞出空中的悠也敞開胸懷接受這遲來的擁抱。時間在這一刻有如靜止，他們不在乎下一秒鐘或未來會發生什麼事。

在這個瞬間，他們深信自己已經擁有了整座天空——

隨後，六區中心塔附近發出一起光芒綻放引起眾人關注。

有人認為是光爆現象，有人則說不是，那起光爆不但沒有帶來任何影響，還點綴了天空。

其中還有個更靠譜，廣為人信的說法。

據說當日稍早，航駛過六區的陽光一號遭到藍天洗劫一空。

於是人們深信，那陣煙火是藍天佔領天空的信號，即便唯一的證據只是，周遭某處高樓圍牆上一枚僅剩底座的玻璃瓶。

儘管瓶身破碎的不成形，它的底部仍牢牢卡著一枚因爆炸而剩下半截的徽章。

縱然徽章被染上一層粉塵的灰色，卻不擋清晰可見的色調。

分別是代表雲朵的白色，

以及——象徵天空廣闊無邊的藍色。

佔領天空（完）

釀奇幻77　PG3002

佔領天空

作　　者	紀昀一
繪　　者	日　冢
責任編輯	陳彥儒
圖文排版	許絜瑀
封面設計	魏振庭

出版策劃	釀出版
製作發行	秀威資訊科技股份有限公司 114 台北市內湖區瑞光路76巷65號1樓 電話：+886-2-2796-3638　傳真：+886-2-2796-1377 服務信箱：service@showwe.com.tw http://www.showwe.com.tw
郵政劃撥	19563868　戶名：秀威資訊科技股份有限公司
展售門市	國家書店【松江門市】 104 台北市中山區松江路209號1樓 電話：+886-2-2518-0207　傳真：+886-2-2518-0778
網路訂購	秀威網路書店：https://store.showwe.tw 國家網路書店：https://www.govbooks.com.tw
法律顧問	毛國樑　律師
總 經 銷	聯合發行股份有限公司 231新北市新店區寶橋路235巷6弄6號4F 電話：+886-2-2917-8022　傳真：+886-2-2915-6275

出版日期	2024年01月　BOD一版
定　　價	500元

Printed in Taiwan

國家圖書館出版品預行編目

佔領天空 / 紀昀一著. -- 一版. -- 臺北市：釀出版,2024.01

面；　公分. -- (釀奇幻 ; 77)

BOD版

ISBN 978-986-445-906-3(平裝)

863.57　　112021614